目次

主要登場人物

ベン……………………不定期船の船乗り
ギルバート・フォーダイス……〈十七番地〉の家の玄関先でベンが出くわした男
エディ・スコット…………フォーダイスの仲間
ローズ・アクロイド………〈十五番地〉の住人
ミスター・アクロイド……〈十五番地〉の住人。ローズの父親。下宿屋を経営
スミス……………………半年前まで〈十五番地〉の下宿人だった男
ミスター・ブラント………〈十七番地〉を訪れた客
ヘンリー…………………〈十七番地〉を訪れた客
ノラ………………………〈十七番地〉を訪れた客

論創海外ミステリ
319

すべては〈十七〉に始まった

J・J・ファージョン

小倉さなえ［訳］

論創社

No. 17

1926

by J. J. Farjeon

すべては〈十七〉に始まった

序　文

わたしはふだん献辞を書かない。ざっくばらんに書けるならまだしも、得てして心にもない美辞麗句を並べたてることになるからだ。とはいえ、この小説については一筆書かずにはいられない。演劇のために書き下ろした戯曲をもとにした小説であり、その演劇が大当たりしたおかげで生涯における金字塔の一つとなったからである。ただ、このうえない幸福を感じているいっぽう、困惑もしている。この本を誰に献呈すべきかという問題に直面しているからだ。この功績をともに悦《よろこ》んでくれている妻か？　その演技力と経験でこの功績をもたらしてくれたレオン・M・ライオン氏か？　それとも役者の皆さんか？　皆さんの協力なくしてこの幸運が舞いこむことはなかったはずだ。〝ベン〟のモデルとなった人物も忘れるわけにはいくまい。どこかで出会ったからこそ着想が湧いたのだ。ただ、それがどこだったのかは覚えていない。記録に残していない旅の途中、地図にも載っていない地で出会ったのかもしれない。

誰かを選ぶことなど、わたしにはできない。というわけで、潔《いさぎよ》くそれを諦め、この本をすべての読者に献呈する！

J・J・F

一　霧の中を行き交う人々

霧がロンドンの首根っこを押さえた。その目を眩《くら》ませ、耳を聞こえなくした。それでも足を止めない歩行者たちは、黄みがかった通りを音も立てずに手探りで移動した。車道を渡るにはそれなりの覚悟が必要だった。おいそれと渡ろうものなら未知の世界《あのよ》へひと飛びだ。そんなわけで小心者は家にこもることを選び、多少度胸がある者や外出せざるを得ない者は歩道を選び、おっかなびっくり手探りで歩を進めた。掏摸《すり》にとっては書き入れ時だった。

ところで、この物語の始まりの地は、そんなロンドンの街中ではない。霧はその手をあまねく広げていたが、そんな中、北東の方角からロンドンへと街道をやって来る男がいた。男はしばし立ち止まり、目を擦《こす》り、顎の無精ひげを撫《な》でた。

「ひぃえ～、なんだ、あれは！」男はつぶやき、行く手に漂う薄暗いぼんやりとした煙霧を見つめた。

「まさか黄色人種が攻めこんできたわけじゃないよな？」

男は太陽の光溢れる世界から白い霧の世界へととぼとぼとやって来たのだが、白い霧はここに来てくすんだ橙《だいだい》色に変わりつつあった。この先面白いことなどどこにもなさそうな気がした男は、もと来た道を引き返すことすら考えた。もし、その薄暗いぼんやりとした煙霧の中に何が待ち受けているかを知っていたなら、即座にその考えに従っていただろう。けれども、未来は霧と同じで見通すことはできない。だから男は先へ進むことに決めた。

〈けっきょく、どこだって同じこと〉と、男は自分を納得させた。〈住めば都ってやつだ。ほ《お》かに行く当てがないんだから！〉

そういうわけで、男は手持ちの中でいちばんまともな煙草――かろうじて半分ほど吸える長さの誰かの吸い残しだった――に火を点《つ》け、また歩きはじめた。

と、そのとき、霧の中からぬっと人影が迫ってきた。

「おい！」くだんの旅人は飛びあがって叫んだ。決して元気とは言えなかったし、空腹が応えはじめてもいた。それでも臨機応変に、立ち止まったその人影に向かってにこやかに笑いかけた。「どうして警笛を鳴らさないんだ？」

人影もにやりと笑った気配がした。

「やあ、今日の霧はまた、とびきり濃いね」見知らぬ男は言った。

「ああ、濃厚なチーズみたいだ。チーズか！　一《いと》口でいい、チーズが食べられたらな！」

「腹が減ってるのか？」

「減《え》ってるなんてもんじゃない！　あんただって牛のすね肉のことを考えたらそうなるだろ？」

相手は笑い声をあげた。

「それなら、この道をちょっと行った所に宿屋がある」

「おお！　じゃあ、ちょっと戻って、店の人《いと》に言ってくれないか？〈マーチャント《海》・サービス《運》〉のベンがやって来るから、赤い絨毯を敷いてもてなしてやれ、って。四ペンスの手持ちがあるんだ。おい！　どこに行く？　おい！」

見知らぬ男はそっぽを向いて、駆け去った。〈マーチャント・サービス〉のベンはその方向を見つめた。

「あれ、なんか変《えん》なこと言ったのか?」ベンはつぶやいた。「まさか、本気《おん》にしたなんてことはないよな!」

もう一度、ベンは引き返したいという衝動に駆られた。ちょうど霧の濃い地域に足を踏みいれたばかりだったが、その不気味さに気が滅入っていた。さっきの見知らぬ男のことが思いだされた。そういえば、真横に立っていたのに顔を見ていなかった。霧の中からやって来て、霧の中へ戻っていった。しゃべる影法師――それだけの存在だった。

ただ、〈マーチャント・サービス〉の人間たる者、いくら下っ端とはいえ、その名誉は守らなければいけない。貶《おとし》めていいわけがない。少なくとも自分が痛い目に遭《あ》うと決まるまでは! しょせん、これっぽっちの霧がなんだっていうんだ? ベンはそんなふうに、不安に思う自分を愚弄しつつ、そこはかとない不安の原因を究明するのが苦手だったこともあり、せっかくの警告を再三無視して、またとぼとぼと先に進みはじめた。

少し先に宿屋があると思うと、確かに暗い気持ちが消えていくような気がした。四ペンスではたいして食べさせてもらえないだろうが、気さくな店主が少しはおまけしてくれるかもしれない。そのあとは、なにかしら小銭稼ぎをしてもいい。先のことはわからない。〈マーチャント・サービス〉のベンは――最近まで〈マーチャント・サービス〉で働いていたベンは、と説明すべきかもしれないが――仕事が好きでたまらないわけではなかった。それでも胃は休むことを知らないのだ。

そのとき、ふいに教えられた宿屋を見つけた。霧の中では出会いはいつもふいにやって来るものだ。

右手にぬっと、おぼろげな輪郭が現れ、扉の上にかすかな明かりが灯っているのが見えた。ベンは片手をポケットに突っこみ、預金残高の記憶とポケットの中身を突き合わせた。そして、記憶が正しかったことがわかって中に入った。

ようやく霧から逃《のが》れられると期待していたのに、ベンの当ては外れた。宿屋の酒場には霧が充満していた。こほん、という咳を頼りにカウンターに行き着いたベンは、若い女がやや不機嫌そうな目でこちらを窺《うかが》っているのに気づいた。

「大丈夫だよ、おねえさん」ベンは安心させようとした。「おいらは二枚目俳優《あい》じゃないけど、見た目ほど野暮《お》じゃない。四ペンスでどれくらい食べさせてもらえる?」

若い女は微笑《ほほえ》んだ。そして、奥の部屋にちらりと目をやり、ベンに向き直った。

「四ペンスじゃ、たいした物は出せないわ」女は言った。

「かまわない。きみの人《いと》のよさに付けこんでるんだ」ベンは茶目っ気たっぷりに言った。

「あたしがお人よしだって、どうしてわかったの?」女は切り返した。

「当てずっぽうさ。でも、性格がよさそうに見えたんだ。とにかく損はさせない。おいらが死んだら、ダイヤの飾りボタンを受け取ってもらうようにしとくから」

女はさらに人懐っこい笑顔を見せたが、もう一度、奥の部屋をちらりと見た。ベンはなんとなく不安になってきた。

「奥に何かいるの?」ベンは訊いた。「人《いと》食い鬼とか?」

女は首を振った。自分にもどかしさを感じているようだった。

「まさか。もう一人お客さんがいるだけよ」女は答えた。

「じゃあ、なんでそんなに――」

「なんでもない！　それで、四ペンスで何が食べたいの？」

「そうだな、スープと、タラのフ《ゥ》ライと、ビフ《ゥ》テキと、野菜も少しもらえるといいな」ベンはずうずうしくもそう言い、にっと笑った。

「あとは？　それだけでいいの？」女は笑い声をあげた。「そうね、あなたなら全部平らげそうだけど。何が作れるか見てみるわね。奥に入って」

「えっ？　なんだって？」とっさにベンは言った。

そして、女が指差している奥の部屋の扉をちらりと見た。

「どうかした？」女は訊いた。「取って食われたりしないわよ！」

「そんな心配してないよ」ベンは言い返し、ぎこちない足取りで扉に向かった。

扉は閉まっていた。ベンは用心しながら、おもむろに扉を開けた。本人がどう言おうが、この女は何かに心乱されていて、その原因はその部屋の中にあるようだ。それならそれでいい。なにも怖がっているわけじゃないんだ。それでも用心するに越したことはないよな？

ベンは扉をほんの少しだけ開けたところで一息ついて、そのまま二秒じっとしていた。それから、後ろにいる女を振り向き、小声で言った。

「ランプは点けてくれないの？」

「何言ってるの」女は言った。「一つでじゅうぶんでしょ？」

「点いてないんだ！」

「点いてないですって？　ねえ、食事がしたいんでしょ。もう少し開けてみて。そしたら見えるから」

「だから点いてないんだってば！」ベンは小声で言った。「それに――」

ベンはふいに動きを止めた。じっとベンを見ている女は、正直、不安そうだった。口を半開きにしたまま五秒かそこら動かなかった。そのとき、ベンの影像を思わせる体が急に激しい震えとともに動きを取り戻し、すばやく、そっと扉を閉めた。

「えっ、なんなの？」女はそう訊きながら心臓に手をやった。

ベンは近くにあった椅子にすっと移動し、腰を下ろし、女に驚きの目を向けた。

「何、なんなの？」女は声をひそめてくり返した。

「あっちには行かない」ベンはぼそぼそと言った。

「いったい、どうして――」

「今話《あな》すから。ちょっと待って。そうだな、吹《う》きさらしに連れてかれたみたい、って言うか――火《い》は点いてなかった。わかる？　おいらが言ってること。きみがランプに火《い》を点けてやったなら、そいつが消したんだ。だから覗きこんでも何も見えなかった。なんにも――」

「わかった、一度言えばわかるわよ」女は口を挟んだ。「やめて、気味が悪いわ！　ああ、父さんがここにいてくれたら。ところで、どうしてあんなに慌てて扉を閉めたの？」

ベンは少し気を悪くして女を見た。

「だから言ってるだろ？」ベンは言った。「ま、いいけど。とにかく、なんにも見えなかったんだ。さっきから言ってるように。だけど、とつぜんっていうか、見えたんだ――何かが。人影《いと》だった。きっときみが言ってた客だと思う。でも、テーブルに着いてなかった。うん、確かに座ってなかったと思う」

「じゃあ、どうしてたの?」

「聞き耳を立ててた」ベンは陰鬱な声で言った。「壁際に立って、じっと耳を澄ましてた。じっと――」

「あっ、今の音!」女ははっとして、例の扉に目をやった。「また席を立ったみたい!」

「うん、でも、まだ続きがある」ベンは話し続けた。「窓を見たんだ。そう、そうだった、窓のほう《お》を見たんだ。そしたらとつぜん窓の外に別の男の人影《いと》が現れて、ガラスに顔を押しつけたんだ」女は口から出かかった叫び声を呑みこんだ。いっぽうベンは、ポケットから大きな赤いハンカチを取りだして額を拭った。「だから扉を閉めて、あそこから離《あな》れたってわけ。誰だってそうすると思う」ベンは話を締めくくった。

短い間があった。女はどうしたものかと決めかねているようだった。

「どんな男だったの、窓の外にいた男って?」女は訊いた。

「さあね。あんなんじゃ、誰にもわからないよ」ベンは答えた。「どっちもただの影だった。ああいう黒いやつ、なんて言うんだっけ? シルエットだっけ? まあ、そんなふう《う》だった。シルエットが二《うた》つ。でも、どうだろう?」ベンはしばらく考えてから、付け加えた。「窓のほう《お》はわかった気がする。なんとなくだけど道で会った男に似てたような。まあ、とにかく、どんなやつかはわからない」そのとき、ベンは現実的な問題を思いついた。「で、どうするつもり? あっちに行って、やつにまたランプを点けてやらないの?」

「嫌よ!」女は言い返した。

「無理もないな」ベンは同意した。「おいらだって、あそこで〝〈カールトンホテル《オ》〉張りのランチ〟

を食べる気にはならない！」

「こっちで食べてもいいわよ、そうしたいなら」

「うん、ぜひそうしたい《ぃ》。だけど、これだけは、よく聞いて。きみのためじゃなかったら、とっとずらかるだろうね」

その正直な発言で、女のベンを見る目に少し熱がこもった。そして、それまでにない光が加わった。

「あたしのために留《とど》まる謂《いわ》れはないわよ」女はベンをしげしげと見ながら言った。

「いや、あるんだ」ベンは答えた。「〈マーチャント・サービス〉の人間だからね」

「あら！〈マーチャント・サービス〉で働いてるの？」

「まあ、正確に言えば、働《あたら》いてた、って言うのかな」ベンは慎重に答えた。「今後も働《あたら》ければと思ってるんだ。でも今は――言ってる意味わかる？」

「ええ」女は頷いた。「失業中ってことね」

「そのとおり。暇人《いま》、ってやつだ」

「そうなのね。あたしの兄も〈マーチャント・サービス〉で働いてるの。だから、その四ペンスはしまっておいて」女は言った。「その〝〈カールトンホテル〉張りのランチ〟とやらのお代はけっこうよ。父が戻るまでいてくれれば、それでいいから」

「そこまでしてもらって嫌とは言えない」ベンは露骨に悦《よろこ》んで言った。「おいらが守ってあげる。げっ。なんだ、なんだ？」

奥の扉がぱっと開いたかと思うと、一人の男がものすごい勢いで酒場を駆け抜け、通りに面した扉の向こうに見えなくなった。

二　始まりの〈十七〉

大きく開け放たれた扉を見つめていたベンは、そのあと女に目をやった。女は恐怖に手を握りしめていた。ベン自身も、いくらか鼓動が速まっていた。

「あれが、そのお客さん？」ベンは訊いた。

「そう」女は息も絶え絶えに言った。「びっくりした！　いったいどういうこと？」

ベンには考えがあった。けれども、それを口にする前に安全を確保することにした。通りに面した扉も、奥の部屋に通じる扉も開いていたから、どちらも閉める必要があった。

まず通りに面した扉に近づき、戸口に立って用心しながら、壁のように立ちはだかる黄色い霧を覗きこんだ。そして、空咳をし、首を引っこめ、扉を閉めた。それから、さらに用心しながら、もういっぽうの扉にぎこちない足取りで近づいていった。扉の隙間から覗くと、狭い室内がぼんやりと識別できた。

「誰かいる？」女は囁いた。

「いるとしたら、とんでもない隠れ上手だよ！」ベンは囁き返して急いで扉を閉め、鍵をかけた。

「考えられるのは窓辺にいたやつだけだ。あいつが窓から入《あい》ったとすれば、窓から出ていけるわけだし、そうするのがふ《う》つうだろ？」

「そうね」女はつぶやいた。「あのお客さん、どうしてあんなふうに走って出ていったのかしら？」

「誰かから逃げたに決まってる」ベンはきっぱりと答えた。「その誰か、ってのは窓辺にいたやつだ。わかりきったことだろ？　霧の中で隠れんぼしてるんだ。そうか、だからおいらが来る前から何かあるって思ってたんだね？」

「そうなの」女は頷いた。「とってもおかしな行動をするんだもの」

「おかしな、ってどんな？」

「ええと、最初に表の扉から顔だけ突っこんできて、店内をざっと見まわしたの。それでいったんいなくなって、またやって来た。『やあ、何か食べさせてよ』って言いながら。『急いでるんだ』って。よくいるアメリカ人ね。あたしはどうにも好きになれない。それからあの部屋に入っていったんだけど、部屋のすべてが自分のものみたいな顔をして」

「さすがアメリカ人だ」ベンは言った。

「それで、あたしがこっちに戻ると」女は続けた。「すぐにそっと部屋から出てきて、今度は表の扉から外を覗いたの。だから、あたし言ったのよ。『霧、ひどいですか？』って。ただ会話のきっかけに、って思っただけなんだけど、向こうはにやりと笑って『いいね』って言ったの。『いいね』って。それで、すぐに奥の部屋に戻っていった。ふざけてんのかしらって思った。もちろん、そんなふうに考えるのはあたしの頭がいかれてるんだ、とも思った」そして、女は話を締めくくった。「でもね、あたし、いかれてなんかない！」

「うん、いかれてないよ」ベンは同意した。「頭がおかしいのはそいつのほう《お》だ」

ベンはそわそわしながら奥の部屋の扉に目をやった。女はその視線を追った。

「ねえ」静かに女は言った。「あそこに誰かいると思う?」

「だから鍵をかけたんだ」ベンは答えた。

「そうね。でも、中に入って確認したほうがいいんじゃない?」

「何か腹《あら》に入れるのが先だよ。〝〈カールトンホ《オ》テル〉張りのランチ〟はどうなったの?」

「わかってる。ちょっと待って」女の視線はまだ扉に張りついていた。「やっぱり、確認するのが先だと思うけど」

「順番が違う」ベンは断言した。「食べるのが先、英雄《イーロー》気取りはそのあとだ。それが〈マーチャント・サービス〉の座右の銘だからね」

けれども、女はベンの話を聞いていなかった。恐怖もさることながら義務感がまた頭をもたげたようだった。女の変化に気づいたベンは嫌な予感がした。

「あなたは、ここで待ってて」女はぶつぶつ言いながらカウンターを離れた。「あたしが開けてみる!」

　ベンは反対した。

「待つのはそっちだ」ベンは言った。「ばかな真似をして」

「ばかな真似なんてしてない!　ここに突っ立ってなんにもしないでいるほうが、よっぽどばかよ」

「おい!　ちょっと待った!」ベンは、はっと息を呑んだ。女は施錠した扉に向かおうとしていた。

「お望みなら、きみのばかさ加減を見せてあげるよ」

「じゃあ、見せてもらいましょう」女はそう言って立ち止まった。「でも、急いで」

「すぐ終わるよ。そもそも何もないかもしれないだろ?」

「そうよね」

「ほらね。なら、わざわざ中に入《あい》る必要《いつ》なんてあるのか？」

「でも、何かあるかもしれないし」

「だったらなおさら、中に入《あい》るなんて大ばか者だよ」ベンは言い分が通ったことに得意になって声を大《だい》にした。「言ってること、わかる？」

「わかるわ。あなたが意気地なしだ、ってことが」女は眉を顰《ひそ》めて言い返した。

「ああ、戦地にいたときのおいらの活躍を見せたかったな。地雷に吹《う》き飛ばされたときだって、歌いながら着地したんだから」

「まさか！」女はそう言いながらも怖い顔を保とうとした。けれども、至難の業だと気がついた。この男は変わり者だ。

女はベンの腕を摑《つか》んだ。「それが本当なら歌いながら入ってみて！」

「それとこれとは話《あなし》が別だ」ベンは慌てて後退《あとずさ》りした。「戦地ではみんなと行動をともにしてたからね。それに、部屋《え》の中に死体がないとも限らないだろ？」

「ちょっと、もうやめて！」女は叫んだ。

「そうとも！」ベンはつぶやき、思い巡らした。「間違いない。忌々しい死体が転がってるに決まってる。窓の外にいたあの男がアメリカ人のあとに部屋《え》へ入《あい》ったんだ。で、アメリカ人がそいつを殺してとんずらした」妄想家のベンは額にじんわりと汗が滲《にじ》んだところで付け足した。「それで、どっちがあの扉を開ける？」

「いいわよ、あたしが開けるから」女は息遣いも荒く答えた。

ベンの妄想に女は震え上がったが、同時に心も決まったようだった。部屋にいる男が死んでいるとは限らない。つまり、怪我をしているだけで助けを求めていることも考えられた。奥の部屋の静寂は、そういった考えに真実味を与えた。そう、そのとおり。すぐにでも錠を外して扉を開けないといけないのはわかっていた。もはや一刻の猶予も許されない。

「わかった、きみの勝ちだ！」女が鍵を回したとき、ベンは早口で言った。そして、飛び道具か武器の類がないかと辺りを見まわした。いちばん手っ取り早いのが木の椅子だったので、ベンはそれを摑んだ。扉が勢いよく開いて女が部屋に入った。

息が詰まるような時が過ぎた。女は姿を見せなかった。

「おい！」ベンは急に取り乱して叫んだ。「おい！」

そして、椅子を高々と掲げながら扉に近づき、すぐさま後ろに飛びのいた。女がひょっこり戻ってきたのだ。

「ひぃえっ！」ベンは息を呑んだ。「そんなふうに脅かして、何が楽しいんだよ？」

「脅かしてないわよ。あなたが勝手に驚いたんでしょ」女は言い返した。「それに、あなたが〈マーチャント・サービス〉の人間だなんて、あたしには信じられない。それを信じるくらいなら、自分が今、乗ってもない列車に乗ってると思いこむほうが簡単よ！」

「腹《あら》が減《え》っては戦《いくさ》はできぬ、って言うだろ」ベンは文句を言った。「で、何か見つけたのか？」

「なんにも」

「えっ！　なんにも？」

「まったく何も」

ベンは、その心強い知らせに聞き入った。それは事態に別の見地をもたらしてくれた。ベンは持ちあげていた椅子を下ろし、背筋《あや》をまっすぐに伸ばした——もちろん、できる範囲で。そして、感慨深げに言った。「やることが早すぎるんだよ、きみは。おかげでおいらの出番がなかったじゃないか。まあ、とりあえず入《あい》ってみるか！」

つかつかと扉に歩み寄ったベンは、部屋に誰もいないことがわかっていながら、その一歩手前で一瞬、二の足を踏んだ。部屋の中はほぼ真っ暗闇だった。というのも、窓から差しこむべき日差しのほとんどを霧が遮っていて、まるで陰鬱な穴蔵だったからだ。部屋の真ん中に置かれたテーブルの輪郭が、かろうじて判別できた。それに、慌てて押しやられたと思われる椅子一脚も。そう、まさに陰気な穴蔵——いつものベンにとっては悦びの宮殿と言える穴蔵——がベンを待ち受けていた。

「まさか、入らないつもり？」背後で嫌味な声が聞こえた。

「だから今から入《あい》るって」ベンは言い返した。「おいらは急行列車じゃないんだ！」

ベンは慎重に部屋に足を踏みいれた。誰もいないと言われても、テーブルの下や隅にある大きな椅子の後ろに、誰かが隠れていてもおかしくなかった。闇の中を手探りで進んでいたベンは、嫌な仕事をとっとと終わらせようとする子どものように、とつぜん屈んでテーブルクロスの端を持ちあげた。一見何もないようでも、何も存在していないという証拠にはならなかった。なぜなら、こちらを見つめる一対の目に遭遇するのではないかという恐怖心から、本能的に目を閉じていたからだ。けれども、目を開けたときに見えたのは、なんの変哲もない部屋だった。ベンはまた一息ついた。

「ああ、助かった！」ベンはつぶやいた。「本当《おん》に嫌な仕事だよ！」

ようやく安心したベンは、念には念を入れて徹底的に部屋を調べはじめた。少し出遅れはしたものの、〈マーチャント・サービス〉の人間たる者、取りかかった仕事に手抜きは禁物だった。テーブルを調べ、食べかけの食事が残されていることに気づいた（こんな状況でなかったら一も二もなくご相伴にあずかっていただろう）。椅子という椅子の後ろもすべて調べた。もちろん、大きな椅子の見えにくい背もたれの裏も確認した。カーテンを調べようと、なんの気なしに片側を突《つつ》いた拍子に何かが床に滑り落ちた。

「おや、これはいったい？」ベンは訝《いぶか》った。

そして、身を屈め、その物体を拾いあげた。暗がりのせいで識別はできなかったが、どうやら小さな厚紙で、切符か何かの券のようだった。ベンはマッチを擦った。たちまち炎が燃えあがり、厚紙の表に大きく書かれた数字が浮かびあがって見えた。

「十七」ベンは数字を見つめ、つぶやいた。「いったい何を意味する数字だ、〈十七〉って？」

ふいにマッチを落とした。表から誰かが酒場に入ってきたようで、その足音が聞こえたのだ。おいおい勘弁してくれよ！

そのあと、ベンはにこりと笑った。

〈ばかだな！〉ベンは思った。〈あの子の父親が戻ってきたに決まってるじゃないか〉

平静を装いつつ堂々とした足取りで部屋を出たベンは、危うく警官《ポリスマン》の腕の中に飛びこみそうになった。

「やあ！」警官は楽しそうに言った。「どうした、何があったんだ？」

ベンはしばらく口が利けなくなって――警官と一緒にいて本気で心が安らいだことは一度もなかった――代わりに若い女が釈明した。

「あっ、この人は大丈夫です」女は言った。「心配いりません。でも、来てもらってよかった。なんかおかしなことが起こってて。話を聞いてもらえます？」

「もちろん、そのために来たんだ」その巡査《コンスタブル》は言った。「こんな日は掏摸《すり》が横行するからな。この辺りにも怪しい輩《やから》が出没している」巡査は疑わしそうにベンを見た。「こいつがその一味じゃないとは言い切れないぞ！」

「こいつって、おいらのこと？」ベンは腹を立てて文句を言った。「ふん《う》、違ったらどうするんだ！おいらがここに留《とど》まってるのは、その娘《こ》を守ろうと思ったからだ。そこへあんたが――」

「落ちつけ、落ちつけ！」巡査は遮った。「怪しいやつらが出没しているのは本当だ。この宿の周りでも見かけたし、今もここから走り去ったやつがいた。あいにく捕まえることはできなかったが」

「そうなんです。あの人、なんか怪しくて」女は同意した。「それに、食事の途中で慌てて出ていったんです」

「こいつも慌てて出ていきたがってるようだが」巡査は皮肉を込めて言った。「その手を見せてみろ！　何を持っている？」

「えっ、これ？」ベンは答えた。「さっき、あっちの部屋《え》で拾《いろ》ったんだ。ほらこれ《お》――おい、やめろ！」

巡査はベンの手からその厚紙を引ったくった。

「おいおい！」巡査は声を張った。「なんだ、これは？」

「おいらの年齢《とし》だ」ベンは答えた。

「なるほど。ふざけるのもいい加減にしろ」巡査は顔を顰めた。

「じゃあ、なんて答えればいいんだよ」ベンは切り返した。「まだ、ろくすっぽ見てもないのに。床に落ちてたのを拾《いろ》っ――」

「ああ、それはもう聞いた」巡査は口を挟み、女に向き直った。「この紙に見覚えは？」

「いえ、ありません」

「この男は隣の部屋で拾ったと言ってるが」

「なら、そうかもしれません」

「きみは、この男の前にその部屋に入ったのかい？」

「はい、入りました」

「そのとき、床に落ちていたものに気づかなかった？」

「ええ、暗かったから。何も見えませんでした。さっきの人が落としたのかもしれません」

「ほう、そうなのか？　まあ、そのうちはっきりするだろう。こっちの男のものとも――」

「はい。でも、なんなんですか、それ？」女はそう言いながら覗きこもうとした。

「なにやら、すこぶる怪しい」巡査は険のある返事をした。「質問はなしだ。質問されても本当のことは言えないからな。だが、ひょっとして、ここにいるこの男なら――」

巡査はベンに向き直ろうとした。けれども、ベンの姿は消えていた。〝〈カールトンホテル〉張りのランチ〟は諦めたようだった。

三　ベン、避難港を見つける

すっかり霧に呑まれたベンは、生まれて初めて霧に感謝した。ただ、あんなふうにろくすっぽ考えもせずに慌てて宿屋を逃げだし、栄養たっぷりの食事を犠牲にしてしまった後悔が空腹のベンの胸中に渦巻いているのも確かだった。けれども、性に合うのは穏やかな生活だった。船乗りを選んだのは田舎暮らしから逃《のが》れたい一心からだ。田舎では気づまりな人間関係に翻弄された。自分とはなんの関係もない、まったく責任のないことに振りまわされてばかりいた。そんなわけで、自分にできる最善策は田舎の人々とすっぱり縁を切り、心機一転、新たな人生を始めることだった。

あの巡査がはったりを利かせていたこともじゅうぶん考えられた。心にもないことを言っていたのかもしれない。けれども、逆に、言葉以上のことを目論んでいたのかもしれなかった。それらの可能性を秤《はかり》にかけてまで危険を冒す意味がわからなかった。こんなに居心地のいい、すべてを覆い隠してくれる霧が立ちこめているのだから、なおさらだった。

だから、霧に溶けこんで走りだしたベンは、問題はすべて解決したものと無邪気に思いこんでいた。そして、まるまる十分間、なんとか邪魔されずに走り続けた。そのあとぶつかったのは、何を措《お》いても警戒が必要な、ご機嫌斜めの初老の紳士だった。

「そんなに急いでどこへ行くんだ？」老紳士は怒鳴った。

「あんたが今までいた所だ」ベンは答えた。飢えと霧が、ベンをいくぶん向こう見ずにしていた。ベンは先を急ぎながら、あの初老の紳士が身に付けていた金の懐中時計の鎖の輝きを思いだした。あれを現金に換えたら、何回まともな食事にありつけるだろう。〈金時計を持てるなんて幸せだな〉ベンはつくづく思った。〈だから母さんの言いつけどおり、毎日神様にお願いしてるんだ!〉

やがて、もう安全だと思ったベンは歩調を緩めた。じっさいは緩めざるを得なかった。というのも、目には見えなかったが、ロンドンの街並みに包囲されている気がしはじめたからだ。道のあっち側に行ってもこっち側に来ても、家屋が立ちはだかっているように思えた。人がだんだん増えてきて鉢合わせするのはざらになり、ぶつかっても意外に思わなくなった。歩行者たちは手探りで道を進みながら怒鳴りあっていた。街灯がちらほら灯りはじめ――一瞬、一マイル先にあるように見えても、次の瞬間には真上にあった――ときどきふいに声が聞こえてきた。注意を促す声、相手を心配する声、皮肉のこもった声など、さまざまだった。

霧はベンの視覚だけでなく脳にも影響を及ぼした。ベンはたちまち夢うつつの状態になった。引き止めてどこを歩いているのか訊ねたとしても、答えは返ってこなかっただろう。歩いている理由も、すぐには返ってこなかったかもしれない――とにかく、しばらく考えないと返答できない状態だった。ベンは舵のない船のように彷徨《さまよ》っていた。潮の流れに乗って運ばれる船は、どの港に流れついても、どの岩に乗りあげてもおかしくなかった。潮の為《な》すがままに。

けれども、ベンの眠っていた欲望が、ついに一瞬首をもたげた。そして、その期に及んで運命は、ほかでもないその食堂にベンを送りこんだ。ベンを縛りつける奇しき鎖に新たな輪を加えたのだ。そこはもちろん大衆食堂で、失業中の船乗りでも常連となれそうな、またとない店だった。客はほとんどいなかった。ベンは信徒席のような背もたれの高い長椅子にもぞもぞと近づいていって座り、お茶と、四ペンスで頼めるだけのバター付きパンを注文した。質素な食事に寛《くつろ》ぎつつも、先ほど逃《のが》した贅沢な食事との差を未練がましく考えずにはいられなかった。

ベンが座っていたのは細長い狭い部屋の奥のほうだったが、さらに奥まった所にもう一つテーブルがあった。それはベンが座っている高い背もたれの長椅子で完全に隠れていた。背後には誰もいないものと、なんとなく思っていたが、とつぜん言葉が耳に飛びこんできた。ベンは一度に頬張れないほどの大きさにちぎったパンを口に運んでいるところだったが、その手を止めた。聞こえてきた言葉が〈十七〉だったのだ。

〈変《え》だな〉ベンは思った。〈今日は、あの忌々しい数字から逃《のが》れられない運命なのか！〉

そして、耳をそばだてた。すぐに別の声が発せられた——今度は若い女の声だった。最初に聞こえたのは男の声だった。

「ほかに方法はないの？」若い女の声が聞こえた。不機嫌そうな、不満そうな声だった。

男がいくぶん辛辣な声で応じた。「ほかにどんな方法があると言うんだ？」

どうやら女は答えなかったようだ。男はいかにも神経質そうな、いらいらした口調で質問をくり返した。

「まあ、どうでもいいわ」女の声が聞こえた。口調から、肩を竦《すく》める動作が添えられたことも想像がついた。「どうせ、行き着く所は同じでしょ」

「そういうところがばかなんだ、おまえは！」ざらついた男の声が聞こえた。声は低いままだったが、ベンにも難なく言葉は聞き取れた。「同じなもんか。天と地ほどの差があるじゃないか！」

「あなたにとってはね」

「おまえにとってもな。どうして――」言葉は列車の単調な音にかき消された。どうやら食堂の裏手を線路が走っているようだった。「なんだかおかしくないか？」男の興奮した声が聞こえた。

「何がおかしいのよ？」詰問する女の声が聞こえた。

「何がって、あの列車だよ」

「まったく、どこがおかしいんだか」

〈そうだ、そうだ〉ベンは思った。〈列車に乗っておかしなことなんてあったかな。定刻どおりに走《あし》ってる、って言うなら別（日本と違い、イギリスでは列車が運行表どおりに走ることは珍しい）だけど？〉

声がやみ、手に持ったままだったバター付きパンは無事ベンの口に運ばれた。その後も次から次へと運ばれていった。ベンはそれぞれの声の主を想像してみた。まったく見当違いだと言われるかもしれないが、ベンの頭の中では、男は悪党チャールズ・ピース（イギリスの強盗殺人犯〔一八三二～七九〕。その人生は映画や小説にもなっている）で、女はメアリー王女（イギリス王ジョージ五世の長女〔一八九七～一九六五〕。プリンセス・ロイヤルおよびハーウッド伯爵夫人）だった。

空想に耽《ふけ》りそうになったベンは、すぐにまた耳をそばだてた。背後の会話が再開したのだ。

「まあいいさ、決めるのは今でなくても」男はぶつくさ言った。「〈十七〉ということだけはわかってるんだ」

〈おいらに聞こえてくるのも〈十七《それ》〉だけだ〉ベンは思った。

「じゃあ、教えてあげてもいいわよ」女はやり返した。「不安になったみたいだから」

「不安にだと？」

「そうよ。心配することなんて、まだ何も起こってないのに。だって、まだ——」

「静かに！」男は強い口調で囁いた。「おまえには分別の欠片《かけら》もないのか？」

短い沈黙のあと、女は嫌味たらしく言った。

「ええ、今の今までなかったわ。でも、おかげさまで今、手に入れたところ」

「わけのわからないことを抜かしやがって」男は言った。

「わけのわからないことならほかにもあるわ」女は言った。「いつの世にも現実を見ようとしない人っているのよね」

〈ちょっと雲行きが怪しくなってきたぞ〉ベンは思った。〈二対一で女の人《いと》の勝ち！〉

けっきょく騒ぎは起こらなかったが、その代わり、がっしりとした体格の男が店に入ってきた。警官だった。警官はベンのいる長椅子の向こう端に座った。

〈いやいや、びっくりだ！〉ベンは思った。〈今日はなんてツイてるんだ。やれやれ、お巡りさんったら、まさか〈十七〉って数字を追っかけてるわけじゃないよな！〉

警官はベンを見て、頷いて見せた。

「ひどい霧だな」警官は言った。

「はい《あ》」ベンは答えた。

「こんな濃霧は記憶にないな」警官はしゃべり続けた。「このまま一週間続いてもおかしくなさそうだ」

「はい《あ》」ベンは言った。

警官は微笑《ほほえ》んだ。「何か温まるものを腹に入れようってわけか？」

「もう一杯どうだ？」

「いや。いえ、はい」

「確かに、ビールよりはお茶だな」

「ええ、まあ」

ベンは警戒しはじめた。人に優しくされることは滅多になかった。相手に魂胆がない限り。

「いえ、けっこうです」ベンはぼそぼそと言いながら急いで席を立った。「予定があって」

警官は鋭い視線をベンに向けた。

「今夜はどこで寝るつもりだ？」警官は訊いた。

ベンの視界の端に、接客係の若い女が近づいてくるのが見えた。

「じつはまだ決まってなくて」ベンは答えた。「〈リッツ〉なんてよさそうですね？」

「四ペンスになります」接客係は言った。

しぶしぶ支払いをするベンを、警官はさらに鋭い目つきで見つめていた。それどころか、ベンのポケットに並々ならぬ興味を持ったようだった。ベンはあちこちのポケットをひっくり返していた。

「いえ、ごまかしたりしませんよ、お巡りさん」ベンは言った。「どうせ、どこかに消える金《かね》なんだ」

「それなら〈リッツ〉にはとても泊まれそうにないな」警官は言った。「ただ、今日、郵便局を襲ったと言うなら話は別だ。とうぜん、そのポケットのどこかに奪った紙幣を隠し持っているんだろうから」ベンに睨《にら》まれ、警官は笑い声をあげた。「顔を見ればあんたがどんな人間かはわかる。その年季の入ったポケットからもじゅうぶん伝わってくる」警官は言った。「〈リッツ〉の宿泊代に一シリング取っといてくれ」

ベンは警察というものに対する考えを改めつつあった。

「なんです、それは？」ベンは訊いた。「罠ってことはないでしょうね？」

「それはあんた次第だよ」警官はにこりと笑って、ベンに硬貨を投げた。

それを摑《つか》んだベンは、ふと気がついた。これ以上長居をしたら情が湧いてしまうかもしれないし、硬貨を返せと言われる可能性もある。どちらに転がっても嘆かわしいことになる。ベンは硬貨をポケットに入れ、つぶやいた。「お巡りさん、あんたはすばらしいお人《いと》だ。本当《おん》に！」そして、逃げるように店をあとにした。

霧の中を、ベンはまた舵のない船となって、自分を待ち受けているまだ見ぬ港へと刻一刻と近づいていった。お茶のおかげで体も温まり、臨時収入に元気づけられたベンが手探りで歩を進めていくうちに、短い昼はいつの間にか過ぎ去り、夕暮れを迎えていた。昼間が終わったことを知ったのは闇がやって来たからではなく、もともとあった闇がその質感を変えたからだった。

〈いったいどういうことだろう？〉ベンは思った。〈最初は酒場で〈十七〉と書かれた切符を拾《いろ》ったんだ。そのあと食堂で〈十七〉がどうとか言う話《あなし》を聞いた。あちこちでお巡りさんも見た。食事の途中で逃げだした男もいた。窓に貼《あ》りついた顔も見た——ああ、ぞっとするな、ほんと《お》に！　で、そのあと、あの二人《うたり》の口喧嘩はやけにこそこそしてたし、あのお巡りさんは郵便局が襲撃された話《あなし》をしてきた。一シリングもくれた。おいらの顔が天使みたいだと言って……。変《えん》だぞ、どう考えたって……。ほら、落《お》ちつくんだ！〉

いつの間にか歩道沿いの家々の柵から離れていた。ベンは気を取り直し、さらに柵から離れていった。くぐもったかすかな音が家々の裏手を走り去った。

〈列車か〉ベンはそう思い、食堂の二人が列車の話をしていたことを思いだした。〈列車の何がおかしかったんだ?〉

柵から離れすぎたベンは、方向を見誤って歩道を外れてしまった。バスの運転手に怒鳴られたので怒鳴り返して、また歩道に戻った。先に進むことはますます難しくなった。そこで、本能的にいくらか静かな区域を目指した。そっちなら車の往来も少なく、生存の確立も高くなるだろう。ベンはただやみくもに手探りで十分間歩いた。いや、一時間、あるいは二時間だったかもしれない。自分にもわからなかった。そして、ふいにわれに返ったベンは、自分が疲れていることに気づいて、なにかしら計画を立てなくてはと思い至った。

〈今夜はヴィクトリア堤防には泊まれそうもない〉ベンはじっくり考えた。〈だいいち、どうやって見つければいいんだ?〉

それに、宿に泊まって貴重な小銭を無駄にするのも惜しかった。真剣に探せば、どこか片隅に丸まって夜を明かせる場所があるはずだ。そこなら出費をせずに済むから目覚めたときに貧乏になっていることもない。ひょっとしたら、この辺りにあるかもしれない。これくらい静かなら大丈夫だ。なんの音も聞こえないし、動いているものは見当たらない。重苦しく漂う霧さえも動きを止めている。

〈よし、ちょっと探してみるか〉ベンは思った。そして、ふいに立ち止まった。

近くの街灯の明かりが、ある空き家の一階をぼんやりと照らしていた。玄関扉が少し開いていて、その上の住居番号を見ると〈十七〉と表示されていた。

四　空き家

ベンはその数字を見つめ、目を閉じ、また目を開けてから、月並みだが感情のこもった叫び声をあげた。

「なんとまあ！」ベンは息を呑んだ。「こりゃ取り憑《つ》かれてるぞ！」

そして、妙な胸騒ぎを覚えながら街灯と柵とを隔てる狭い歩道に立って、茫然とその数字を見つめた。霧の世界に足を踏みいれてからというもの、ずっと付きまとわれている数字だった。ただ、どうして逃げる必要があるんだ？　まだ痛い目に遭《あ》ったわけではなかった。住居番号が〈十七〉の家など腐るほどある。それに、そこは空き家で、玄関扉も開いている！

「ようこそ！」と言われているようだった。「ご自由にお泊りください。お待ちしてました！」

ベンは躊躇《ためら》い、その躊躇いに閉口した。まさに求めているものだった。これぞ神様からの贈物だ！だた――。

「ばか言え！」ベンは自分につぶやき、玄関に続く階段に歩み寄った。

そして、階段――たった四段だった――に立つと、半開きの扉までわずか二フィートに迫った。首を捻《ひね》り、霧の中をちらりと見やった。霧は相変わらず濃く、脇を通ってきたばかりの柵は見えなかった。街灯の放つ仄《ほの》暗い明かりは柵の上空を筋状の光となって進み、さすらいの船乗りに、「〈十七番地〉はここですよ、素通りしてはだめですよ」と教えるためだけに存在しているようだった。その街灯がとつぜん跡形もなく消え失せたとしても、ベンにとってはそれほど意外ではなかった。使命は終わったのだ。街灯はベンのいる所から見えなくなりつつあった。

背後に誰もいないことに納得したベンは、向き直って玄関扉に忍び寄り、用心深く、そっと扉を押してみた。思っていたより簡単に開いた。飛びのく準備をしていたが、何も飛びかかってこなかった。暗く狭い廊下が目に入り、階段の上り口が見えた。

恐怖心に駆られ、もう一度後ろを振り向いてから中に入った。ところが、入るやいなや、また恐怖心に襲われた。

〈扉の影に誰もいないとは限らないよな？〉ベンは思った。

そして、不安になって覗《あい》いてみた。誰も隠れていなかった。家は霊廟のように静まり返っていた。

「まあ、とにかく、霧が入らないようにしておこう」ベンはそうつぶやいて、すばやく扉を閉めた。

これでひとまず安心だ！　これでもう通りから誰かが飛びこんでくることはない。その思いをさらに強固にするため、ベンは閂《かんぬき》をかけ、潜んでいる生き物が飛びだしてきそうな場所がほかにないか、ぐるりと見まわした。とっくにお気づきだろうが、ベンは冷徹な判断ができる人間ではない。けれども、ベンと違って冷徹な判断ができる人間でも、馴染みのない空き家に不安を抱えることぐらい大目に見てもらえるだろう。なんせ濃い霧に包まれた、明かりのまったく灯っていない家にいるのだから。

せめてその弊害を――いっときでも――解消しようと、ベンはマッチを擦った。

「おい！」ベンは叫んだ。何かが身を起こして飛びかかってきたのだった。

ベンはマッチを落とし、マッチの火が消えた。慌てて手を前方に突きだしたが、手に当たるものはなかった。飛びかかってきたものがなんにせよ、攻撃はそれ一度きりだった。

震えながらもう一度マッチを擦って、かかってきた相手に投げつけようと、後ろに隠し持った。すると、何かが壁を背に立ちあがった——ベンの影だった。

「なんてこった！」ベンは思わず口走り、十秒かけて落ちつきを取り戻した。

そして、閃《ひらめ》いた。居住者がいないことを確認しないうちに玄関に閂をかけるのは賢明なのか？　ひょんなことから急に出ていきたくなったとき、閂をかけていては出るのに時間がかかってしまう。ワーテルローで戦法を立てたナポレオンはベンほど真剣に打ちこんでいなかったのかもしれない。ベンは今、閂をかけた扉を前に、どう戦法を立てるか無我夢中になっていた。

「そうだ、閂は外《あず》しておいたほう《お》がいい」ベンはようやく結論に達した。「うん、それがいい。外《あず》しておこう」

そんなわけで、震えを堪《こら》えながら玄関の閂を外したベンは、もう一本マッチを擦って廊下をつぶさに調べた。

右手に一つ扉があった。その少し先にもう一つ扉があったが、その辺りでホールが狭くなっていた。というのも、左の壁に沿って今にも壊れそうな上り階段があるからだ。二つ目の扉の向かいに見える穴のようなものは、おそらく地下への階段なのだろう。

ベンは一つ目の扉に近づくと、〈ノックしてもいいよな？〉と自問をし、ノックした。返事はなかった。そこで、ゆっくりと扉を開けて首を突っこみ、火の点《つ》いたマッチで室内を照らした。家具一つない空っぽの部屋が垣間見え、火は揺らめいて消えた。

「見事な食堂だ」ベンは言った。「天井が落ちてるけど」

扉を閉めて二つ目の扉に向かった。廊下を進み、先ほどと同じ動作をくり返した。結果は似たり寄ったりだった。ただ、今回発したのは「見事な応接間だ。壁紙が剝《あ》げてるけど」の二言だった。応接間の扉を閉めて、向き直って地下へと続く真っ黒な穴を覗きこんだ。

「よし、行ってみるか！」ベンはつぶやいた。「船乗《うな》りは下に向かう習性があるんだ！」

ベンは不気味な深淵へ下りていき、さらに五本のマッチを擦った。浮かびあがったのはどれも地下にありがちな部屋で、住んでいる者などいそうもない、がらんとした部屋ばかりだった。けれども、一つだけ開かない扉があった。頑丈な扉で、どうやら鍵がかかっているようだった。鍵穴を探しているうちにマッチの火が消えてしまったが、ベンはそれ以上マッチの無駄使いはやめることにし——だんだん貴重になっていたからだ——暗闇の中、扉の下枠まで手探りで指を這わせた。

「物入れだな、きっと」ベンはつぶやいた。「それにしても、ものすごい隙間風だ！」

次の瞬間、ベンは後ろに飛びのいた。下で何かが起こっていた。床が震え、がたんがたん、という周期的な音がかすかに聞こえてきた。そのあと揺れは急に激しくなり、地球の内部から鈍い轟音が聞こえ、足の下を何かが勢いよく通り抜けた。ベンは額の汗を拭った。

〈列車を発明《あっ》したやつをここに招待できたら、何かしてやれたのにな〉ベンは思った。

地下から一階に戻ったベンは、二階に続く階段の上り口に向かった。上を見あげて目を凝らし、耳を傾けた。

耳を傾けているうち、これ以上調べてまわったら神経が持たないだろうと思うようになってきた。なぜ家中を調べなきゃいけないんだ？　一家総出でやって来たわけでもないのに！　自分一人なら一階だけでじゅうぶんだし、こだわりのないベンにとっては壁紙の剝《は》げた応接間でももったいないくらいだった。

だから、ベンは上階に行くのをやめて、代わりに声をかけた。

「おい！」ベンは声を張りあげた。「おい！　上階《うえ》に誰かいるのか？」

どうやらいないようだった。それでも、もう一度声をかけた。

「誰かいるなら、これでおいらが階下《した》にいることはわかったな！」

やはり返事はなかった。ベンは安堵の溜息を漏らした。

「まあ、こんなもんだろう」ベンは知らん顔をしている壁に向かって言った。「これで少しは安心できるぞ！　おいらはここの、しがない家主だ。さてと、ちょっと外出して食べる物を調達してくるとするか」

玄関に行って扉を開けた。霧が押し寄せてきた。〈あれれ！〉ベンは思った。〈風が出てきた！〉ベンはそこらに落ちている木片を拾い、扉の下に挿して閉まらないようにしてから、階段を下りて通りに出た。ちょうど歩道に下り立ったところで、隣家の扉が開いて人影が現れた。

「あまり遅くならないようにね、父さん！」誰かが大声で言った。どうやら声の主は玄関ホールにいるようだ。

「なるだけ早く帰る」人影が応えた。「早く中に入りなさい。風邪を引くから」

扉がくぐもった音を立てて閉まった。ベンは柵に寄った。あっという間にベンの所まで来たその人影は、通りすがりに立ち止まった。

「やあ、あんた。どこから現れたんだ？」人影が訊いてきた。

ベンは答えなかった。答える義務があるとは思わなかった。通りがかりの相手にいちいち自分のことを説明する義務はない。たとえ今の今まで人様の空き家を探検していたとしても！　人影は疑わしげにベンを見て、怒鳴った。

「とっとと失せろ！」

　そして、その横柄な命令にベンが従うかどうかを見届けるでもなく、いなくなった。

　数秒後、また隣家の扉が開いた。そのすばやさからして、今回はいかにも緊急事態のようだった。

「父さん！」先ほどの声が叫ぶのが聞こえた。「父さん！　お願いがあるん――」

　返事はなく、その声は消え入った。

「ねえ、おいらが追いかけようか？」ベンは訊いた。「おい！」

　その声に若い娘は息を呑んだ。ベンは消えた人影を慌てて追いはじめた。けれども、霧に閉口してすぐさま引き返し、だめだったと告げた。

「ごめんね」ベンは言った。「おいらの足では追いつけなかった。この霧だと干《お》し草の山から針《あり》を探すようなもんだから」

「気にしないでください」娘は返事した。「どうもありがとう。たいした用じゃないんです」

　かわいらしい娘で気取ったところはなかった。いい娘《こ》だな、とベンは結論づけた。そして、今こそ交流を深める時とばかりに会話を引き延ばそうとした。

「なんだったら、おいらが引《い》き受けようか？」ベンは申しでた。

　娘はベンを見つめ、首を振った。

「いえ、お気持ちはありがたいんですけど」娘は言った。「大事な用じゃないんです。ただ手紙を出してもらおうかと思って」

「よかったら、出してきてあげるよ？」

「いえ、いいんです。でも、ありがとうございます」

扉が閉まりかけた。ベンにとっては、ふいに降り注いだ太陽の光が今まさに消えようとしていた。

「それにしてもひぃどい天気だね、今日は！」ベンは声を張りあげた。けれども、そのとき扉は閉まった。「まあ、それならそれでいいけど！」ベンはぶつぶつと言った。「もう会うこともないだろうから！」

それが非常にお粗末な予言だったことは、その後の出来事が立証してくれた。もしベンが次に会う状況を察知していたら、すぐさま道の真ん中にへたりこんでいただろう。

また一人きりになったベンは、自分が今どこにいるかをしっかり把握し、手探りで歩きだした。記憶では通りに沿ってまっすぐ行くと商店があるはずだったが、じっさいは車道を三本横断する必要があった。そして、ようやく辿り着いたのは、〝商店〟とは名ばかりだった。それでも〈百貨店〉と名乗っていたのは、店を切り盛りしている老女が、かつてはキャンディーや絵葉書を始めとし、種類は少なくても精選した缶詰までを手広く扱っていたことにほかならなかった。今はキャンディーと絵葉書はそれなりにあったが、缶詰は一種類のポークビーンズに限定されていた。

「これ、いくら？」その限定された缶詰を手に取り、ベンは訊いた。

「一シリング二ペンス、いや、一シリング三ペンスだったかね」老女は答えた。「あれ、もう少し高かった気もするね」

「一シリングこっきりでどうかな？」ベンは訊いた。

「ああ、なら一シリング二ペンスだね」

「だけど一シリング二ペンスはないんだ。一シリングだけしか」

老女は眼鏡越しにベンを見た。ひどくみすぼらしい男だった。辺りにはひどく霧が立ちこめていた。老女はひどく年老いていた。年を取れば細かいことはどうでもよくなるものだった。

「じゃあ、いいさ。一シリングで」老女は言った。かくして取引は成立した。

手探りで空き家に戻ったベンは、扉が出ていったときのままになっているのを見て安堵し、貴重な包みを手に、また忍びこんだ。今回は閂をかけ、買ってきた包みを奥の応接間に置いてから地下に下り、裏口にも閂がかかっていることを確かめた。それが終わると、応接間に戻って寛《くつろ》ぐ準備をした。

部屋の隅に座り、床の居心地を試してみた。悪くなかった。それどころか、かなりまともだった。まともすぎて立ちあがらなくてはという差し迫った衝動に駆られることもなかった。もちろん、すぐに立ちあがるつもりでいた。木っ端《ぱ》を見つけて火を熾《おこ》すつもりだった。少ししたら暖炉でポークビーンズを温め……美味《うま》いだろうな……でも、まだ……もうちょっとしたら……。

ベンはこっくりこっくりしはじめた。そして、いつの間にか眠ってしまった。その日はかなりの距離を歩きどおしだったからだ。外の時計台が六時の鐘を打った。

ベンは聞いていなかった――ぐっすり眠っていた。

ぎくりとして、ふいに目覚めた。また鐘が鳴っていた――夜の十二時だった。けれども、目が覚めたのは鐘のせいではなかった。地階で誰かの足音がしていたのだ。

五　右往左往

〈そんなばかな。夢に決まってる〉ベンは思った。〈扉に閂《かんぬき》をかけたのに！〉

ベンはじっと動かずに耳をそばだて、夢から覚めることを願った。けれども、足音はやむどころか次第に大きくなっていて、たちまちのうちに夢ではなく紛れもない現実だとわかった。おかげで一気に汗が噴《ふ》きだした。

夢だという仮説が崩れる瞬間というのは、何度経験しても嫌なものだ。

「ぜったい階下《した》に誰かいる」ベンは喘《あえ》ぎながら言い、やっとの思いでぶざまに立ちあがった。

そして、突っ立ったまま、また耳を凝らした。今度は何も聞こえなかった。足音はやんでいた。その足音の主もまた、地下のどこかで立ち止まって聞き耳を立て、同じようにじっと様子を窺《うかが》っているのだろうか？

ベンは扉に忍び寄り、扉をそっと開けた。と同時に、遠くで聞こえていた、がちゃがちゃ、という鈍い金属音が、それまでより近く、大きく聞こえるようになった。明らかに貨物列車だった。家の下を、がたごとと走りながら家を揺らしていた。ベンはその騒音に紛れて応接間をあとにし、廊下に出た。

〈たぶん、ずっと列車の音が聞こえてたんだ〉ベンは思った。〈金属がぶつかる音と線路を走る音は次第に弱まっていった。

けれども、その可能性はすぐに消えた。列車の音がまだ消え入らないうちに、階下の足音がまた聞こえはじめた——足早で、それまで以上にこそこそしているようだった。

〈ひゃっ、こんなのもうたくさんだ！〉ベンは思った。そして、足音を立てないようにして急いで廊下を移動した。

家を飛びだすべきか？　それはすなわち玄関扉の閂を外すのに騒がしい音を立て、残りの夜を霧の中で過ごすということだ。それよりも手っ取り早く、少しはましな逃げ場を思いつかせてくれたのが階段だった。ベンは知らず知らずのうちに階段を駆けあがり、一気に家の最上階に辿り着いた。

気づくと、天窓のある短い廊下にいた。右手に扉があった。扉はそれ一つで、おそらく屋根裏部屋に通じていると思われた。

その部屋に入る前に、今上ってきた階段を覗きこんだ。しんと静まり返っていた。ベンは待った。五分ほどに感じられたが、ほんの一分ほどだったかもしれない。ベンは屋根裏部屋に向き直って扉を見つめた。

音を立てる覚悟でマッチを擦った。扉の鍵穴に鍵が挿したままになっていた。ベンはとたんに名案を思いつき、手を伸ばして鍵を回した。扉を施錠したことで主導権を手に入れたベンは、いつでも交渉できる立場になった。

「おい！」鍵穴から囁きかけた。「誰かいるのか？」

返事はなかった。少し大きな声で質問をくり返した。ほどほどの大きさに止《とど》めたのは、階下に聞こえないようにするためだった。やはり返事はなかった。呼吸も鼾《いびき》も聞こえなかったので、安心して鍵を回して扉を開けた。

新たに擦ったマッチの火で部屋の中が浮かびあがった。その家の設計者ほど大げさなことを言うつもりはなかったが、見てまわった階下のどの部屋よりも、そこには多くの利点があることがわかった。まずは使いかけの蠟燭だった。部屋の奥の炉棚に置かれていて、溶けた蠟の上に垂直に立っていた。すぐさま灯すと、思いのほか明るい輝きを放ち、屋根裏部屋の別の利点を浮かびあがらせた。

暖炉のそばに、壊れてはいるもののまだ使えそうな古い椅子が一脚あった。荷造り用の木箱も三つ、四つ散らばっていた。木箱はテーブルとしても、薪としても使えそうだった。扉の鍵も利点の一つだった。安全を手に入れたようなものだからだ。

けれども、最終的にその部屋に満足するには、まだ調べなければならない扉が二つあった。

一つは暖炉の脇にあり、奥の部屋に続いていた。今いる手前の部屋にいくらか似た部屋だった。蠟燭の存在に勇気づけられたベンは、奥の部屋を徹底的に調べ、ほかに入り口がないことと、かなり大きな物入れがあることを突き止めた。

手前の部屋のもう一つの扉は、廊下側の扉と直角に隣りあう位置にあり、開かなかった。地下室の扉と同じように施錠されていて、鍵はなかった。

〈階下《した》よりはこっちのほうがよさそうだ〉ベンは思った。〈とにかく朝までここにいよう。下の階にいるやつは下半分《あん》を使えばいいんだ。メゾネットと変わんないや〉

高窓があり、その下にいくつか荷造り用の木箱が積んであった。ベンはその山に乗って外を覗いた。相変わらず霧は濃かった。そのあと木箱の山から下り、いちばん破損している木箱を選んで解体した。

「ここらでちょっと、景気づけでもするとしよう」ベンはつぶやいた。「そろそろポークビーンズの出番だな」

ありがたいことに、木箱には雑多な紙切れが入っていて、焚きつけの役目を果たしてくれた。上に木片を放ると、たちまち炎が舞いあがった。じわじわと温まってきたベンは、人生捨てたものではないという気になって、恐怖は消えてなくなった。そんなふうに嵐の前の静けさを堪能し、見せかけの儚《はかな》い安らぎにつかの間微笑《ほほえ》んだことがある人間は、ほかにも大勢いるだろう。

ポークビーンズの缶詰の入った包みを開けたベンは、さらに機嫌がよくなった。あの〈百貨店〉の年老いた女店主は、大きなパンと一切れのチーズをおまけに入れてくれていた。一シリングでこれだけのものを買えたのは過去に例がなく、ありがたいことだった。

〈じつの母親《ああ》だって、ここまではしてくれない〉ベンは思った。〈この、きりっとした顔のおかげだな、きっと！〉

そんなふうに茶化しはしたが、あの老女の親切のおかげで、がらんとした居心地の悪い部屋が暖まった気がした。ぱちぱちと爆《は》ぜる炎に負けないくらいの偉力だった。これだけ奇妙な、ぞっとする目に遭《あ》いながら、先行きの不安に怯《おび》えていても、人情味のある穏やかな笑顔は記憶のどこかに潜んでいるものだ。そのかすかな輝きは、どんな闇にも消し去られることはない。ただ、闇の中を探しまわっているうちに見失い、そこにあることを忘れてしまうことはままあることだ。それでも、そのかすかな輝きが消えてなくなることがないのは、形あるものと存在を異にするからだ。

缶を開けるのにいくらか手こずった。木箱の釘に気づかなければ、足で踏み潰していたかもしれない。ようやく開いた缶を用心しながら火の中に置き、中身の固形物が温まってとろけるのを見守った。その間、パンとチーズに貪《むさぼ》りついて食欲を満たした。ポークビーンズの仕上がりを促すために指でかき混ぜたのは、スプーンがなかったせいもあるが、あとから指をしゃぶる楽しみのためでもあった。一石二鳥とばかりに何度かかき混ぜているうちに、熱くなりすぎて指でかき混ぜられなくなった。そこで、ベンは心置きなく食事を堪能するため、もう一度、足音を忍ばせて廊下に戻って聞き耳を立てた。

ありがたいことに、静寂がベンを迎えいれてくれた。

ところが、今出てきたばかりの部屋からかすかな物音がして、ありがたがっていられなくなった。即座に頭に浮かんだのは鍵のかかっていた扉だった。そして、それがゆっくり開くさまを想像した。何が現れるかは神のみぞ知る！ もし立ち止まって考えていたら、階段を駆けおりていたかもしれない。けれども、この世で愛するものの上位二つ――ポークビーンズと蠟燭――がその部屋にあって、その二つにはこの危険だらけの家で危険を冒すだけの価値があった。すばやく部屋に戻ったベンは、チーズの欠片《かけら》を味わっている子ネズミの邪魔をすることになった。

「おい、お化けのふりでもしてるつもりか？」ベンは腹《う》を立てて迫った。

ネズミはベン同様に、二つの感情のあいだで揺れ動いていた。目の前にいるばかでかい物体は脅威でしかないが、どうしようもなくチーズに引かれていたのだ。木箱の上で、非難がましい二つの目がベンを見あげていた。

「あ、どうぞ、どうぞ。おいらのことは気にしないで！」ベンはからかった。「でもね、とんまのチャーリー。おまえはおいらがいない間もここにいた。たった今、あの扉が動くのを見なかったかい？」

ベンは施錠されている扉に向かって、ひょいと親指を立てた。チャーリーと呼ばれたネズミは真面目くさった顔でベンを見つめたまま、関わるのを拒んでいるようだった。

「恨めしや！」ベンは叫んだ。

ネズミは一瞬にして逆上し、いなくなった。ベンはネズミに対して悪意はなかったが、相手を怖がらせたことに満足にも似た感情を覚えた。そのうえ、いい理屈を思いついた。自分にそのつもりがないのに相手を怖がらせることができるのなら、今、自分を怖がらせている相手にだって、こっちを怖がらせるつもりはないんじゃないか？

その考えは、とつじょ新たな感情に妨害された。火の上の缶がずり落ちて中身が零《こぼ》れたのだった。

「おい！」ベンは息を呑んだ。「ちょっと待った！」

ベンは大慌てで暖炉に駆け寄り、火の中から缶を救いだした。その際、危うく手を火傷《やけど》しそうになったが、幸運にも缶の中身が一ペニー分流れでただけで済んだ。

それからの二十四時間、その部屋でいくつもの奇妙な出来事が起こることになる。ベンがポークビーンズにうつつを抜かしている間、われわれはその部屋のことを、もう少し詳しく見ておいたほうがいいかもしれない。壁と天井は、とりわけぼろぼろな状態だった。壁紙は年月を経て黄ばみ、ところどころ剝《は》がれ落ちていたし、剝がれかけの所もあった。天井のあちこちが落ちているのは、その家の下を走る列車の振動が一因だった。屋根裏部屋にいても列車の音は聞こえたが、地下にいたときに比べ、とうぜんながら、ぼんやりとくぐもって聞こえた。

入ってきた扉に向かって立つと、背中側は窓も扉もない壁で、そこから左手の壁に沿って木箱が二つ、三つ並び、壁の廊下寄りにベンが開けられなかった施錠された扉がある。その扉と角を隔てて並んでいるのが、今向かいあっている廊下側の扉だ。廊下と言ってもかなり短く、面しているのは屋根裏部屋の扉と階段だけで、あとは低い屋根に開いた天窓があるくらいだ。部屋の中に戻り、廊下側の扉のある壁に向かって立つと、扉の右手にいくつか木箱が積んである。その木箱の山に乗ると小さな高窓に手が届く。その窓が閉まっていることをベンは確認済みだった。そして、その壁と直角に交わる右手の壁には奥の部屋に通じる扉と暖炉が並び、そばに古びた椅子が一脚置かれている。

以上が運命の部屋の配置と調度品だ。その部屋で、失業中の船乗りはポークビーンズを一気に平らげた。

簡単な食事を終えたベンは満足げに微笑《ほほえ》み、その夜を——というより残りの夜を——のんびり過ごす支度にかかった。仕上げの段になり、奥の部屋にひょいと首を突っこみ、今一度、誰もいないことを確かめた。そして総仕上げとして、反対側の壁の施錠された扉を開けようと試みた。案の定、試みは失敗に終わった。最後に部屋を出て短い廊下に立ち——。

「もう、いい加減にしてくれ!」ベンはそう言い、くっくと笑った。階下からではないところから、かすかな物音が聞こえてきたからだ。「ネズミなんか、もう怖くない!」

それでも、そのかすかな音はやまなかったので、ベンは忍び足で部屋に戻り、また小さな友だちを脅かそうとした。けれども、小さな目は迎えてくれなかった。慌てて逃げていく物影もなかった。ベンの笑顔がこわばった。今回はネズミの仕業ではないと気づいたからだ。

〈マーチャント・サービス〉の中で、ベンがすばしっこいという評判は立っていなかった。ただ、機敏な動きをする機会にだけは恵まれていた。今回の音は過去最悪で、なんの音かも、どこから聞こえてきたかもわからなかった。それでも音は——どこからか——そこまで聞こえてきて、それは——どこか——階下へ逃げなければならないことを示していた。ベンは階段を慌てて駆けおりた。怯えたネズミとなんら変わらなかった。

ところが、がむしゃらに逃げていたはずのベンは、一階へと続く階段の下り口で急に立ち止まった。階下に誰かがいて、ベン同様に慌ただしい足音を立てていたのだ。

そして、足音は上階に向かってきた。

六　街灯の下で

霧は一晩中晴れることはなかった。目覚めたロンドンの街を待ち受けていたのは、新たな黄みがかった一日だった。楽天家は伸びをして眠い目を擦《こす》り、厭世家は嗄《しわが》れ声で文句を言った。今日もまた見通しの利かない通りを手探りで移動しながら、ぜいぜいと息をし、咳をすることになりそうだ。往来はまた、にっちもさっちもいかなくなることだろう。ただ、その不透明な朝を笑顔で迎えた者もいた。照明器具を扱う会社の社員や、通いの女家庭教師が欠勤になる子どもたちだ。巷《ちまた》の残りの人々は、滅多にない経験に少し浮き足立っていた。

あの不思議だらけの家の外に立つ役立たずの街灯は、日がな一日〈十七〉という数字を途切れ途切れに浮かびあがらせていた。数字は近くで照らしているのにまったく読めないこともあれば、霧がわずかに薄れたときに浮かびあがって、どことなく手招きしているように見えることもあった。けれども、ふだんから人通りの少ない通りを通る人は少なく、その数字に気づく人はほとんどいなかった。なぜ気づく必要があるというのだ？　ましてや気味の悪い誘いに応じようと思う者など、いようはずもなかった。

霧だけでもうんざりだった。誰がわざわざ空き家に引っぱりこまれたいと思うだろう？

ところが、その日の午後三時から四時の間は通行人が立ち止まってもおかしくなかった。暗く静まり返ったその家の三階に、かすかな光の揺らめきがあったからだ。光の揺らめきはこつぜんと消え、数秒後に今度は二階に現れた。そしてまた消え、一階に現れ、完全に消えた。

そのとき、じっさいに通行人が現れ、その家の気味の悪い誘いに反応を示した。片方の肩がいびつな男だった。男は家の前で立ち止まり、家を見つめた。すると、男の好奇心を後押しするかのように一瞬霧が薄れ、街灯が〈十七〉という数字をよりくっきりと照らしだし、ほんのつかの間、玄関扉をも浮かびあがらせた。

扉は半分開いていた。

いびつな肩をした男はそれを見つめ、左右を振り向き、ざっと通りを見まわした。もちろん、目は何も捉えなかった。五フィート離れた所に別の男が立っていることに気づきもしなかった。そして、玄関に向き直った。霧がまた濃くなり、扉は見えなくなっていた。それでも扉が半分開いていることはわかっていたし、そのことで頭がいっぱいだった。

男は二十秒ほど立ち止まったあと、すっと家に忍びこんで扉を閉めた。

そして、幽霊とその囁きが漂う静かな通りが目覚めはじめたかのように、いつものありきたりな日常が戻ってきた。新たな人影が手探りで歩道をやって来た。今度は善良そうな、粋な着こなしの人影だった。

「お、おい！　ど、どこにいる?」その人影はどもっていた。「い、いったい、ど、どこに――」

人影は振り向いて今来た道を見た――いや、見ようとした。温厚そうな、憎めない顔をした身なりのいい若者が街灯の明かりに照らしだされた。街灯の柱自体は、若者が振り向いた拍子にぶつかったことで、ようやく存在を知ってもらえた。

「な、なんだ、そ、そこにいたのか！」若者は安堵の声を張りあげた。「い、いったいどこに、行、行ってたんだ？　おれが――」

　街灯の柱に向き直った若者は、ふいに口をつぐんだ。その愛想のいい顔に苛立《いらだ》ちが滲《にじ》んだ。

「おっと、あ、あんただったのか！」若者は叫んだ。「い、いいか、そ、そんな所に突っ立って、に、人間のふりをしてないで、ほ、ほかに、や、やるべきことがあるだろ？」

　若者は服の埃を叩《はた》くと、無情な霧に向かって大声で呼びかけた。「フォ、フォーダイス！　フォーダイス！　い、いったい、ど、どこにいるんだ？」耳をそばだてて返事を待ったが、何も聞こえてこなかった。「ああ、そ、そうか――な、なら、い、いいよ！」若者はしゃべり続けた。「で、でも、こ、これだけは教えてくれ。い、一緒にいた仲間を、き、霧で見失ってしまうようなやつに、ど、どんな価値があるっていうんだ？」

　答えてくれる者はいなかった。若者は街灯の柱を振り向いて拳を振るい、それに寄りかかった。気の滅入るような状況にあった若者は、通りが与えてくれたほんのわずかな安らぎにすがらずにはいられなかった。

「な、なんて天気だ！」若者はつぶやいた。「あ、ありがとう、ロンドンの日差しよ！　い、いったいどこに、じゅ、十三・八時間も、た、太陽が昇ってるって？　あ、あり得ない《アイドンシンク》。あり得ない《ジュヌバンスパ》。あり得ない《イヒグラウベニヒト》。こ、言葉の限り言うぞ！……こ、これがロンドンか？　お、驚いたな、も、もしかしたら、ま、幻の黄金郷、ト、トンブクトゥかもしれないぞ」

　そして、しばらく待ってから、また声を限りに呼びかけた。「フォ、フォーダイス！　フォーダイス！　ギルバート・フォーダイス！　フォーダイス・ギルバート！　あ、あんたみたいな、ま、まぬけ野郎はいないよ、過、過去にも、未、未来にも。い、いったいどこにいるんだ?」若者はとつぜん呟きこんだ。「そ、そら、もうおしまいだ! こ、この忌まわし喉もやられちまった。ただ、こ、これだけは言わせてくれ、あ、相棒。あ、あんたはどうしようもないばか野郎で、ど、どもり癖もあるが――そう、あ、あんたにどもり癖があるって、言、言ってるやつがいるんだ――そ、それでも、お、おれと違って、に、人間ができている。な、そ、そうだろ、む、昔馴染《なじ》みよ?」若者は親しみのある打ち解けた仕草で街灯の柱を叩《はた》いた。「まあ、お、おれの言うことは気にしないでくれ、い、いいな? ご、ご苦労さん。ご、ご清聴に感謝だ。た、たとえ、あ、相棒が街灯の柱でも、ほ、ほかに誰もいないんだから、しょ、しょうがない」

街灯は、その言葉に応えるかのように、また、どれだけいい相棒だったかを示すように、もうひと踏んばりし、扉の上の数字を照らした。若者はその数字を見つめ、目を瞬いた。「ん、じゅ、じゅうなな? い、愛《いと》しの〈十七〉じゃないか! 以、以前あんたのおかげで、ゆ、由緒あるモンテ・カルロで、た、たんまり稼がせてもらった。ふ、古きよき〈十七〉よ――や、やあ! だ、誰――」

とつぜん玄関扉が勢いよく開いて、人影が飛びでてきた。いびつな肩をした男だった。ずいぶんと慌てている様子で階段を踏み外し、あっという間に若者のほうに転がり落ちてきた。若者は後退《あとずさ》りして街灯の柱にもたれかかった。

「ちくしょう、なんなんだ、いったい――」その慌て者はつぶやいた。

「えっ? ああ、ど、どうってことないよ!」若者は応じた。「こ、こういうの、き、嫌いじゃないんだ!」

次の瞬間、若者はまた一人になった。もう一人は消えていた。若者は虚空を見つめた。

「お、おい！　ちょっ、ちょっと待って！」若者はふいに叫んで歩きだした。「な、何を慌ててる？　お、おれは、わ、悪い菌なんか、持、持ってないぞ！　おい！」

若者は男のあとを追い、通りにはまた誰もいなくなった。そして、人の目がなくなるのを待ち構えていたかのように、先ほど三階から一階に下りてきて消えた光がまた現れ、上階に戻りはじめた。光は一階と二階の窓の向こうでかすかに揺らめき、すぐに三階に到達した。そして、こつぜんと消え……。

「エディ！」通りで呼ぶ声がした。「エディ！　どこにいるんだ？」

背が高く、手脚のがっしりとした若者が、あの街灯に手探りで近づいてきた。どもり癖のある男と同じ方向からやって来て、同じ苦境に立たされた。けれども、反応のない街灯の柱に感情をぶつけたりはしなかった。街灯に辿り着いた男は立ち止まり、「くそっ」とつぶやき、煙草に火を点《つ》けた。

そのときだった。〈十七番地〉の玄関扉がぱっと開いて、怯《おび》えきった人影が飛びだしてきた。

「おい、何をそんなに興奮してるんだ？」ギルバート・フォーダイスは大声で言い、飛びだしてきた男の襟を摑《つか》んだ。

「大変《えん》だ！」怯えきった人影は喉を詰まらせ、自分を摑んでいる男の腕にだらりともたれかかった。

七　ベン、事の顚末を語る

フォーダイスは、腕にだらりともたれかかってきた哀れの見本のような男を、同情の念で見つめた。けれども、同情が自らの行動や判断を左右することをよしとしなかった。いくつかの問題が浮上しているのは明らかだったが、どれも慎重な調査を必要としたため、襟を摑《つか》んだ手にさらに力を込め――なぜなら、最初は〝伸びたふり〟をしていた悪党が、そのあと逃げようとして逆上した例を何度も見てきたからだ――捕らえた男を優しく揺すった。

「ほら」フォーダイスはくり返した。「何をそんなに興奮してるんだ？　さあ、言ってみろ！」

捕らえられた男は動かなかった。そこで、男が伸びたふりをしているわけではない、とフォーダイスは判断した。それでも手を緩めはしなかった。

「しっかりしろ！」フォーダイスはまた男を揺すりながら急《せ》きたてた。「目を覚ませ！」そして、さらに鋭い口調で言った。「目を覚ますんだ！」

「だずげで！」男はそう喚《わめ》くと、自分を捕らえた男の命令に従って、とつぜん目を覚ました。そして、目を覚ましすぎて、じたばた抵抗しはじめた。

「よしよし！　落ちつけ！」フォーダイスは窘《たしな》めた。「ばかな真似はよせ！　何があった？」

「放《あな》してくれ！」

「ああ、放してやるさ。焦っている理由を説明してくれたらな」

「そりゃ、焦るって」疲れきった男は捲《まく》したてた。「大変《えん》なんだから！　あんただって焦るに決まってる、死体を見たら！」

フォーダイスは眉を顰《ひそ》め、しげしげと男を見つめた。

「死体だって？」フォーダイスは真剣に応じた。「死体を見たのか？」

「そうなんだ」男は情けない声を出した。「放《あな》してくれ、だんな。おいらは殺《や》ってない！　殺《や》ってないんだ！」

「そりゃ一大事じゃないか――うわぁ！　動くんじゃない！」男がまた、じたばた抵抗しだしたのだった。「落ちつけ、おい！　死体を置き去りにしてはいけないことぐらいわかっているはずだ。いかにも怪しいな。その死体のことを少し教えてもらおうか」男は抵抗するのをやめ、フォーダイスを茫然と見つめた。男の恐怖の原因となる話がどんなものであろうと、根気よく聞きだすしかないとフォーダイスは察した。「あの家の者か？」フォーダイスは穏やかに訊いた。

男は身震いをした。

「えっ、おいらが？　あの家の者かって？」男は応じた。「あそこの？　まさか、とんでもない！」

「ほう、違うんだな？」

「違う！」

「それなら、下宿人とか？」

男は首を振った。

「あそこは空き家だよ、だんな、わかるだろ？　誰も住んでない」

「ほほう、空き家なのか？」

「そうだ」

「ほう」フォーダイスは質問を続けた。「空き家だと言うなら、そこで何をしてたんだ？　さあ、言ってみろ！　空き家で何をしていた？」

「悪さなんてしてないよ、だんな。誓ってもいい！」男はぶつぶつと言った。

「そうは言ってな――」

「夕べ、お邪魔したんだよ。ちょっとばかり休ませてもらおうと思って。わかるだろ？　悪さしようなんて思ってない。仕事に溢《あぶ》れて。わかるよね？」

フォーダイスは頷き、ようやく男を解放した。それでも、何か企んでいるのではないかと目を光らせていた。

「事情はわかった」フォーダイスは優しく言った。「かわいそうにな！」

「そうなんですよ」男はここぞとばかりに言った。相手の態度にいくぶん安心したのだった。「かわいそうったらありゃしませんよ。船《うね》に乗せてもらえなくてね。おいらの落ち度じゃないんですから。それで、金《かね》がないんです。ああ、いや、おいらは殺してないですよ！　そういう人間じゃない。ぜったいに！」

「誰もあんたが殺したとは言ってない」フォーダイスは顔を顰《しか》め、切り返した。「それ以上言ったら、じつは殺《や》ったんじゃないかと勘ぐりたくなる。じゃあ、話を整理しよう。あんたは失業中の船乗りで――」

「そうです。〈マーチャント・サービス〉の」

「そいつはいい。有名な会社だ。それで、あの家が空き家だと言うんだな？」

「そうです。おいらの墓《あか》くらい空っぽで」

「粋な比喩を使うんだな！」

「なんですか、それ？」

「気にしなくていい。今、中に誰かいるのか？」

「今？」その船乗りの男は茫然と相手を見つめた。「えっ、今ですか？」

「そう、今だ」フォーダイスはきっぱりと言った。「今、この瞬間」

「あいつだけだと……」男はぼそぼそと言い、体を震わせた。

「あいつ？　ああ、死体のことか」ふいに、フォーダイスの頭にある考えが浮かんだ。「あんた、酒は飲むのか？」

「はい。いえ！」

「それじゃ国会議員の答弁だ」フォーダイスはそっけなく言った。「つまり、どっちだ？」

「飲んでませんよ」男は答えた。

「誓えるか？」

「いつ飲めたって言うんです？」

「わかった。信じよう」フォーダイスは微笑《ほほえ》んだ。「一口どうだ？」

男は目を丸くした。そして、目の前に差しだされた携帯瓶《フラスコ》をがむしゃらに摑んで口を付けた。フォーダイスは頃合いを見計らって優しくも断固とした態度で携帯瓶《フラスコ》を取りあげ、さらに問い質《ただ》した。

「さて、あんたの話を聞かせてもらおう。手短にな」フォーダイスは言った。「それが済んだら、中を見てまわ――」

「えっ、中に入《あい》るって？」手の甲で口元を拭っていた男は、その手を止めて驚愕の声をあげた。

「ああ、とうぜんだ」

男は断固として首を振った。

「あの家に戻るつもりはないんだ、だんな」男は言った。「いくら言われても！」

「いや、悪いが戻ってもらう」フォーダイスはきっぱりと応えた。そして、すかさずまた男の襟を摑み、すんでのところで逃げられずに済んだ。「まあ、これだけはわかってもらわないとな」フォーダイスは静かに断言した。「このまま見て見ぬふりをするわけにはいかないんだ。なんせ話を聞いてしまったんだから。とにかく、入ってみるまではあんたを解放するわけにいかない。じたばたしても始まらないぞ、これっぽっちもな。わかったか？　ばかな真似はよして犯人らしく振る舞うんだ。誰かに訴えられる前に！」

「だから、さっきからはっきり言ってるじゃないですか、あの家に戻るつもりはないって」男は哀れっぽく、ぶつぶつと文句を言った。「考えるだけでぞっとする」

「ぞっとする？　まあ、とうぜん、死体というのは一緒にいて心地いい相手ではないからな」

「ううん、でも、始《あじ》まりは死体じゃなくて」男は陰気に説明した。「その前からぞっとしっ放しだったんです。最初に入《あい》ったとき、家の中には誰もいなかった。本当《おん》に誰も。家中調べたんだ――少なくともほとんどの場所を――だけど誰もいなかった。ただ、あとになって物音がしはじめた。ほんと、あの物音ときたら！」

「そんなに怖い思いをしたのに、どうして出ていかなかったんだ？」

「そりゃ、こうなるとわかっていればね、だんな」男はそう答え、額を掻《か》いた。「屋根があるだけましなんだ、わかるでしょ。行く所がないもんで。ほかに行《お》く当てがないなら、どこにいたって同じこと。それにこの霧でしょ？　ちょっとばかり居座ろうって気にもなるもんです」

「ああ、わかるよ。それで？　その死体のことだが。いや、それは後回しだ。まず教えてくれ、家にはどうやって入ったんだ？」

「玄関の扉が開いてたから」

「中に入ったあと、扉を閉めなかったのか？」フォーダイスはそれとなく訊いた。

「まさか」男は言い返した。「閉めましたよ。賭けたっていい」

「よし、わかった。賭けるとするか。だが、あんたのあとに誰かが鍵を使って中に入ったのかもしれない」

「いーや、それはないです。あり得ない。閂《かんぬき》をかけといたから」

「裏口もか？」

「そっちもです」

「わかった」フォーダイスはかすかに微笑《ほほえ》み、頷いた。「予期せぬ客はお断りってわけか。ふーむ。だが、なぜだ？」男は答えなかった。そこで、フォーダイスは語気を強めて質問をくり返した。「なぜなんだ？　やましいことでもあるのか？」

「あと、どれだけ答えないといけないんです？」男は不満を口にした。「やましいことは一《いと》つもないんだ！　でも、えーと、誰かに覗かれたくなかったから。ほら、自《お》分の家じゃないし」

「ああ、確かに。あんたにしたら、家賃の集金に来られでもしたら困ると思ったんだろう。だから、どこもかしこも戸締まりをして閂をかけた。それなら、さっきは玄関扉の閂を外す必要があったってことだな、外に出るのに？」

「そうです。いや、違います！」

「そうです、なのか、違います、なのか？　両方は無理だぞ。さあ、どっちだ？」

男はじっくり考えた。かすかに戸惑いの表情を浮かべていた。自身も訊く側と同じように、その質問に関心があるようだった。

「違います」一瞬の躊躇《ためら》いののち、男は言った。「さっきは閂を外《はず》さずに――」

「どういうことだ？」

「だから今、話《はな》しますって！　考えてるんだ！　いい加減にしてくれ！　ほ《お》ら、ちょっとばかり外に出てたから。で、戻ったときにちゃんと閉めなかったような――」

「何しに出かけたんだ？」

男の目に、一瞬憤《いきどお》りの炎が燃えた。

「キンポウゲとデイジーを摘みにね」男は言った。

「ふざけるな！」

「冗談ですよ！　ふ《う》ざけてるのはそっちでしょう？　何しに出かけた、なんて。少しでも質問上手だったら、こう訊いたでしょうね。『何しに立ち寄ったのか？』って」

「はいはい。だが、それはさっき聞いたぞ」フォーダイスは辛抱強く応えた。「ほかに行く当てがないんだったな。今知りたいのは、なぜ出かけたのかと――」

「わかった、わかりましたよ！　ちょっとばかり食べ物を調達しようと思ったんです。一日中なんにも食べてなかったから。ほ《お》んと、腹《あら》にぽっかり穴が空いたみたいだった！　でも、ツキがなかったわけじゃないんだ。で、戻ってきて扉を見たとき、きちんと閉めていかなかったんだと思った」男はその理屈を思案した。「そうか。でも――待ってくださいよ、だんな――扉はすべて、夜の間は門をかけておいたんだ。なのに足音を聞いた。誓ってもいい！　階下《した》からです」

「それで、あんたはどこにいたんだ？」

「いちばん上の部屋《え》に」男ははっきりと言った。「あ、いや、それはあとだ。そう、あそこは移動してからだ。最初は階下《した》にいたんです。いちばん上に行ったのは、あのあと――」

「どのあとだ？」フォーダイスは声を荒らげた。男の話は、ますますとりとめのないものになっていた。「とにかく落ちつくんだ！」

「あの足音を聞いたあとです。足音が忍び寄ってきたんだ！　ひたひた《いたいた》、ひたひた《いたいた》、って！　夜中にですよ、だんな。わかるでしょ？　今だって、また聞こえてくる気がする。ひ《い》ぇ～！　ほ《お》ら、聞こえませんか？　で、そのあと何も聞こえなくなった。こっちが聞くのをやめましたから。ね、わかりますよね？　それでそのあとまた聞こえてきて。足音がですよ――ひたひた《いたいた》、ひたひた《いたいた》っていう足音が――」

「わかった、わかった。どんな音かは見当がつく」フォーダイスはもどかしそうに口を挟んだ。「いいから続けて！　そのあとはどこにいた――ほら、今さっきまでいた所だ？」

「いちばん上の部屋《え》ですよ、さっきも話《あな》したけど。夜のうちに移動したから」

「なぜ移動した？」

「階下《した》で物音がしたからです」

「ああ、なるほど、そういうことか」フォーダイスは微笑《ほほえ》みそうになるのを抑えながら頷いた。「度胸があるじゃないか！　階下《した》で物音も聞いたんだな？」

「いや、物音はいちばん上の部屋《へや》だ」

「ほう。それなら、また階下《した》に？」

「まさか！」男は言い返した。その言葉には一瞬、別の気迫がこもっていた。「いや、行ったんだった。誰だってそうする！　だんなだって。でも、階下《した》に行ったら、今度はまた地下から物音が聞こえて——」

「それでまた上階《うえ》に行ったんだな？」

「度胸なんてこれっぽっちもないですよ」男はぼそぼそと言った。「上階《うえ》に行きました。かなり怯《おび》えながらね。階段を上ってって、いちばん上の部屋《へや》に着いたとき——見たんです」とつぜん、男は薄汚れた手で顔を覆った。「ああ、なんてこった！　あそこに戻るつもりはありませんよ、だんな。ぜったい戻りませんから！」

そんな惨《みじ》めったらしい男をフォーダイスは哀れむように見つめた。話の趣旨はよくわからなかったが、これだけははっきりした——これまでにないほど不快な夜を過ごしたその男には〈十七番地〉を嫌悪するだけの理由がある。けれども、その同情心で自らの判断を鈍らせるのをフォーダイスはまたもやよしとなかった。そして、抵抗されないうちにその腕を摑み、ぶっきらぼうに応じた。

「悪いが力になれそうもない。あんたには戻ってもらう。今回だけは、おれが一緒にいると思って諦めてくれ。さあ、急ぐんだ！　これ以上は時間を無駄にできない」

「放《あな》せ！」男は叫んだ。

「だめだ」

「放《あな》せと言ってるんだ！　おいらには関係ない。別に話《あな》す必要《いっ》はなかっ――」

「確かに、必要はなかった」フォーダイスはきっぱりと同意した。「それでもあんたは話した。だから って威張ってもらっては困る。微塵たりともな。さあ、来るんだ！」

強気に出ても意味がないと気づいた男は、哀れな声を出してみた。気力は凋落の途を辿っていた。

「魂胆を教えてくれ」男は訴えた。

「別にどうってことはない」フォーダイスは答えた。「あんたが見たという死体を一目見たいんだ。見たあとで――じっさいそこにあればの話だが――最善の策を考えようじゃないか」

「そんなの見るまでもない」男は躍起になって言った。「お巡りさんを呼ぶんだ！」

フォーダイスは笑い声をあげた。

「つまり、おれが呼びにいくということだな」フォーダイスは言った。「その隙にまんまとトんずらするって腹づもりか！　いや、遠慮しておく。それに、この霧の中、どうやって〝お巡りさん〟を見つけろと言うんだ？　いつかも見つけようとして十分ほどかかったことがある。明るい日差しの中でな。それに、もう一つ」フォーダイスは空き家の玄関扉を見つめながら言い足した。「死体が今あることを確認したい。誰かに調べてもらうのはそのあとだ。さあ、気合を入れるんだ。いや、ちょっと待て」フォーダイスは大声で呼んだ。「エディ！　エディ！」

「まいったな、連れがいるのか？」不運な男はつぶやいた。

「エディ！　おおい！　エディ！」フォーダイスはもう一度叫んだ。霧がその声を呑みこんだ。フォーダイスは肩を竦《すく》めた。「だめか。なら、しかたがない」

フォーダイスの行動は男を少しばかり震え上がらせた。

「ちょ、ちょっと待った」男は早口で言った。

フォーダイスは男に目をやり、とつぜん声を大《だい》にした。

「そうだな。やっぱりその『ちょっと待った』を認めてやることにしよう。いいか、しばらくそこでおとなしくしていると約束できるか、書き置きする間だけでも？」

「約束します」男は、やや被《かぶ》せ気味に答えた。「書き置き、って何を書くんです、だんな？ 遺言でも？」

「つべこべ言ってないで帽子を拾ったらどうだ」フォーダイスは笑い声をあげて、男の腕を放した。

「地面に落ちてるぞ」

男がぼろぼろの帽子を拾おうと屈んだそのとき、ギルバート・フォーダイスはとつぜん、その背中に尻を預けた。

「おい！」男は怒鳴った。

「すまない」上から返事が聞こえた。「あいにく、あんたを信じきれないもんでね。動くんじゃないぞ」

「何をする？」男は憤って叫んだ。「汚い手を使いやがって！ これじゃ〈マーチャント・サービス〉の面目が丸潰れ――」

「静かにしろ！」

「面目丸潰れだ！〈ホ《オ》ワイト・スター・ライン〉社に手紙で報《おう》告してやる。ぜったいに報《おう》告する。こうして社会的弱者は生まれるんだ、って！」けれども、上の人間は断固として動かず、下の人間は正当な怒りを保ち続ける根気がほとんどなかった。「何を企んでるんだ?」男は力なく文句を言った。

「まあ、あんたがいれば、足音もあれほど《お》ひ《い》どくはならないか! で、何を書いてんだ?」

「知りたければ読みあげるぞ」フォーダイスは愛想よく答えた。「ただ、身をくねらすのはやめろ!」

フォーダイスはポケットから取りだした紙切れに慌ただしくペンを走らせていた。

「くねらせてるのはそっちだよ」男は不平を言った。「〝人間書き物机〟にされて動くなと言われても、そう簡単にいくもんか。訓練されてもないのに」

「おい、黙れ! 興味があるならちゃんと聞くんだ」フォーダイスは読みあげた。「『エディ・スコット、もしくは関係者へ。盲人は黒ネコを探し、いったん暗室に入るも、そこにあらず――』」

「いかれてる」男はつぶやいた。

「『――当方、十七番地にて死体を捜索中。興味があればすぐに来い。G・F』。どうだ、満足したか?」

フォーダイスは男の背中から尻を上げると、辺りを見まわし、その紙切れを置く場所を探した。男は背筋を伸ばしながら質問した。

「G・F《エウ》はなんの略かな、だんな?」

「ああ、好きに解釈してもらっていい」フォーダイスは答えた。「善意の人《グッド・フェロー》、大いなる楽しみ《グレート・ファン》、寛大な敵《ジェネラス・フォー》――」

「それか、おっちょこちょいの愚か者《ギディ・ウール》だな!」男は付け足した。

「姓名《なまえ》の頭文字だ!」フォーダイスは笑い声をあげた。「すばらしい。あんたがユーモアを解するとわかって、これからはもっとうまくやっていけそうだ。さて、どこに置くとするか――おお! ここにしよう！」フォーダイスはホンブルグ帽を脱ぐと、手紙を細く丸めて帽子のリボンに挟み、帽子を柵に引っかけた。「よし、これなら申し分ない。さあ、友よ。攻撃開始《オーヴァー・ザ・トップ》！　もとい、最上階を目指す《アップ・トゥー・ザ・トップ》んだ！」

男は家を見つめた。その目には、また恐怖の色が浮かんでいた。

「だんな、最後にもう一度だけ――」男は乞うた。

フォーダイスはまた男の腕を掴むことで、それに応じた。

「直れ！」フォーダイスは言った。

「わかったよ」男はつぶやいた。「あとでおいらが忠告しなかったとは言わせな――」

「進め！」

「ひ《い》ゃあ！」男はやかましい声をあげた。そして、二人は家に入った。

八　階段で

「ひゅーっ！」玄関ホールに足を踏みいれ、ギルバート・フォーダイスはつぶやいた。「なんて陰気な、ぼろ家なんだ！」

「ぼろ家ってのは陰気なもんだよ」連れの男はぶつぶつと言った。「何を期待してたんだ？　ダンスオール《パレイ・デ・ダンス》とでも思ってたのか？」

フォーダイスは立ち止まり、玄関ホールの先を見た。男はその視線を辿り、落ちつかなげに歩を進めた。

「何か見えるのか？」男は訊いた。

「いや」フォーダイスはゆっくり答えた。「ただ、これでよかったのかと思――」

「ほら、聞《お》こえるだろ？」とつぜん、男は言った。

「いや、何も」フォーダイスは答えた。「だが、ちょっと待っててくれ！」

フォーダイスはホールの奥に駆けていって階段の下り口から地下を覗きこみ、そのあと急いで戻ってきた。

「あのさ、そんなふうにちょこまか動きまわらないでくれよ！」男は弱々しく文句を言った。「あまりいい気がしないから」

「階下《した》に何かないか、はっきりさせとこうと思ってね」フォーダイスは釈明した。

「へん、そんなのばかげてる」男は言い返した。「この家に、はっきりさせられることなんてありっこな――おい！　何を見てるんだ？」

フォーダイスの目が玄関扉に釘づけになっていた。そこから霧が流れこんでいた。

「扉を閉めたほうがよさそうだ」フォーダイスはぶつぶつと言った。

「直感がそう言ってるならね」男は同意した。「だけど、閂《かんぬき》はかけないよ、だんな」

「なぜだ？」

「お互い、また慌てて逃げたくなるかもしれないからね」

「自分が、だろ」フォーダイスは答えながら扉を閉めた。「さあ、急いで。上階《うえ》に行ってみよう」

フォーダイスは階段へ向き直った。踏み板が剝《む》き出しの、手すりの壊れた欠陥だらけの汚い階段だった。上りつめた先に死体が待ち受けているにふさわしい上り口だった。考えこむように見つめているフォーダイスに対し、かたや風変わりな連れは言った。

「見事な建物だろう？　でも、上階《うえ》で見つけるものとは比べものにならないよ」

「そうか、あんたはここの階段のことをよく知ってるんだよな？」フォーダイスは応じた。

「どういう意味？」

「ほら、かなりの回数、行ったり来たりをくり返して！」

「そうだよ。やる気満々のお手伝いさんみたいにね」

「ランプか何かを持っていたんだろ？」フォーダイスは訊いた。

「蠟燭をね」

「ほう、今どこにある？　明かりの一つでもあれば、きっと楽しい気分になれるだろうからな」

「へん、知《え》ってたら大慌てで取りにいってるよ。あのときは持ってた――うん、もちろん持ってた。落としたに違いな――」

「ほら、あるじゃないか、足元に。拾ってくれないか？」

「いや、ごめんだよ」船乗りは不満の声をあげながら首を振った。

「ばかか！　なぜ拾わない？　嚙みつかれやしないのに！」

「嫌だ！　屈んだら、さっきみたいに背中に乗っかってくるに決まってるんだ」

フォーダイスは微笑《ほほえ》んだ。そして、蠟燭を拾って火を点《つ》けた。

「そら、影法師の出番だぞ」船乗りはつぶやいた。

「おれたちの出番でもある」フォーダイスはそう応え、連れを小突いた。「ところで、あんたの名前は？」

「ベン。〈マーチャント・サービス〉のベンだよ。あんた、知りたがり屋だね？」

「ベンか。それで、名字は？」

「じゃあ、ベン・逃走《ボルト》、ってことで。そっちは気に食わないかもしれないけど！」

「ははっ！　まあ、駆《ボ》け《ル》だ《ト》す分にはかまわないさ。方向さえ間違わなきゃな。さあ、階段を駆けあがるんだ。そう、あんたが先だ」ファーダイスはまたベンを小突いた。「頼むから急いでくれ！」

「えっ、おいらが先？」ベンはぼやきながら階段を上りはじめた。「おいらを偵察機とでも思ってるのか？」

会話が数秒途切れた。フォーダイスは目を瞠《みは》り、聞き耳を立てていた。いっぽう、ベンの陰鬱な思いは恐ろしい目的地に近づくにつれて重々しさを増していった。二階に向かう途中でベンは急に立ち止まった。

「どうかしたのか？」フォーダイスは訊いた。

「わかってるとは思うんだけどね、だんな」ベンは言った。「いちばん上の部《え》屋で何かが待ち受けてるよ」

「ああ。死体がな」

「それだけじゃない。殺したやつはどこにいるんだ？　それに、あの物音はどう説明する？」

「物音はあんたの頭の中で鳴っているんだ。急げ！」フォーダイスは大声で言った。

「言っとくけど、あそこには何かいる」ベンは言い張った。「何かが！　この家は取り憑《つ》かれてる。下の階にもいる」

「ああ、階段にもな！」

「なんだって！」ベンは息を呑んだ。「どこに？」

「ここにいるじゃないか、おれたちが。あんたとおれが。仲よくやっていこう！」

「もう、やめてくれないか」ベンはぶつぶつと言った。「あんたも経験してみればわかるよ、おいらみたいに。真夜中にこの家の階段にいてみたらいい。上《うえ》階でもぞもぞ物音がするわ、階下《した》でひたひた《いたいた》足音がするわ。〝死の谷へ送りこまれた（テニスンの詩「軽騎兵の突撃」より）〟も同然だった。間違いなく！」

「どうしてたんだ？」

「サンドイッチの肉はどうしてる？　そこにいるだけだろ！　上るのは怖いし、下りるのも怖いしで、一時間この階段にいた」

「おい、頼むから今は上ってくれ！」

「わかった、わかったよ！」ベンはしぶしぶ上りはじめた。が、次の瞬間、また立ち止まった。「あー、くそったれ！」ベンはつぶやいた。

「少し言葉を選んでくれると助かるんだが」ファーダイスは不満を言った。「今度はなんだ？」

「頭をぶつけた」

「まあ、とうぜん、このまま止まっていても頭をぶたれることになるぞ！」

「ふ《う》ざけるな！　頭をぶつけたから止まってるのに。おいおい！　誰かさんだって止まってるじゃないか？」

「ちょっと待て」ファーダイスは小声で言って蠟燭を壁に近づけた。「なんだ、これは？」

「なんだ、って何が？」ベンはこわごわ答えた。

　ファーダイスは何かの傷跡をじっと見つめていた。ベンも同じように隣で見つめ、ぽかんと口を開けたまま、不安と闘った。

「おれの勘違いだ」ファーダイスはベンを突《つつ》いて言った。「木の節だと思ったんだ！」

「もう、だんな！」ベンは呻《うめ》くように言った。「やめてくれ！　脚が持たない！」

「まあ、はっきり言って、こんな荒れ果てた場所で一夜を過ごしたのなら、多少、神経が不安定になってもおかしくはないな」ファーダイスは譲歩し、ベンは気を取り直した。

「不《う》安定？　確かに」ベンは頷いた。「ここの階段と同じくらい不《う》安定だ。あっ、そこ、気をつけて、だんな」

「どこだ？」

「ここだよ。一段ないんだ」

「目当ての死体もないかもしれないな。ほら、ここは想像力の宝庫みたいだから。てっきり、あんたが動きだしたのかと思った」

「大丈夫、その気になったら動けるから！　でも、リウマチで腰が痛くて。先に行ってもらえないかな？」

「いや、けっこう」

「どうして？」

「自分でもわかってるだろ？　おれが先に行ったら、ここに残ることぐらい」

「よくわかってるね、だんな」ベンは皮肉を込めて言った。

「わかるさ。今となっては、あんたが昔馴染《なじ》みのような気がしてる」

二人は二階に着いた。次の階段に踏みこむ前に、フォーダイスは辺りを見まわした。足元の床が揺れはじめた。

「おい！　なんなんだ、これは？」フォーダイスは叫び声をあげた。

「どうってことないよ、だんな」ベンは答えた。「列車が通るだけだから。この家の下にトンネルが走《あし》ってるんだ」

「なんでも知ってるんだな」フォーダイスはつぶやいた。

「港町のハリッジ《ア》に通じてるんだと思う。これから嫌というほど列車の音を聞くことになるよ」

列車がいよいよ近づいてきて、地下で轟々《ごうごう》と――。

「おいおい。今のは列車の音じゃなかったぞ！」次の瞬間、フォーダイスは声を潜《ひそ》めて言った。

「ひゃあ《い》！」ベンは息を呑んだ。

家のどこかで扉がばたんと音を立てたのだった。けれども、聞こえたのが上からなのか、下からなのかはわからなかった。列車の轟音に半分かき消され、妙な伝わり方をしていたからだ。ベンは恐怖に打ち震え、フォーダイスに背を向けた。そして、蠟燭の火が消えた。

「おい！」ベンは叫んだ。すっかり取り乱していた。「おい！」

「なんだよ！」フォーダイスは腹を立てて叫び返した。

「明かりが消えた！」

「ああ、わかってる！　本当に鈍臭《どんくさ》い男だな！　あんたがぶつかってきたせいで落としたじゃないか。だが、また点ければいいだけの話じゃないのか？　頼むよ、しっかりしてくれ！」

フォーダイスは屈んで蠟燭を拾い、マッチを擦った。妙に対照的な顔が二つ、ぱっと浮かびあがった。フォーダイスの不愉快そうな不安げな顔は、どこか決然としていた。ベンの顔は恐怖に硬直し、青ざめていた。階段を上っている間、ベンは心を落ちつけようとして、できる限りの努力をしてきた。たまにユーモアが閃《ひらめ》くのは、自分を大きく見せたい気持ちが急に頭をもたげるからだった。けれども、今、二人はじっさいに死体に見《まみ》えんとしていた。死体はまだベンが置き去りにしたときのまま、じっと静かに横たわっているのだろうか？　あるいは襲った人間か動物がまだそこにいて、別の餌食を待ち構えているのだろうか？

さっきの扉の閉まる音と、とつぜんの暗闇のせいで、ベンは零《ゼロ》の状態に逆戻りしていた。ベンが気力を奮い立たせようとするたびに邪魔が入って台無しにしてくれるのだ！

「だんな」ベンは掠《かす》れた声で言った。無慈悲な連れは蠟燭の芯に火を灯したところだった。「あのさ、だから、もう諦めよう！」

「ご冗談を！」フォーダイスは応えた。「おれは何事も諦めない性分でね」

「そうか。でも、おいらの性分はどうしてくれる？」

「冗談は休み休み言え！　そんな性分なら直したほうがいい。それにもう一つ。おれはこの状況を楽しんでもいるんだ！」フォーダイスは蠟燭を掲げた。「ほら、見てみろ。太陽がまた輝きだした。ここを上りきれば着く。さあ、急ぐんだ！」

「もう、『急げ、急げ』って何回言えば気が済むんだよ！」ベンはぶつぶつと言った。

「あんたが急ぐのを拒んだ回数だ」フォーダイスは答えた。「これまでの経験から言って、だいたい一千万回ってとこかな」

二人は最後の階段を上った。ベンの言ったとおり、下の階段とは比べものにならないくらいひどいありさまだった。それでも、ベンが二度よろめいたのは階段のせいばかりではなかった。

階段を上りきった所でベンは急に立ち止まった。けれども、フォーダイスに情け容赦なく押され、大きく開け放たれた扉の奥へ足を踏みいれた。

「さて、どこにあるんだ？」フォーダイスは訊いた。

「あそこだよ、だんな」ベンは小声で言って、震える指で奥の部屋を示した。

九　死体

　奥の部屋に続く扉も開け放たれていて、開口部に縮こまるように横たわっている体は、半分が影になり、半分が火明かりに揺らめいていた。そのただでさえ陰鬱な部屋は今、あちこちに伸びる陰気な影と、蠟燭が生む弓状の小さな光と、縮こまった物言わぬ人影のせいで陰鬱さが倍増していた。

　壁紙の剝《は》がれた壁自体が不気味だった。部屋は生々しい惨劇の深い悲しみに満ちていた――生々しすぎて感情が重々しく漂い、それにまつわる独特の空気が、そこに横たわる微動だにしない体の周りに消えずに残っていた。恐怖に震えるベンの目は、おどけているようにしか見えなかった。ギルバート・フォーダイスでさえ、かすかな体の震えを抑えられずにいた。

「こりゃ、ひどい」フォーダイスはつぶやいた。「あんたは間違ってなかった！　本当だったんだな？」

「本当《おん》に決まってる」ベンは文句を言った。「そう言っただろ？」

　フォーダイスはさっと部屋を見渡した。そして、すかさずその体に近づき、その上に屈みこんだ。いびつな肩をした男の体だった。

「死んでるだろ、だんな？」ベンは小声でそう言って、部屋の中を移動した。先導者にならってうつむいた体に近づいたわけではなく、木箱の山のほうに後退《あとずさ》りしたのだった。

フォーダイスはすぐには返事をしなかった。横たわる体を触って調べはじめた。ところが、とつじょはっとして飛びあがった。凄まじい音が聞こえたのだった。木箱が一つ崩れ落ち、その横に怯《ひる》んだベンが突っ立っていた。

「いったい何をやってるんだ？」フォーダイスは苛立《いらだ》たしげに怒鳴った。

「すまない、だんな」ベンは早口で言った。「ちょっとふらついただけなんだ」

「なら、もうふらつかないでくれ！　あんたがしっかりしてくれないことには先に進めない」

フォーダイスは向き直り、また調べはじめた。

「誰の仕業かな？」ベンは訊いた。

「頭を殴られたようだな。部屋から出たときに」

「うん。でも、誰が？」ベンは掠《かす》れた声で訊いた。「お手上げだよ。殴ったのは誰なんだ？」

「とにかく調べてみないとな。ひょっとして――」

フォーダイスはしゃべるのをやめ、部屋の奥のほうをちらりと見た。扉は幅があり、見えているのは一部だけで、その部分さえも影になっていた。フォーダイスの視線を追ったベンは発作的に息を呑んだ。

「ひょっとして――何？」ベンの声は震えていた。

「そこにいるかもしれない、だろ？」声を潜めてフォーダイスは言った。

そして、床に置いていた蠟燭をふいに手にして、奥の部屋へ、すっと忍びこんだ。

「おい！　おい！」ベンは大声を出した。

「どうした？」フォーダイスは即座に戻ってきた。

ベンは少し恥ずかしそうにフォーダイスを見た。

「お、おいらを暗闇に置いてくから」ベンは言った。

「ばかじゃないのか！」

「ふ《う》ざけるな！　ばかはどっちだ。おいらの蠟燭だってこと、忘れてもらっちゃ困るよ！」

「ああ、確かに借り物だ――あんたにとってもな。それはそうと、こっちの部屋に出口はないのか？」

「出口？」

「そうだ！　言ったことをいちいちくり返すな。まぬけ面で見つめられるのもごめんだ。出口はないのか――どこか通り抜けられる所は？」

「ない」ベンは答えた。「部屋《え》があるだけだ――こっちと同じような部屋《え》が。ほかに出入り口は一《い》つもない」

フォーダイスは床に横たわる体を慎重にまたぎ、姿を消した。ベンはまた暗闇に取り残された。暖炉のほうへと摺《す》り足で進んでいくと、もう少しというところで、とつぜん何かが爆《は》ぜる音がした。ベンは後ろに飛びのいた。

「ああ！」ベンは惨《みじ》めったらしくつぶやいた。「とうとう熾火《おきび》にまで、ばかにされるようになったか！」

後ろに飛びのきすぎて、気づくと廊下側の扉のそばにいた。

〈さてと、もういいよな？〉ベンは思った。〈こんな所まで案内したんだ。目標《いよう》は達成できたわけだし！　おいらを引《い》き止める権利はないんだ！〉

ベンは向きを変え、忍び足で部屋を出ようとした。と、そのとき肩に手が置かれ、背後で重々しい声がした。

「いいか、くれぐれも行動には気をつけろ。さもないと首に縄を巻かれることになるぞ」

哀れな男はくるりと向きを変え、もう一度、自分を苦しめる男と向きあった。

「どういう意味?」ベンは喘《あえ》ぐように言った。「おいらは、ただ――どういう意味だよ?」

フォーダイスはじっとベンを見つめた。

「要するに」フォーダイスは言った。「潔白なら堂々としていればいい、ということだ」

「誰が潔白だと言った?」ベンは言い返した。けれども、的外れなことを言ったことに気づいて自ら訂正した。「いや、誰が堂々としてないって?」

「無関係だと言い切れるのか?」

「神に誓って」ベンはもっともらしく答えた。

「もう一度、よく考えるんだ」フォーダイスは促した。

ベンは怒り心頭に発した。

「もう一度考えろだと?」ベンは言い返した。「何を考える必要《いつ》がある? 殺《や》ってれば考えなくたってわかるだろ? それとも、人《いと》を殺しといて忘れるやつがいるってのか、手紙を投函したことを忘れるみたいに? いいか――」

「落ちつけ、落ちつくんだ」フォーダイスは宥《なだ》めるように口を挟んだ。「そんなに興奮するんじゃない。あんたを信じる気になっているんだ。嘘じゃない。だが、この謎を明らかにしないことには何も始まらない。短気は損気だぞ」

「おっと、おいらも悪気があったわけじゃないんだ。本当《おん》に！」ベンは天井に向かって言った。「誰が気にするもんか。殺人犯扱《あん》いされたくらい！　まさか傷つくわけがない！」

フォーダイスは思わず微笑《ほほえ》んだ。ベンは待ってましたと言わんばかりに、穏やかになりつつある潮の流れに飛びこんだ。

「いいか、だんな」ベンは言った。「謎を明らかにするって言うけど、そもそも、そんなのはおいらたちの仕事か？　あんたの仕事じゃないし、おいらの仕事でもない。警察の仕事だろ？　おいらが初《あじ》めっから言ってるように警察の仕事だよ。お巡りさんを呼んでくれ」

その申し立てに説得力はあったが、効果はなかった。がっかりしたことにフォーダイスは首を振った。ベンは生まれてこのかた、ここまで鬱陶《うっとう》しい頑固者にお目にかかったことはなかった。

「悪いな。だが、あんたさえよければ、お巡りさんに登場願うのは、もう少しあとにするよ」フォーダイスは言った。「もちろん、今すぐ連れてくるべきなんだろうが。ところで、この家に一人でいたと言ったな？」

〈あれ、また話《あなし》を逸《そ》らされた！〉頷きながらベンは思った。

「初めからずっとか？」

「そうだよ」

「その火は誰が点《つ》けたんだ？」

「おいらだよ」ベンは反抗的な態度で言った。「凍えたくなかったからね」部屋中を彷徨《さまよ》っていたフォーダイスの視線が空《から》になった缶詰に注がれたのを見て、ベンは次の質問を見越して言った。「いや、飢え死にしたくなかったんだ。あんた、知りたがり屋みたいだね。しかたない、教えてやるよ。ポークビーンズを食べたんだ。豚肉《ポーク》を見つけるのに苦労したけど。二食分にはほど遠《お》かった。いいや、一食分にも満たなかった。なのに、あれ以来何も食べてないんだ。ほ《お》んと、腹《あら》の中にぽっかり穴が空いてる気がする。大きさはどれくらいかと言うと――」

フォーダイスは手を振って制した。空腹なのは気の毒だったが、くどくどしいベンの話は一連の思考の妨げになった。

「もしや、気づかなかっただけで誰かいたってことはないか？」フォーダイスは遠回しに言った。

「だったら、そいつはずいぶんとすばしっこく隠れたってことになる」ベンは答えた。「でも、そうか。だから、さっき話《あな》した物音がしてたのか！」

下から列車の轟音が聞こえてきた。

「今みたいな音か？」フォーダイスは訊いた。

「いや、あんなんじゃない！　今のは列車だ――ハ《ア》リッジまでトンネルが走《あし》ってる、って言ったあれだよ。聞こえたのは足音だ――ひたひた《いたいた》、ひたひた《いたいた》っていう――」

「はいはい。わかった、わかった。ひたひた忍び寄ってきたって言うんだろ？　だが、ほら、物音ってのは、ときに聞き違えることだってあるじゃないか。真夜中なら、とくに。何かが軋《きし》む音だった、ってことはないか？」

「うん、かもしれない。でも、殴られて頭が軋むなんてことあるかな？」

横たわる体を親指で指し示すベンに、フォーダイスは微笑《ほほえ》んだ。

「さあ、いいか、相棒」フォーダイスは言った。「あんたがやつの頭を殴ってないと言うのなら――」

「おい、またかよ、だんな。なんなら、あんたの頭を殴ってやってもいいんだ。やってやろうか！」

ベンは文句を言った。

「黙ってろ！　あんたがやってないなら、ほかの誰かがやったということだ。きっとその誰かは、最初にあんたが入ってきたときにはすでに――」

「誰もいなかった。賭けてもいい！」

「じゃあ、あんたの目を盗《うた》んで忍びこんだに違いない」

「どうやって？　扉は二つしかないんだ。表と裏に。どっちにも閂《かんぬき》をかけといたのに」

「ああ、夜の間はな。だが、さっき、玄関扉を開けっ放しにして出かけたと言わなかったか？」

「言った。そのとおりだ。そうか！」

「いいか」フォーダイスは咎《とが》めるように言った。「あんたのやり方は間違っている。疑いを晴らしたければ家に誰かがいたと証明する努力をすべきなんだ。いたと断言できないのか？」

ベンはその点を考えた。

「えーと」ベンは言った。「おいらたち、ほかにも誰《お》かいることには気づいてた」

「おいらたち？　誰のことを言ってるんだ？」

「やつだよ」

ベンは親指で死体を示した。

「あんた、本当に憎めない大ばか野郎だな」フォーダイスは溜息をついた。「やつ以外に、だ。やれやれ、役に立たないったらないな。よし、じゃあ、ポケットの中を見せてもらおうか」

ベンは後退りした。明らかに余計な個人攻撃になりつつあった。

「どういう意味だよ？」ベンは憤《いきどお》って声を大《だい》にした。「ポケットすら自分の自由にならないのか？」

「さあ、急げ」フォーダイスは言い張った。「ひっくり返してみろ」

「ちっちゃい人間はどっちだよ？」ベンはぶつぶつと不満を漏らした。「おいらがデンプシー（ボクシングの世界級《ヘビー》王者）だったらポケットの中を見せろとは言わないだろう？」

「かもな。だが、あんたはデンプシーじゃない。だから、そんなことは気にしなくていい。ほら、ポケットをひっくり返すんだ。何を隠し持ってる？」

「穴だよ」ベンは答えた。フォーダイスが一歩詰め寄った。「は《あ》い、は《あ》い。どうぞご自由に。でも、あんたのことがよくわからないから、やっぱ無理！　一瞬、わかったと思っても、次の瞬間には、しまった、わかってなかった、ってことになるんだから。誰が見たって、あんたは本《おん》職の刑事《でか》じゃない！」

「まずはズボンのポケットだ」フォーダイスは命じた。

ベンは汚れた赤いぼろ布を引っぱりだした。「ハ《ア》ンカチ」ベンは言った。「これでやつの口を塞《うさ》いだ――。紐《いも》。これでやつの首を絞めた――。鉛筆。純粋な黒鉛で、これでやつの頭を殴った。以上だよ」

「いや、まだある」フォーダイスは言い返した。「左のポケットに、出しかけて戻したものがあるはずだ」

「あれは気にしなくていいんだ」ベンは言った。「ところで、だんな、品揃え豊富《おうう》な〈穴専門店〉を覗いたことはあるかい？」

「戻したものを見せてみろ」

「だから、あれは気にしなくていいんだってば！」

「ならば実力行使に出るまでだ、いいな？」

「ちぇっ！」ベンはつぶやいた。「まあ、国王に借りられなかったってことなら、おいらが貸してやるしかないか！　はい、五ポンド紙幣《えい》だよ！」

ベンは左ポケットに手を突っこみ、小さな写真を取りだした。かなりぼろぼろで手垢にまみれていたが、じっさいそんなことは問題ではなかった。かわいい少女の写真だった。

「すまない」気持ちを察したフォーダイスは、つぶやきながら写真を受け取り、しげしげと見つめた。

「あんたのか？」

「うん」ベンは頷いた。

「元気そうな子だ」フォーダイスは微笑《ほほえ》み、写真を返した。

「うん」ベンはつぶやいた。「元気、だった」とたんに沈黙が訪れた。ベンは、なんとしてもそれを破らなければと思った。「おっ、もう一《いと》つあった」そして、ちびた煙草を引《お》っぱりだした。「吸殻だ。ロスチャイルド家（ユダヤの大富豪。かつては世界経済を牛耳る財閥の一つだった）の誰かが吸ったやつでね。ほら、そいつが片側を吸ったから、おいらはもう片側を吸うってわけ」

「それならおれは真ん中を、という気にはならないな」フォーダイスは言った。

「おい、あんたのポケットには何が入《あい》ってる？」ベンは水を向けた。「公平《えい》にやろうよ！」

「おれの心配はしなくていい」フォーダイスは答えた。

「ああ、そうかい」ベンは鼻を鳴らした。「じゃあ勘弁してやるよ。おいらは知りたがり屋じゃないからね、あんたみた――」

「物音のことで一つ思いついたんだが」とつぜん、フォーダイスは口を挟んだ。「ネズミの仕業ってことはないか？」

ベンは、その家に来て初めて笑い声をあげた。

「それはないよ。あいつらがローラースケートを履《あ》いてない限り」ベンは言った。「それだったら、お化けの可能性のほうがある！」

「ふーむ、お化《お》けか」フォーダイスは唸《うな》った。「一度でも見たことがあれば信じる気にもなるんだろうが。震動ってことはないか？」

「しん……？」

「震動だ。列車が通れば揺れるだろ」

「頭おかしいんじゃないの、だんな！　震動だなんて！」

「まあ、あるかないかは別として、すべての可能性を考えなくてはいけないからな。それに――どうした、今度はなんだ？」

「うひゃ《ぃ》！」ベンはまたへなへなとへたりこみ、早口で捲《まく》したてた。「見て、あそこ。だんな、あの、扉！」

「えっ？　どれだ？」フォーダイスはそう叫び、くるりと向き直った。

ベンが見つめていたのは、さっきまで開かなかった扉――暖炉の向かいの壁の扉――だった。ベンの目玉は今にも頭蓋骨から飛びだしそうで、その視線を追ったフォーダイスは、その扉が開くものと覚悟した。けれども、何も起こらなかった。フォーダイスが見る限り、扉はこれといった意見を求めてはいなかった。

「ああ、あんたの言ってる意味はわかった」フォーダイスは急に大声で言った。「まだ、あの物入れを覗いてなかったな」

フォーダイスは物入れへと向かいかけた。けれども、ベンの絶叫に引き止められた。

「ちょっ、ちょっと待った!」ベンは早口で意味不明なことを言った。「あそこは、おいら、開、開かなかったんだ、だんな——」

「開かなかったって、おい?」フォーダイスは完全に当惑していた。「なんだ、鍵の回し方を知らないのか?」

「いや」ベンは息を呑んだ。

「それなら、どうして鍵を回さなかった?」フォーダイスは眉を顰めて迫った。

「前回この部屋に入ったとき」ベンは掠れ声で囁いた。「あそこに鍵は挿さってなかった!」

十　物入れの中

無生物の世界において、扉ほど感情を生むものはあまりない。恋する男が恋人を待ちわびながら、わくわくと見つめるのが扉だ。また別のときには、その木の扉がゆっくり開くのを、はらはらしながら見つめるかもしれない。得体の知れない何かを迎えいれる瞬間だ！　いっぽう物入れの扉は、その奥が大切な物を収納する場所であっても、なにより不吉になり得る。というのも、玄関や部屋の扉は、芳《かんば》しくない出来事から別の芳しくない出来事への単なる経路にすぎないのに対し、物入れの扉は、決定的な事件や終着点を連想させるからだ。玄関扉の声が、「さあ、入って、異変を見つけて！」であるのに対し、物入れの扉の声は、「ここよ、ここで事件は起こったの！」というわけだ。

ギルバート・フォーダイスは、すでにその家の物入れの扉を開けていた。奥の部屋の物入れの扉だった。そのことをベンには打ち明けていなかったが、その行為が一つも楽しくないことを知っていた。幸いにも、奥の部屋の物入れは広くて何も収納されていないことがわかっただけで済んだのだが、果たしてこちらの物入れも同じだろうか？

なによりも不可解なのが扉の鍵だった。どうやら、ほんの少し前に鍵穴に挿されたようだった。それも、ベンが外に出ていた間に。誰が挿したのか——今、床に倒れている人間か、それとも襲いかかったほうの人間か？　それに、物入れには何があるのか？　そこまで興味を引かれる何かが？

そこへ別の疑問が浮上して、その不穏さゆえにそれまでの疑問を凌駕した。物入れにある目的は達成されたのか——それとも、達成の途中なのか?


フォーダイスは気持ちを落ちつけ、低い声でベンに話しかけた。

「前は鍵が挿さってなかったというのは確かか?」フォーダイスは静かに訊いた。

「そうだよ、だんな」ベンは首を左右に振りながら頷くという離れ業を披露した。

「どのくらい確かなんだ?」

「どのくらい、ってどういう意味?」

「挿さっていたのに気づかなかっただけかもしれない」フォーダイスは水を向けた。

「挿さってなかった」ベンは断言した。「だってほら《お》、何度か開けようとしてみたから」

「それでも、施錠はされていたんだな?」

「そう。で、鍵はなかった。ほん《お》とに」

フォーダイスは扉に一歩近づき、扉の下のほうに目をやった。

「あの差し錠はどうだ?」フォーダイスは訊いた。「抜かれていたのか? 今みたいに?」

それは床から六インチほどの所にあって、物入れをいっそう近づきがたい存在にしていた。ふつうなら、物入れの扉に鍵と差し錠の二つを付けることはない。

「いや、おいらだ」ベンはつぶやいた。「おいらが抜いた。扉を開けようとしたときに。でも、さっきも言ったけど鍵がかかってて、鍵は挿さってなかっ——」

「そうか。ところでいいことを思いついた」

「いいこと、って?」

「あんたが開けるんだ！」

ベンは速やかに後退《あとずさ》り、死体にぶつかりそうになった。そこで、また逆方向に後退り、高窓の下の木箱にぶつかって、へたりこんだ。

「やれやれ、なんて家だ！」ベンは息を呑んだ。そして、とつじょ憤りを感じてフォーダイスを睨《にら》みつけた。「なんでおいらが開けなきゃいけないんだよ？　おいらをなんだと思ってるんだ？」

「いや、ほら」フォーダイスはぶつぶつと言った。「今度はそっちの番だから。確か言ってたよな？『公平にやろう』って」

「ばか言うな！」

フォーダイスは肩を竦《すく》めた。そして、いきなり物入れに近づいた。「あんたの勇敢さときたら、おれにとっては不変の驚異だ」フォーダイスは言った。「どうしたらそんなふうにいられるのか不思議でしょうがない」フォーダイスの会話の進め方は、どこか歯医者と相通ずるものがあった。患者に抜歯鉗子《かんし》をちらつかせながら宥《なだ》めすかすのだから。フォーダイスは鍵に手をかけ、施錠されていることを確認した。「よし、とにかく今は施錠されている」フォーダイスは言った。

そのとき、ベンはあることを思いついた。

「いっそのこと施錠したままにしとくのはどうかな？」ベンは提案した。

「いや、だめだ」フォーダイスは返事をし、鍵を回した。「さあ、開《あ》いたぞ」

「おい！　気をつけろ！」ベンは囁いた。

フォーダイスはベンに目もくれず、にわかにさっと扉を開けた。と同時に叫び声をあげた。

ベンは両手を上げた。降参のポーズだった。けれども、物入れからは誰も飛びだしてこなかった。

乱闘も起こらなかった。次の瞬間、ベンは思い切って物入れに近づき、フォーダイスにならって中を覗きこんだ。

いかにも風変わりな物入れだった。どうやら突き当たりは壁のようだったが、暗がりでよく見えなかった。それでも鉤状《かぎなり》に曲がっていることは見分けがついた。右の壁に沿って、あまり奥行きのない棚があった。棚には、ひびの入った小ぶりの鏡と、ブラシと櫛が一つずつ置かれていた。その上方の壁に並んだ鉤《フック》に、二つ、三つ鬘《かつら》がかけてあった。

「おやおや、こりゃ驚いた」フォーダイスはぶつぶつと言った。そのとき、ベンが肩越しに覗きこんできた。「見ろよ！　まるで役者の楽屋みたいじゃないか、え？」

ベンは返事をしなかった。見ていたのは棚でもなく鬘でもなく、突き当たりの影になった死角の部分だった。

「扉もずば抜けて頑丈だな？」フォーダイスはしゃべり続けた。「物入れの扉にしては厚すぎる。おまけに詰め物がされているとは。妙だぞ。おい、これはなんだ？」

扉の内側に新聞の切り抜きがピンで留められていた。大きな活字の見出しがあった。

〝逃亡組合〟
囚人らの脱獄方法とは
大陸への秘密の逃亡手段の存在やいかに？

フォーダイスは見出しを読みあげ、そのあと記事の冒頭を読みあげた。

「『警察は指名手配犯の国外脱出を幇助する秘密組織の存在を摑《つか》み、暫時その動向を追っていた』」

「ついでに少しくらい、おいらに親切にすることだってできたんだ」ベンはぶつぶつと言った。

「黙ってろ！『ブダペストでも似たような組織の存在が知られて――』」

「おい！」ベンはまた口を挟んだ。「もういいだろ？　あの先で誰が聞いてるとも限らないんだ。見てきてよ！」

フォーダイスは微笑《ほほえ》み、「それであんたの気が済むなら」と言い残して物入れの奥に入っていった。ベンは心配で見守っていた。フォーダイスは奥を曲がって完全に姿を消した。ますます心配になったベンは、フォーダイスが姿を見せるまで、じっと見つめていた。

「おい！」ベンは嗄《しわが》れ声で呼びかけた。「そこにいるんだろ？」そして、後ろに飛んだ。フォーダイスがひょっこり姿を見せたのだ。「頼むよ、だんな」ベンは弱々しくつぶやいた。「これ以上こんなことが続いたら、本気《おん》で頭がおかしくなる！」

「まあ、こっちもあんたを責められないが」フォーダイスは顔を顰《しか》めた。「ことごとく妙な家だな。こんなのは初めてだ」

「それで、奥に何があったの？」

「何も。あったのはクモの巣だけだ。突き当――しっ！」フォーダイスは廊下側の扉に駆け寄り、聞き耳を立てた。

「おい！　なんだよ！」

「しっ！　静かに！　いいか、気持ちをしっかりと持つんだ！」フォーダイスはぶつぶつと言った。

「誰か上がってくるぞ！」

「じゃあ、出ていって殴ってやれ！」ベンはぺらぺらとしゃべった。

「静かにしろ！」フォーダイスは声を潜めてベンを制した。

そして、いきなり静かに飛びのいた。まるでネコのようだった。フォーダイスは扉の脇に立ち、熱心に耳を傾けながら拳を握りしめていた。ベンも両手の拳を握りしめていた――無精ひげの生えた顎を覆い隠すようにして。

みし――みし――みし。足音が階段を上りきった。足音の主はそこで立ち止まった。じきにまた動きだし、扉を大きく開け――。

「おい！」ベンは声を限りに叫んだ。

「ばか野郎！」フォーダイスは怒鳴り、一気に扉を開け放った。

けれども、その隙に慌てて逃げる足音が聞こえ、その何かは稲妻のように階下に去っていった。黒い影が見えなくなった。追いかけようとしたフォーダイスは、片方の脚に二本の手が食らいついていることに気づいた。

「何をす――！」フォーダイスはそう叫んで振り向いた。

ベンが膝立ちでしがみついていた。

「放せ！」フォーダイスは腹立ち紛れに怒鳴った。

二本の手が緩み、気が狂わんばかりのベンが見つめてきた。

「命を救ってやったんだよ、だんな」ベンは喉を鳴らして言った。「や、殺《や》られててもおかしくなかったんだから！」

「ばかか、おまえは！」フォーダイスは文句を言った。そして、ベンを振りほどき、部屋を飛びだした。

けれども、廊下でまた立ち止まった。

「おい！」フォーダイスは後ろに呼びかけた。「天窓が開いてるぞ！　知ってたか？」

「なんのこと？」

「まったく、二人とも気づかないなんて。屋根までは調べなかったな」

フォーダイスは階段を駆けおりるのをやめ、部屋に戻った。そして、震える〈マーチャント・サービス〉の男の肩を両手で押さえ、早口だが、きっぱりした口調で言った。

「さあ、聞いてくれ。できれば、でいいから！」フォーダイスは言った。「これからやつを追いかける。あんたを連れていったら何かの役に立つか？」

「いや、なんの役にも立たない」ベンはきっぱりと答えた。

「その言葉を信じよう」

「信じてもらって大丈夫だ！」

「そりゃ、けっこう。ここに置き去りにすることになるが、頼むから、おれのいない間、気をしっかり持っていてくれ」茫然と見つめるベンに、フォーダイスはいらいらして言い足した。「誓ってもいい。この件が片づいたら、あんたがヴィクトリア十字勲章をもらえるよう推薦しよう。あんたほど勇敢な男にお目にかかったことはないからな」

「そうかい、それはよかったね、だんな」回れ右をするフォーダイスを尻目に、ベンはつぶやいた。

「あんたは腹《あら》に牛肉や野菜なんかが詰まってるんだろうけど。空きっ腹で勇敢になれるやつなんていないんだ」

フォーダイスは聞いていなかった。すでに廊下に出ていたのだ。そのとき、とつぜん、かちゃっと音がして、ベンは視線を上げた。

「おい!」ベンは扉に駆け寄った。扉は施錠されていた。ベンは無駄と知りつつ取っ手を回した。

「ちくしょー! 閉じこめやがったな!」

ゆっくりと向き直ると、扉の開口部に横たわる縮こまった体が炉火の明かりにかすかに揺らいで見えた。ベンは壁まで後退った。気のせいだろうか——それとも、死体が動いたのだろうか?

十一　屋根を伝って

ギルバート・フォーダイスが階下でどんな時間を過ごしていたにせよ、ベンの境遇に比べれば恵まれていた。ベンが閉じこめられた部屋は、いっぽうに物入れの扉が大きく口を開け、もういっぽうに死体が転がっていたからだ。

その静けさでさえ、死体や物入れがちょっかいを出すのを後押ししているようだった。どちらも災い以外の何ものでもなく、そこからどんな恐怖が湧き起こるやもしれなかった。まるまる一分、ベンはじっと動かずにいた。やがて、われわれ人間の感情を超越した〝時〟が経過したおかげで変化が起こり、ベンの乱れた心も落ちつきはじめた。

〈たぶん、チャーリーは動いてない〉ベンは思った。〈たぶん、おいらの頭がふらついただけだ〉無理もなかった。死体や物入れのことで動揺しているのだから。ベンは薄暗い室内に意識を集中させた。

〈扉を閉めてみるか〉次にベンは思った。心が落ちつくと建設的な考えができるようになった。〈うん、閉めよう。鍵もかけよう。そうすれば、悪意のある何かが急に飛びだしてくることもない！〉

ベンは壁に沿ってこわごわと摺《す》り足で進み、物入れの扉をゆっくり閉めた。いや、ゆっくりしていたのは閉める動作の前半だけで、後半は慌てていた。急に慌てだしたのは、急がないと中にいる目に見えない居候が向こう側から扉を押し開けるかもしれない、という思いに駆られたからだった。扉を閉めたあと、差し錠を挿した。「万歳！　うまくいった！」

次に、振り向いて炉火を見た。火は消えかかっていた。一本しかない蠟燭は、とうぜんながらフォーダイスが持っていった。

「このとんでもない家が全部自分のものだと思ってるんだろうな」ベンは不満を言った。「よし、炎《おのお》を熾《おこ》すとするか」

ベンは木っ端《ぱ》を集め、片方の目で死体を監視しながら用心深く暖炉に近づき、火に投げいれた。木っ端は数秒の間、それまであった火を弱らせたが、すぐに火花を放ち、火を噴《ふ》きあげて、ぱちぱちと爆《は》ぜ、やがて大きな炎が現れた。

〈ほら、そうこなくっちゃ！〉ベンは思った。〈母さんが言ってたっけ。おいらを暗がりに一人《いとり》にしとけなかった、って！〉

明るさが増したことで身も心も温まったベンは大胆になり、さっきよりも死体に近づいて注視した。「やあ、チャーリー」ベンは言った。「気分はどうだい？」

死体は答えなかった。おかげで正気を保つことができた。炉火の明かりが、上を向いた深靴の爪先部分をちらちらと輝かせた。片側の手と肩、それと顔の上端も輝いて見えた。ベンはいつの間にか、そのいびつな肩に目を留めていた。

〈いびつでとうぜんだよな？〉ベンは思った。〈本人《おん》の心がいびつなんだ。賭けたっていい！〉

そして、ほかにも火明かりに輝くものを見つけた。とつぜん、ベンは死体に忍び寄り、顔をうつむけている男のポケットからそれを取りだした。

「おやおや！」ベンは一瞬息を呑んでから言った。「手錠じゃないか！」

そして、立ちあがって手錠を掲げた。こいつはちょっとばかり難題だぞ！　ポケットに手錠を忍ばせて何をやっていたんだろうか？

その発見は、死体が噛みついてこなかった安堵と相まって、ベンの勇気をますます奮い立たせた。そこで、ベンはまたも死体に近づき、ほかに何か見つからないかと目を凝らした。好みの作業ではなかった。男は頭にひどい傷を負っていたし、いかにも何かが入っていそうな、もう一つのポケットを探るには、そちらを上にするべく死体に寝返りを打たせなければならなかった。けれども、やっただけのことはあった。二つ目の膨《ふく》らみは回転式拳銃《リヴォルヴァー》だったのだ。その重宝しそうな武器を握ったとき、ベンの目玉は飛びでんばかりだった。

「おや、びっくりだ」ベンはつぶやいた。「拳銃だなんて！　ちょっとばかしツキが回ってきたぞ！」

ベンは廊下側の扉に目をやった。「これでようやく、口から出まかせを言ってごまかす必要《いつ》もなくなった。こりゃ、いいや！」

拳銃を自分のポケットにしまったあと、受けいれがたい光景を見つめていたベンは、死体を追いだすことにした。すでに体の一部は奥の部屋にあった。ひょいと屈みこんだベンは、死体を小突いて転がして、なんとか扉の向こうに押しやった。そして、扉を閉めて施錠した。

「さよなら、チャーリー！」ベンは言った。「極上の客間には泊めてやれないんだ。悪いね。でも、あんたの見た目がどうにも好きになれなくて！」

ポケットに拳銃を忍ばせたベンは、気分がめっきり上向いて部屋の不気味さを感じなくなっていた。それでも、外への出口を探っておいて損はなかった。そこで、高窓の下の木箱に乗った。その最中、遠くでかすかな鐘の音が四時十五分の時を告げた。

ベンはすぐに木箱から下りた。霧は濃かったが、地面からの高さはかなりのもので、窓からは脱出できそうもないことは確かめられた。

拳銃を取りだして調べていると、外から足音が聞こえてきた。そこで、拳銃をポケットに戻した。ただ、ポケットの中で握ったままでいた。鍵が回り、扉が開いて、困惑に顔を顰《しか》めたフォーダイスが姿を見せた。

「まったく、ひどい目に遭《あ》った！」フォーダイスは語気を強めて言った。「階下《した》に行っ――」フォーダイスはふいに言葉を切った。「おい！　何をしていた？」

「どういう意味？」ベンは迫った。お決まりの言い草だった。

「どういう意味だと？　決まってるじゃないか、死体をどこにやった？」

「ああ、あいつか！　隣の部屋《へや》にしまっておいた」

「勲章ものの大ばか野郎だな！」フォーダイスは言った。「知らないのか？　ふつうは警察に見せるまで死体は動かさないものだ」

「そういうものか」ベンは答えた。

フォーダイスは鋭い視線でベンを一瞥した。ベンの態度が、どことなくこれまでと違うことを感じ取ったのだ。けれども、その理由までは思いつかなかった。そして、次の瞬間、また叫び声をあげた。

「いったい、どこから、あんなものが湧いてきた？」フォーダイスは炉棚を見つめていた。ベンが手錠を置いておいたのだ。

「あいつのポケットに入《あい》ってたんだ」生意気にもベンは言った。

「変だな！」

「うん、そうだね。あれは何？」

「なに、手錠を見たことがないのか？」フォーダイスは微笑《ほほえ》んだ。

「ない」ベンは言った。「見たことも触ったことも」

「なら、これからもずっとそうあってほしいものだ」フォーダイスは意見した。「あんたがここで手柄を立てたというのに、おれのほうはまったく収穫がなかった。だが、まだ屋根がある。ちょっとばかり気になっているんだ」

「気になる？」ベンは応じた。フォーダイスは椅子に近づき、手をかけた。

「ああ、気になる」フォーダイスは明言した。

「じゃあ、屋根を満喫すればいい、ハ《ァ》ロルド・ロイド（二十世紀初頭に活躍した喜劇役者（一八九三〜一九七一）。サイレント映画でチャップリンと人気を二分した。体を張った笑いに定評があり、高層ビルの大時計の針にぶらさがるシーンは有名）くん」ベンは言った。「おいらは、そろそろ失礼するよ」

　フォーダイスは振り向き、まっすぐにベンを見つめた。その表情にどうにも気に入らないものがあったが、ベンは言いなりになってたまるかと心に決めた。勇気が萎えたらおしまいだった。

「うん、失礼する」ベンはくり返した。「こんなことを続けるつもりはないんだ、おいらには。それに、あんたに引《い》き止める権利なんかない。だろ？　ここは自由の国なんだ。わかる？　こんなのはお巡りさんの仕事だ。時間の無駄だよ。そのものずばり、時間の無駄！」

「終わりましたか？」フォーダイスは丁寧に訊いた。

「どういう意味、終わりましたかって？」ベンは不機嫌になった。

　そこでフォーダイスが、かっとなっていれば、ベンのほうも、かっとなっていたかもしれない。フォーダイスはそれほど愚かではなかった。

「終わってくれればいいと思ったんでね」フォーダイスは言った。「あんたが無駄口を叩くのを見てると虫酸《むしず》が走るんだ。それに、あんたはあることに気づいてないようだ――おれには初めからわかっていたが」

「なんのこと？」

「なに、お巡りさんを呼びにいくのが遅れることで得をするのはあんただ、ってことだ。こうして時間を無駄にしているのは誰のせいでもない、あんたのせいだ。いいか、このまま何も見つからないうちに警官に立ち寄られたら、手帳を出されて困った質問をされる羽目になるんだぞ。そこのところをもうちょっと考えるんだ」

「でも、おいらは殺《や》ってない！」ベンは自棄《やけ》になって叫んだ。「殺《や》ってないって言ってるじゃないか！」

「おいおい、あんたが殺《や》ったとは言ってないぞ、おれは」フォーダイスは応じた。「だが、警察が違った見方をする可能性はある。あんたはツイてるよ。おれが、あんたの手に入れた凶器を見つけてなくて――黒鉛の鉛筆は別として」

「えっ？」ベンはびくっとし、反射的にポケットの拳銃から手を放した。

「とにかく、あんたは得することになるんだ」フォーダイスはそう締めくくると、向きを変え、椅子を持って廊下に出た。そして、椅子を天窓の下に置いた。

「だんな！」ベンは大声を出した。

「落ちつけ」フォーダイスは返事した。

「落ちつくつもりはない！　あんたが警察に何を言うのか教えてもらうまでは」

「ありのままを話すまでだ。それ以上でもそれ以下でもない」フォーダイスは言った。「こりゃひどい、霧が入りこんでるぞ！」

「ありのまま、だって？」

「そうだ。少し静かにしててくれ！」

そして、フォーダイスは椅子の上に立った。そこへ、ベンが突進した。フォーダイスはすばやく椅子から飛びおり、ベンを部屋に押し戻した。

「ったく、ばかにもほどがある！」フォーダイスは本気で言った。「おれの証言次第で、あんたの立場が大きく左右されるのがわからないのか？　こんなばかな真似をして、せっかくの機会を無駄にするんじゃない！」

「機会だと！」息を荒らげ、ベンは言った。「まさか、おいらみたいな人間がお巡りに捕まる絶好の機会ってわけじゃないだろうね。いいか、だんな、腹《あら》を割って話《あな》そうじゃないか。おいらのこと、肝が据わってないと思ってるんだろ？　いや、ひょ《い》っとして、据わってると思ってんのか！　まあいいけど。本当《おん》のところ、おいらが人《いと》を殺したと思っているのか、いないのか？」

フォーダイスは質問の答えを慎重に考えた。そして、答えた。

「知りたければ教えてやるが、本当のところ、あんたに人を殺す勇気があるとは思ってない。いざとなったら、かなり度胸がいるものだからな。だが、今のところは、おれたちみんなに嫌疑がかけられるんだ」

ベンはその答えに多少納得がいった。失礼ではあっても慰めにはなった。そこで、切り札を出すのは後回しにすることにした。

「みんなに嫌疑がかかるんなら、たいしたことないな」ベンはゆっくりと言った。「要するに、運命共同体ってことか」

「そうだな。そう思いたければ好きにすればいい」

「ぜひ思《い》いたい。同病相憐れむ、だ。さあ、お気に入りの屋根を見てくるといい。おいらはここに残って事態を収拾しとくから」

「さすが〈マーチャント・サービス〉の人間だけあるな」フォーダイスは微笑《ほほえ》んで、また椅子に飛び乗った。

けれども、すぐにまた部屋に戻ってきた。理由を訊くまでもなかった。頭上で何かを引きずるような音がかすかに聞こえていた。

「なんてこった。今度は何事だよ?」ベンは悲鳴をあげた。

「しっ、静かに!」フォーダイスは声を潜めた。「誰か、屋根を這っているやつがいる」

二人はじっと動かずにいた。間違いようのない音だった。方向も間違いようがなかった。その人物は天窓のほうへと進んでいた。

「て、天窓が開いてるって言ってたね?」ベンは息を呑んだ。

「そうだ」フォーダイスは囁いた。

「じゃあ、お願いだから閉めてきて!」

フォーダイスはベンを黙殺した。そして、すばやく蠟燭の火を吹き消した。そのすばやさにぎょっとし、ぞっとしたベンは、完全に声を失った。屋根からぱらぱらと漆喰の雨が降ってきたところで、フォーダイスは暖炉に駆け寄り、近くに転がっていた木箱を暖炉の前に移動させた。火明かりを遮断したのだった。部屋は今、ほぼ真っ暗闇だった。

ただ、天窓からかすかな光が廊下に漏れていて、そこにいた二人の目は薄闇に慣れつつあった。やがて、そのかすかな光が遮られた。屋根に這いつくばっていた人間の体が、天窓からするすると下りてきたのだ。

十二　隣家の少女

わずか二十四時間前にその家に足を踏みいれてからというもの、ベンはいろいろな音を耳にしてきたが、人間を目にしたのはそれが初めてだった。その初めての物的証拠（死体は別として）によって、しょっぱなから苦しめられてきたものが幻聴に次ぐ幻聴だったわけでも、妄想だったわけでもないことがわかった。ただ、ベンがどんよりとした目で短い廊下の薄闇を見つめている今も、それは影と変わらないくらいぼんやりしていた。薄闇の中にふいに現れた濃い闇は脚のようだったが、光が乏《とぼ》しく、はっきりとした形は摑《つか》めなかった。だから、ベンの頭の中では、それが人食い鬼や毛むくじゃらの怪物であってもおかしくなかった。

じつのところ、侵入者に対する表現できない漠然とした思いこみがあまりにも頑《かたく》なだったので、ベンの脳は思考を止めた。ベンはただただ恐怖に盲従した。堪え得る限り不安に堪えた。それが天窓から椅子へ、椅子から床へと下りてくる間、必死に堪え忍んだ。それは沈黙したまま、二人に近づいてきた。けれども、そこでベンの限界がきた。ベンはその到着を待つことなく、獣の雄叫びをあげて飛びかかっていき、恐怖におののく胸にそれを押さえこんだ。

それは甲高い叫び声をあげ、ベンの腕の中で融けてしまったかに思えた。予想に反して華奢《きゃしゃ》だったので、飛びかかった勢いで一緒に床に倒れこんだ。そのとき、頭上で誰かが毒づくのを聞いて、ベンは慌てて脇に避《よ》けた。ベンの大蛇《ドラゴン》との取っ組み合いは、あっという間に幕を閉じた。

「大変《えん》だ！　大変《えん》だ！」ベンはうろたえた。

「おい、火を点《つ》けろ！　急いで！」暗闇でフォーダイスの怒鳴り声がした。

ベンは動かなかった。どうして動かなければいけないんだ？　ベンがいるのはここだ。動かしたければ地球を動かせばいい！

「おい、火だよ、火！」フォーダイスは怒りの声をくり返した。「どこにいる？　怪我でもしたのか？」

「いいや」ベンはうっかりつぶやいてしまった。

「それなら、頼むからその『大変だ』って言うのをやめて、蠟燭に火を点けてくれ。こっちはしばらく動けないんだ」

ベンはよろよろと立ちあがった。このまま惨《みじ》めな人生を全うするしかないという思いが、またベンを支配しはじめた。

「蠟燭だ！」フォーダイスは喚《わめ》いた。

「お、おいら、マッチは持ってない」ベンは早口で言った。

「ほら、おれが持ってる！　ここだ――おれのポケットだ。探せるか？　急げ！　右のほうだ。言ったろ、動けないんだ！」

ベンは手探りで進みでて、あちこちに触れ、この体つきはフォーダイスに違いないと結論づけた。

「違う、そっちじゃない――右のポケットだ。言っただろ！」フォーダイスは荒々しい声で言った。

「なあ、あんたがどっちを向いてるかなんて、わかりっこないだろ？」ベンは言い返し、反対側のポケットに手を突っこんだ。

そして、マッチ箱を見つけ、震える手でマッチを擦った。火が光を放つと、ベンは目を丸くした。

「おやおや、だんな！」ベンはつぶやいた。「女の子だ！」

「蠟燭を灯せ！」

「わかった、わかった」

ベンは消えかかったマッチを捨てて別のマッチを擦り、物入れの扉のそばの木箱に置かれた蠟燭に、おぼつかない足取りで近づいた。そして、蠟燭に火を灯し、向き直って自分が飛びかかった相手を改めて見た。ほっとしたと同時に憤《いきどお》りを感じた。いったいなんだって、こんなにほっそりした女の子に極度の恐怖を味わわされなきゃいけないんだ！

かわいい女の子だった。きれいな髪をしていた。きっと目だって、開けたらきれいなはずだ。それに、どことなく馴染《なじ》みのある顔に思えた。前にこんなふうな女の子に会ったことはなかっただろうか？　宿屋の子ではない――あの娘《こ》はこんなにかわいくなかった。それなら誰だ……。

「あれっ、だんな！」とつぜんベンは声を張りあげた。「知ってる娘《こ》だよ！」

「なんだって？」女の子を両手で支えていたフォーダイスは、驚きの声をあげた。「この娘《こ》を知ってるのか！」

「うん。隣の娘《こ》」

「ほかに何か知ってることは？」フォーダイスは訊いた。

「ない」ベンは言った。「たまたま昨日、見かけたんだ。玄関前の階段で。その娘《こ》の父親が出かけるときに。気を失ってるの、その娘《こ》？」

「そうだ。あんたのせいでな！」

「だって、わかりっこないじゃないか。このとんでもない家で起きてることが、わかるやつなんている？　あんなふう《う》に屋根から現れるなんて。自業自得だよ」

フォーダイスは女の子の閉じたままの目を心配そうに見て、ちらりと部屋を見まわした。

「急いで廊下から椅子を持ってきてくれないか？」フォーダイスは言った。「この娘《こ》を座らせて、携帯瓶《フラスコ》の酒を飲ませたい」

「はい《あ》、はい《あ》」ベンは返事をし、用心しながら廊下に出た。そして、何事もなく椅子を持って部屋に戻った。

「かわいい娘《こ》だね、だんな？」椅子に女の子を座らせているフォーダイスに、ベンは言った。

「さあ、またポケットを探ってくれ――違う、今度はそっちじゃない――そう、あるだろう、携帯瓶《フラスコ》が？　おれはしばらくこの娘《こ》から手を放せないんだ」

「大丈夫だよ」ベンは答えた。「飲ませ方なら知ってる。ふつう《う》の気つけ薬だろ？」そして、ポケットから携帯瓶《フラスコ》を取りだしたとき、ベンは叫んだ。「おい！　動いたよ、今！」

「な、おれも見た」フォーダイスは声を大《だい》にした。そのとき、女の子がかすかに震えた。「ほら、携帯瓶《フラスコ》だ。寄越せ」

数秒後、女の子はゆっくりと目を開け、虚《うつ》ろな目つきで辺りを見まわした。その表情はすっかり困惑していた。

「ここは、ここはどこです？」女の子はつぶやいた。

フォーダイスはすぐさま安心させるように、その娘《こ》の肩を優しく撫《な》でた。

「怖がらなくていい」静かな声でフォーダイスは言った。「ここには味方しかいないからね」

女の子は額に手をやり、背筋を伸ばした。

「味方?」女の子は躊躇《ためら》いがちに言った。

「そう、味方だ」フォーダイスはくり返した。「何も心配しなくていい」

「どこにいるんですか?」女の子はとつぜん叫んだ。

「どこに、って誰が?」フォーダイスは訊いた。

女の子は、また椅子に沈みこんだ。「頭が混乱してしまって!」女の子は嘆くように言った。「教えてください。あなたたちは誰なんです?」

「そりゃ、そうだ。おれはギルバート・フォーダイス。で、こっちは——ベン。あいにく下の名前しか知らなくてね」

「〈マーチャント・サービス〉のベンだよ」ベンは言った。「それで手紙は届くから」

「わけがわかりません」女の子はうんざりして首を振った。「どうしてここにいるんですか?」

「ええと」フォーダイスは説明した。「たまたまこの家の前を通りかかったとき、この男が——」フォーダイスは言葉を切った。「ええと、ミス……?」

「アクロイド。ローズ・アクロイドです」

「ありがとう。それではミス・アクロイド、きみがここにいる理由を教えてくれたら、こっちも教える。互いに、もやもやを解消する努力をしよう」

「わたし、父を探してるんです」女の子は質問に応じた。

「いびつな肩の人《いと》かな?」ベンは驚きの声をあげた。

女の子は即座にベンのほうを向いた。

「あら、いびつな肩をした人の何を知ってるんですか?」女の子は迫った。

フォーダイスが口を挟んだ。「おい、黙れ、ベン!」突っけんどんな物言いだった。「まずはお嬢さんの話を聞こう」そして、ミス・アクロイドに向き直って訊いた。「父上を探しているということだが、父上に何かあったのかい?」

「わかりません」女の子は答えた。「でも、ものすごく怖いんです。わたし、隣の〈十五番地〉に住んでいるんです。父と二人で」

「うん、知ってるよ」ベンは頷いた。「きみがそこに住んでることは。夕べ会ったよね?」

「いえ、そんな覚えは――」そう言いかけたところで、女の子の目はベンを認識した。「ああ、はい、思いだしました。通りにいた人ですね、父が出かけるとき?」

フォーダイスは、すぐさまベンを見た。

「なに、ミスター・アクロイドを見たのか?」フォーダイスは意味ありげに声を張りあげた。

「まあ、厳密に言えば、見たとは言えないけど」ベンは誤りを指摘した。「霧の中で影法師を見たようなもんだから」

「じゃあ、無理か――また見てもわからないな?」フォーダイスは訊いた。

「無理だよ」ベンは答えた。そして、ミス・アクロイドが背を向けている奥の部屋に向かって目配せをした。「あれは違――」

「そうか。よし、わかった」フォーダイスは遮って、女の子に向き直った。「父上と二人暮らしだと言ったね?」

「はい」

「ずっと二人きり？」

「はい。下宿人がいるときは別ですけど。ときどき部屋を貸すんです」

「なるほど。今は？」

女の子は首を振った。「いえ、ここ半年ほどはいません」女の子はゆっくりと言った。「あの人が出ていってから――」

「あの人って、誰のことかな？」フォーダイスは女の子を促した。

女の子はベンをちらりと見やり、答えた。「あの……いびつな肩をした人です」

「ああ、あいつがそうか」ベンは頷いた。

「えっ！」女の子は叫び、両手を握りしめた。「それ、どういう意味ですか？」

「おい、黙ってろってば。わかったか！」フォーダイスは大声で言いながら、怒ってベンを見た。

「おれに任せろ！」そして、ローズ・アクロイドに向かって言った。「つまり、半年前、いびつな肩をした男がお宅の下宿を出ていったんだね？」

「はい」

「それ以来、男に会ったことは？」

「いいえ。ある日とつぜん出ていったんです。それで、そのあと、父はもう下宿人を置くつもりはないと言いだしました。理由はわかりません。ほら、その気になればいつでも貸せるのに」

「ううん、おそらく父上には父上なりの考えがあるんだろう」フォーダイスは応じた。「それじゃあ、その部屋は今、空いてるんだね？　使われずに？」

「いいえ、使ってます」女の子は答え、小さく体を震わせた。「父がそっちに移りました」女の子はそこでしゃべるのをやめた。それ以上、話すのを恐れているようだった。

「下宿人が出ていった理由を、きみは知らないのかな?」フォーダイスは訊いた。

「はい、知りません。数日戻ってこないことなんてざらだったから。ときには、かなり長いこと戻ってきませんでした。それで、今はずっと戻ってきてない状態です。理由はいまだにわかりません。少なくとも――」

「続けて、ミス・アクロイド」女の子が躊躇《ためら》ったので、フォーダイスは促した。

「えーと、こう言おうとしたんです――少なくともわたしは知らない、って。父が知っていたとしても教えてくれませんから」

女の子は遠慮がちにしゃべった。話したくてたまらなそうだったが、何かが思い止《とど》まらせているようだった。

「そいつの名前は?」ベンは訊いた。「そのいびつな肩をしてる男の?」

「スミスです」女の子は言った。「少なくとも、そう名乗ってました。でも、わたしはいつも、あの人のことはどこか変だと思ってました。なんとなく偽名のような感じがしたんです」女の子は体を震わせ、とつぜん大きな声を出した。「もう! 確か味方だって言ってたのに、どうしてそんな質問ばかりするんですか?」

「それはだね、ミス・アクロイド」フォーダイスは重々しい口調で答えた。「こっちも謎を解こうとしているからなんだ。どうやら、きみの謎と、こっちの謎が、切っても切れない関係にあるようだ。どうか話を続けてもらえないだろうか――いや、ちょっと待った! 以前、この家に入ったことはあるのかな？」

「いえ、一度もありません」女の子は答えた。

「つまり、今日の昼以降のことを訊いてるんだが？」

女の子は首を振った。

「間違いない？」ベンは女の子をじっと見つめながら訊いた。

「入ったことありません！　なぜですか？」女の子は叫んだ。

「誰かがいたからだよ――物音が聞こえたんだ！　それで――」

「おい、あんた」フォーダイスは真面目に言った。「物入れに閉じこめられたいのか？」

「へん《ぇ》、好きにすればいい」ベンはむっとして鼻を鳴らした。「なんであんただけがぺらぺらしゃべってんだよ？」

「ああ、もう――わたし怖くてしかたがないのに」ローズはつぶやいた。「喧嘩はやめてください！」

「心配ない。ベンとおれはわかりあっているからね」フォーダイスはローズを安心させようと陽気に言った。「さあ、きみの話を聞こう。もう二人とも邪魔はしないよ」フォーダイスは言い足した。「いいか、ベン。話を聞きながらでいいんだ。蠟燭を二つに切り分けてくれないか？　そうすれば明るさが倍になる」

「わかった。その手の作業《こと》は任せといてよ、だんな」ベンは摺《す》り足で蠟燭に近づきながら切り返した。

「おいら《お》に静かにしててほしいんだね！」

十三　電報

そのあと、ローズ・アクロイドは身の上話に加え、いかにも奇妙な話をした。なるほど、確かにそれなら濃い霧の午後に屋根を伝うことになるのも納得がいった。あまりの奇妙さに、邪魔をしないと約束していたギルバート・フォーダイスも、ついつい口を挟んでしまった。

　そのうえ、話の内容以上に奇妙だったのが語られた状況だった。なにしろ、そこは家具のないがらんとした部屋で、照らしていたのは薪《まき》の火と、短く切られた蠟燭だった。残り半分を別個の明かりにするため、半ば反抗的で半ば恐怖におののいた風変わりな船乗りの手で二つに切り分けられたのだ。部屋にいる三人は互いに初対面で、つい最近までその部屋に来たこともなかった。部屋の外には、濃い、見通しのきかない霧が立ちこめ、今また、かすかな重低音とともに遥か真下を列車が通過し、扉の向こうに死体が転がり、別の扉の向こうに謎めいた物入れがあり、少なくとも一人の、目に見えない人間が家中をこそこそ動きまわっている。そんな状況に、ふつうの話が釣りあうわけもない！

　ローズはたどたどしい口調で語りはじめた。

「父がいなくなったんです。今日の午後のことです。そのちょっと前まで――」

「じゃあ、夕べは帰ってきたんだね。おいらが見かけたときは出かけるところだったけど？」ベンが口を挟んだ。

「はい。まもなく帰ってきました」ローズは答えた。「ちょっと約束があっただけ――」

「誰と?」ベンはフォーダイスの視線に気づいた。「わかったよ。ごめん。続けて」

「相手は知りません」ローズは言った。「訊かなかったし、父も教えてくれませんでした。とにかくそのときは戻ってきて、今日の昼食が終わるまでは何も起こりませんでした。そのあと父は寝室に上がっていって――」

今度はフォーダイスが話の邪魔をする罪を犯した。

「下宿人のスミスが使っていた部屋のことかな?」フォーダイスは訊いた。

「そうです。父はよくあそこに行って、長時間鍵をかけて過ごすんです。大事な仕事か何かがあるんだと思います――わたしにはいっさい話してくれませんけど。わたしにわかるのは、それで多少お金を稼いでるってことだけです。ほら、単純に考えても、下宿人を置かないことにはやりくりできませんから。うちは――うちは、ほら、そんなに恵まれているわけではないので」ローズはわずかに頬を赤らめ、言い足した。

フォーダイスは気持ちを察して頷いた。

「今日の午後、父が寝室に上がって少し経ってから、父宛の電報が届いたんです」ローズはまた話しはじめた。「とうぜんわたしは、それを持って上階《うえ》に行きました。いつもは父の邪魔をしないようにしているんです。ほら、父にそう言われているから。父の仕事はとても大変そうだし、それに――まあ、あとで言いますけど――ときどき心配になるんです。あまりにもしゃべってくれないから。頭の中はそのことでいっぱいみたいです」

ローズは話を中断した。フォーダイスは頷き、安心させるようにローズの肩を優しく撫《な》でた。

「わかるよ」フォーダイスは言った。「心配してとうぜんだ。どんな仕事か、きみはまったく思い当たらないの？」

「見当もつきません。電報を持っていったとき、鍵がかかっていました。そうだろうとは思ってたけど、ぞっとしたのはノックをしても返事がなかったからなんです。何度もノックしました。それもかなり大きな音で。しょうがなかったんです。ほら、電報を渡さないといけなかったから。それでノックをしていたとき、一度、部屋でかすかな物音が聞こえたような気がしたんです。もちろん、ぎょっとしました」

「そりゃ、誰だってぎょっとする」フォーダイスは声を大《だい》にした。「それで、どうしたの？」

「わたし、どうしていいかわからなくって。自分に言い聞かせたんです。『たぶん、父は鍵をかけて出かけたんだろう』って。でも、出かけるのに気づかないわけないんです。だから、その扉の鍵を見つけようと家中探しまわったんです」

「それは名案だ！　それで見つかった？」

「はい、ずいぶん時間はかかりましたけど」ローズはとつぜん手で顔を覆った。「でも、部屋には誰もいませんでした！」

「恐ろしい話《あなし》だ！」ベンはそうつぶやいて、急いで残りの蠟燭に火を点《つ》けた。明かりが増せば慰めになるだろうと思ったのだ。

「もう、恐ろしくて恐ろしくて」ローズは話し続けた。「いろんなことを考えました。そんなときにどんなことを考えるかは、おわかりかと思います。そのとき窓が開いていることに気づいたんです——ふつう、こんな霧の日に窓を開けっ放しにしませんよね？　慌てて窓に駆け寄って外を見ました。

ると広めの窓台があったんです。そして、見つけたんです――これを――この小さな券が落ちているのを」

ローズはポケットから小さい券を取りだして、フォーダイスに見せた。

「奇妙だ」フォーダイスはそう言い、読みあげた。「〈十七〉か」

「この家の番地と同じだよ、だんな」ベンはそう言い、一目見ようと近づいた。

「そのようだな、シャーロック・ホームズくん」フォーダイスは切り返し、改めて読みあげた。

「『〈十七〉――四時三十分』」

フォーダイスがふいに腕時計を見たので、ベンは小さく叫んだ。

「うわっ。もうすぐだよ、だんな」ベンは興奮して言った。

「確かに、そろそろだな」フォーダイスは真面目に応えた。「えーと、ミス・アクロイド――おい、どうした、ベン？」

券を見つめていたベンの顔色が変わったのだった。

「ちょっ、ちょっと待った！」ベンは声を張りあげた。「おかしいな！　こういうの、前にも見たことがある！」

「いったい、どういうことだ？」ローズに見つめられながら、フォーダイスはベンに詰問した。「確かなのか？」

「いや、確かじゃない」ベンは答えた。「正確に言うと、ぜんぜん見てはいないんだ。あっという間に取りあげられたから。でも、あの娘《こ》が言ってた。〈十七〉って書いてあるって――」

「誰が言った、って？」

「女の子だよ、だんな。酒場のね。昨日ここに来る前に寄ったんだ。そしたら奥の部屋《え》にいた男が慌てて出ていった。で、その部屋《え》に入《あい》ったおいらがそれを拾《いろ》ったんだけど、やって来たお巡りさんに取りあげられて、おいらはそこを出た。なんで出たかって言うと、あんまり確かじゃ――」

「やれやれ、確かでないならミス・アクロイドに続きを話してもらってはどうだ?」フォーダイスは提案し、振り向いてローズに訊いた。「その券を誰かが窓台に落としたんだね? そして、その誰かを、きみは父上だと思っているのかな?」

「そうです」ローズは頷いた。

「それで、きみはどうしたの?」

「窓から這いでて――」

「危ないと思わなかった?」

「それが思わなかったんです。窓から出て、あっという間に屋根に辿り着きました。でも、さすがに屋根に登ったときは怖いと感じました。霧がかなり濃かったし。屋根の上を這って――」

「おっと、その話《あなし》はしてくれなくていい」ベンは割って入った。「おかげでこっちは、びくびくものだったんだから!」

「どうしてですか? わたしの音、聞こえました?」

「聞こえたか、だって?」ベンはぶつぶつと文句を言って、天井に目を向けた。「あれ、あそこ。なんかニシン《キッパーズ》の燻製の骨《おね》みたいな模様だね?」

「わかった、わかった」フォーダイスはいらいらして言い、ローズに視線を戻した。「屋根の上を這ったんだったね?」

「そうです。それで屋根の端まで来たとき、〈十七番地〉の屋根に移るのは簡単だとわかったんです――ほら、この家の屋根です」ローズは答えた。「だから、こっちの屋根に飛び移って――」

「たいした度胸だ！」フォーダイスは小声でつぶやいた。

「――天窓に辿り着いたんです。窓は開いてました。そこから忍びこんだとき、何かが飛びかかってきて、それでわたし、気を失いました。それで全部です」

「きみに飛びかかったのが味方のベンだというんだから始末に負えない。本人はよかれと思ってやったようだがね。この男はときどき妙なことをしてくれるから」

「ばか言え。あの状況で飛びかからないやつなんていないよ」ベンは言い返した。「まったく音を立てずに入《あい》ってくるんだから！」

ローズはうんざりして首を振った。「この家、なんか変――」

「そう、何かに取り憑《つ》かれてる――ぜったいに！」

「こいつの話は聞かなくていい」フォーダイスは顔を顰《しか》めた。「どうしてそう思うの？」

「ええと、一つ気づいたことがあって」ローズは説明した。「この家には、やけに変わった人たちが来るんです。ときどき窓から見かけるんですけど、ふつうに家を見にきている人には見えないし、家を見にきてるなら、どうして誰も借りないんです？　かなり長いこと借り手を探してるのに」

「よっぽどの変人《えん》じゃなきゃ借りないよ、こんな家」ベンは言った。

「それに――ええ、ばかばかしいと思われることぐらいわかってます――ミスター・スミス宛の手紙が今も届くんです。本人は何か月も前に出ていったのに。手紙はいつも父が受け取ってます。そのあとどうしているのかは知りません。父は転送してるって言ってるけど、今朝、たまたま見てしまったんです。ミスター・スミス宛の封筒が開封されてるのを」ローズはふいに言葉を切った。「ああ、わたしったら、どうしてこんなことを話してるのかしら？　思ってないですよね、わたしのこと――裏切り者だなんて？」

「まさか。思うわけがない」フォーダイスは優しく言った。「父上の言動には、それなりの理由があるに決まってる」

「ありがとうございます！　そう信じてます。父は一度だって悪いことはしてな――」

「おっと、ミス・アクロイド。電報だ！」とつぜんフォーダイスは叫んだ。「電報はどうした？」

ローズはフォーダイスを見つめ、意外そうに声を張りあげた。

「やだ、すっかり忘れてました」ローズは答え、ポケットから小さなオレンジ色の封筒を取りだした。

「これです。まだ開けてもいなかった！」

「今、開けてみてはどうかな？」フォーダイスは勧めた。

「はい、そうします。何かわかるかもしれないし」ローズは急いで開封した。そして頼信紙を取りだしながら、いったん動きを止めた。「あ、あなた方は安心させてくれましたよね、わたしの味方だ、って？」

「すぐに納得がいくはずだ」フォーダイスはきっぱりと言い切った。

ローズは頼信紙を抜き取って伝言にざっと目を通したあと、不思議そうに読みあげた。

「『本日十七番地に近づくな。シェルドレイクがうろついている。指示を待て。サフォークネックレス発見。バートン』」

「バートン！」フォーダイスはつぶやいた。

「刑事《でか》かな？」ベンが訊いた。

沈黙が流れた。得体の知れない思惑と、得体の知れない動きが、新たにその部屋に集まりつつあった。いずれもそれまでに負けず劣らず混乱するものだった。

「その電報の意味はわかるかな、ミス・アクロイド？」フォーダイスは訊いた。

「いいえ、わかりません」ローズは答えた。

「きみのお父さんは何をしてる人《いと》？」ベンは訊いた。とつぜん閃《ひらめ》いたのだった。「宝《おう》石関係の仕事？」

「違います。保険の代理店をしています」

またも短い沈黙が流れた。それぞれが電報の文言を思い巡らしていた。するととつぜん、フォーダイスが背筋を伸ばし、声を張りあげた。

「いいかい、ミス・アクロイド。今、きみがすべきは、このことを肝に銘ずることだ。おれがここにいるのは、きみの力になるため――」

「へえ《ぇ》、さぞかし大きな力になってくれるだろうね」ベンが口を挟んだ。「この一時間、この人《いと》には助けてもらいっ放しだった――おいらがポプラの葉《あ》のように震《うる》えながらこの家を飛びだしたとき、ものすごい勢いでぶつかってきて、おいらに回れ右をさせて家に連れ戻してくれたしね！　きみの力になんてなれっこないよ、ぜったい――！」

「落ちつけ。興奮するな、ベン！」フォーダイスは荒々しく言って、ローズに向き直った。「きみは家に戻ったほうがいい、ミス・アクロイド。大至急だ。もうすぐ四時半に――」

「はい。でも、四時半に何が起こるんですか？」不安げに手を握りしめ、ローズは訊いた。

「ベンが逃げだすんだ」ベン本人が自ら言った。

「おれにも何が起こるかわからないんだ、ミス・アクロイド」フォーダイスは言った。「何も起こらないかもしれない。だが、とにかく、ここにはいないほうがいい。おれを信じて指示に従ってほしい。家に戻って――」

「あっ！」ローズは叫び声をあげた。「でも、鍵！」

「は？」

「鍵を家に置いてきてしまって」

「ひゅーっ！」フォーダイスは口笛を吹いて、小声で言った。「なら、屋根伝いに戻るしかないってこと？」

「はい」

「またあんなことをする勇気はあるの？」

「ええ、まあ。どうしてもって言うなら。でも――」

「一緒に行こう、きみがよければ」

「うん、それならおいらも行く」ベンが口を挟んだ。「こんなとんでもない家に一人《いとり》きりにさせようったって、そうはいかない。みんな揃って逃げ――おい！　なんだ、なんだ？」

窓から、また教会の時計台のくぐもった鐘の音が聞こえてきた。四時半が告げられた。そして、鐘の音の残響がようやくやんだとき、玄関の呼び鈴が鳴った。

「ああ！」ベンはひどく興奮して息を呑んだ。「おしまいだ！」

十四　四時半

しばらく誰も動かなかった。がらんとした家の中を響き渡る呼び鈴は、幽霊からの挑発のようだった。挑発はくり返され、二度目の呼び鈴が鳴った。

フォーダイスは挑発に乗ることにした。そして、壁に寄りかかって胸に手を当てているローズに微笑《ほほえ》んだあと、ぐずぐずしている船乗りに向かって、急に早口で話しかけた。

「いいか、ベン」フォーダイスは言った。「おれたちは今追いつめられている。たまには男らしいところを見せてくれ！　おれは今から階下《した》に行って呼び鈴に応じる。相手が誰か判明する前にミス・アクロイドをここから遠ざけなければならない。わかったか？」

ベンは答えなかった。

「屋根を伝っていく分には、まったく心配ないんだね、ミス・アクロイド？」フォーダイスは振り向いてローズに訊いた。

「ええ。なんとかなります」ローズは力なくつぶやいた。

「よし！　じゃあ、すぐに出発するんだ。だが、頼むから気をつけてくれ！　家に戻ったら、おれが行くまで待機してほしい――こっちの状況はすぐに知らせるから。それからベン、あんたは――」

「は《あ》、はい《あ》。おいらはどうすれば？」

「ここに残って、ちっこい肝っ玉を据える努力をしてくれ」

フォーダイスは蠟燭の一つを摑《つか》み、扉に向かった。

「おい」ベンは小声で言った。「おいらはこの娘《こ》を送ってったほ《ぉ》うがいいんじゃないかな?」

「いいや。まもなくこっちも、あんたの手が必要になるかもしれないんだ。ここらで〈マーチャント・サービス〉のお手並み拝見といこうじゃないか。だが、まずはミス・アクロイドが天窓から出るのを手伝ってもらって、そのあと、よかったらおれと階下《した》で——」

「いや、遠慮しとくよ、だんな」ベンは震えて言った。「おいらはここで待つ——準備万端抜かりなし、だよ!」

また呼び鈴が鳴った。

「さあ、行くんだ、ミス・アクロイド」フォーダイスは囁いた。「健闘を祈る!」

そう言いながら、フォーダイスは廊下に駆けだした。階段を急いで駆けおりる足音が聞こえた。ローズは振り向いてベンを見つめた。

「さあ、さあ」ベンは急《せ》きたてた。「屋根に上がって!」

「どうして男らしさを見せて一緒に行くって言わなかったんです?」ローズは腹立たしげに言った。

〈おや〉ベンは思った。〈この娘《こ》、急に態度がおかしくなったぞ!〉

そして、声に出して答えた。「今日はそんな気になれない。なんか文句ある? 腹《あら》が減《え》っちゃあ戦はできぬ、ってんだ」

「なら、ここにいるんですか?」ローズはしつこく言い続けた。「ここにいるんですね——あの人に必要とされても?」

「必要《いっ》となんかしてないよ、あいつは」ベンは言い返した。「ところで、どうしてぐずぐずしてるんだ？」

「あなたを信じられないからです！」

「誰が信じてくれと言ったのさ？　おいおい――こら、何をしてるんだ？」

ローズはすばやく扉に駆け寄り、扉を閉めた。そして、ベンが追いつかないうちに鍵を回し、引き抜いた。

ベンは激怒した。どいつもこいつもどうなってるんだ？　おいらを奴隷とでも思ってるのか？　誰かの召使いになるなんて署名した覚えはない。それなのに、あそこへ行けだの、行くなだの、いちいち命令してきやがって。ここは船の上じゃない。ただの家だ。もう我慢できない！

とつぜん、怒りのただ中に、ベンは自分の主張を押し通す方法を思いついた。脇腹に当たった利き手が硬いものに触れたのだ。拳銃だ！　すっかり存在を忘れていた。

ベンは猛然とローズに向かって叫んだ。

「なんで鍵をかけた？」

「あなたが屋根から逃げないようにです」ローズは喧嘩腰に言い返した。

「なるほど《お》。で、なんで逃げちゃいけないんだ？」

「あの人がそう言ったから」

「へえ《え》！　じゃあ、あいつは誰なんだ？」

「あなたと正反対の人です。勇敢で！」

「おいらが勇敢じゃないって？　ふうん《う》、今にわかるさ！　で、きみはどうなの？　きみこそ屋根から戻るつもりじゃ――」

「そもそも、そこが間違ってます」ローズはむきになって言い返した。「屋根から戻るつもりなんてなかった。最初からここにいるつもりだったんです。だから、ここにいます！」

「きみはいかれてる！　どうしてそんなこと？」ベンは、かっとなってポケットを探った。

「今、話します！」ローズの声は揺るぎなかった。「理由は二つあります。わたし、あの人を置いていくつもりはありません。それに、父が見つかるまでこの家から出ていくつもりもありません！　さあ！　あなたも逃げられませんから！」

「おいらも？」

「逃がしません！」

「ねえ、考え直すんだ。もう一度、その機会をあげるから」

「何が言いたいんですか？」

「要するにさ」ベンは自棄《やけ》になって答えた。「その扉の鍵を開けろ、って言ってるんだ」

「嫌です」

「嫌だって？　じゃあ、しょうがない。こっちにも考えがある」ベンはさっと拳銃を取りだしてローズに銃口を向けた。ローズは息を呑んだ。「さあ、どうだ。これでも開けないって言うのか？」

けれども、ローズ・アクロイドは譲らなかった。ただ、目は恐怖に見開いていた。

「嫌です、開けません！」ローズは喘《あえ》いだ。

「言うとおりにしたほうがいい」ベンは嗄《しわが》れた声で言った。拳銃を持つ手が震えていた。「発射《お》しても知らないよ！」

「かまいません！」

　かまわないだって？　ううん、こっちはかまう。額から大量の汗が滴り落ちた。それでもローズに拳銃を見せつけながら、ベンは叫んだ。

「おい、いいか。きみに危害を加えるつもりはないんだ。きみに分別《うん》があればいいだけの話《あなし》だよ。きみのせいでこんな気狂いじみた真似をしてるんだから！　おいらは人殺《いと》しじゃない、あんな——」

「どうかしら、怪しいものだわ！」ローズは喘ぎながら言った。

「違う、って言ってるじゃないか」

「あら、それなら銃をポケットにしまって、証明してみせてください」

「こういうのは得意じゃないんだ。まともなやり方じゃないからね」ベンは粘って、ローズに近づいた。「でも、ここから離《あな》れたいんだ。わかるだろ？　もうこんな家うんざりだ。だから、もしきみがこんなことをやめないなら——鍵を開けてくれないなら——」

「人殺しが得意じゃないなんて言ってますけど」ローズは口を挟んだ。銃に胸を狙われながらも、なんとか冷静さを保とうとしていた。「本当のことを言ってるなら、どうして拳銃なんか持ってるんです？　教えてください！」

「えっ？」ベンは狼狽した。「死体から失敬したんだ」

　ベンが隣の部屋に向かって、ひょいと親指を突きだすと、ローズは悲鳴を押し殺した。

「死体ですって！」ローズは息を呑み、すすり泣きはじめた。「なんですか、死体って？」

「しまった！」ベンはつぶやいた。頭がくらくらしてきた。ベンは拳銃を下ろした。「悲しまないでくれよ。見つけた死体は——」

「どうして――？」

「おいらは言おうと思ってたんだ。でも、あのお節介な男がその度《たんび》に口を出してきて言わせてもらえなかった。けど、あれはきみの父親じゃない――そんなに興奮《うん》しないでくれよ――きみの父親じゃないんだから！」

「どうしてわかるんです？」

「だから、さっきから言ってるじゃないか。そいつはいびつな肩をしてるんだ。思うに、前にきみの家にいた下宿人じゃないかな――スミスっていう」

一瞬、ローズは目を閉じた。それにしても勇敢な娘《こ》だった。まさにその瞬間は限界を超えるほどの我慢をしているようだった。けれども、ローズはすぐにまた目を開けた。ベンが驚きの声をあげたのだった。

「おい！」ベンはぶつぶつ言った。「今のはなんだ？」

「扉が閉まった音です」ローズは小声で答えた。「みんなが上がってきます」

「みんな、って？」

「すぐにわかります。警察だといいけど」

「おいおい」ベンは早口で言った。「警察だったらどうする？」

「それなら、そう怖がる必要はないんじゃないですか？」ローズはとげとげしく言った。

「おいらが怖がってるって？　そんなことはない。ただ――」

「いいえ、怖がってます！　それに、銃を持ってるところを見つかったら――」

「ほ《お》んとだ！」ベンは叫んだ。「戻しといたほ《お》うがいいな！　うん、そうしよう――戻すとしよう！」

ベンは自棄《やけ》っぱちな態度で奥の部屋に続く扉に駆け寄った。そして、不器用な手つきで鍵を挿して解錠し、部屋に飛びこんだ。次の瞬間、ベンは恐怖に喘ぎながら後退《あとずさ》りした。

「嘘だろ！」ベンは言葉を詰まらせた。「死体《やつ》がいなくなった！」

十五　内見客

　思いがけない新たな展開に探りを入れる間もなく、時を同じくして起こった別の問題が当惑した二人の注意を引いた。足音は階段を近づいてきていて、先頭の人物はもう階段を上りきっているようだった。ローズは無意識のうちに廊下側の扉に駆け寄り、解錠した。いっぽう、ベンは慌てて奥の部屋に続く扉を閉めた。

　廊下側の扉が開き、フォーダイスが現れた。ローズがまだ部屋にいることを意外に思ったようだが、感情をうまく隠し、さりげない一言を発しただけだった。後ろに引き連れている、よく見えない三つの人影に配慮してのことだった。

「ああ、まだいたのか?」

「はい」ローズは弱々しく答えた。「やっぱり、ここで待つことにしたんです」

　フォーダイスは頷いた。明らかに何かあったようだが、質問していい状況ではなかった。フォーダイスは、もやもやした気持ちをすばやく切り替え、さりげなく言った。「この家を見にきた方々だ。ちょっといいかな?　この方々が、ええと、ぜひとも家中の部屋を見たいとのことだ。どうぞお入りください」

　フォーダイスの後ろにいた三つの人影が入ってきた。一人は身なりのいい年輩の男だったが、がさつで粗野な雰囲気を醸していて、それを精一杯隠そうとしているように見受けられた。ひげはきれいに剃ってあり、目をすばやく動かす仕草はフェレットに似ていた。その目は今、きょろきょろと忙《せわ》しなく動いていた。じっさい、目の主はどことなく気が動転しているようだった。

残りの二人のうち一人は青年、もう一人は若い女だった。青年は背が高く、いくぶん変わった身なりをしていた。そちらも目を忙《せわ》しなく動かしていたが、何か重圧を抱えてのことではなさそうだった。じつのところ、青年はぼんくらに見え、話せば話すほどその印象は増した。世間からは図体だけ成長した脳足りんと思われているかもしれなかった。

若い女は青年に似て背が高かったが、似ていたのはそこだけだった。このうえなく美しく、退屈そうにしている今も頭の中は抜け目なく働いているようだった。フォーダイスに招きいれられたときには、かすかに微笑《ほほえ》んでみせ、どうしても家中を見てまわりたいのだと力説した。半ば申し訳なさそうに、半ば割りきっているふうに。

「申し訳ありません、兄のせいなんです。ヘンリーは変にこだわりが強くて」女は言った。「わたしはこんな上まで階段を上りたくないと言ったんですけど」

フォーダイスは好奇の目で女を見た。

「そうなんですか?」フォーダイスは訊いた。「わたしは、やめたほうがいいと精一杯忠告したつもりですが」

フォーダイスにじろじろ見られ、女はかすかに顔を赤らめた。フォーダイスの視線には好奇心とは別のものがあった。女は顔を背け、剝《は》がれた壁紙を見つめた。その間、兄のヘンリーという青年が会話を繋《つな》いだ。

「えーと」青年は気取らない声で言った。「何事も用心に越したことはないと、ぼくはつねづね思っているんです。用心深くあるべきだとね。違いますか？　おまえも覚えてるよな、ノラ、前回、家を借りたときのこと？　借りたあと、天井のあちこちから水漏れしていることに気づいたんだ。ほら、最初の雨の日に――」

年輩の男がいらいらして口を挟んだ。

「わかった、わかった。もちろん見るに越したことはない」男は声を大《だい》にした。「だがな、少し見ることに集中して、おしゃべりを慎めば、その分、早く事が済むんだぞ！」

「ああ、ごめん、おじ貴」若者はつぶやいた。「でも――」

「静かにしろ！」年輩の男はきつく言った。そして、振り向いてフォーダイスに訊いた。「えー、それでは。ここは何かね、物入れかね？」

「はい、物入れになります」フォーダイスはいかにも内見客に接する態度で言った。

「ふーむ。施錠されてるのか、なるほど」

「簡単に開きますよ」フォーダイスは解錠し、差し錠を抜き、物入れの内部を見せた。「広々としてますでしょう？」

年輩の男は奥にちらりと目をやり、フォーダイスに鋭い視線を投げた。

「あれは鬘《かつら》かね、ん？」男は言った。

「そうです、鬘もあれば、クモの巣もあります」フォーダイスは頷いた。

「ああ、劇団経営でも？」

「わたしではありません。ですが、おそらく最後の住人が趣味でやっていたに違いありません」少しの間、会話が途切れた。次に何を言えばいいのか誰もわからないようだった。「こんな物入れは、なかなか珍しいのでは？」フォーダイスは冷淡に言った。

同じように冷淡にノラが答えた。

「ええ、確かに、物入れがあるのはいいですね。でも、はっきり言って、ほかはたいしたことないようね。そう思わない、おじ様？」ノラはそわそわと足を踏み替えている年輩の男に言い足した。「そろそろお暇《いとま》して、あとでじっくり考えたらどうかしら？」

ヘンリーがぶらぶらと暖炉に近づいていって、両手を火に翳《かざ》した。「物入れってのは、あると重宝するからね」ヘンリーはつまらなそうに言った。「なにより優先すべきだと、ぼくはつねづね思ってるんだ。覚えてるだろ、ノラ、よくジャムを隠したよな？」

「おい、黙っていられないのか、おまえは！」年輩の男が声を荒らげた。「今は思い出話をしている場合じゃない！」男は暖炉の脇の扉を指差した。「あっちにも部屋があるのかね？」

フォーダイスはしっかり警戒しながらも、陽気に答えた。

「はい。ですが、今はお見せできる状態ではなくて。奥もここと似たり寄ったりです」

「そっちも見ておいたほうがいいかもしれないな。そちらに異存がないようなら？」

「うん、前の天井のことがあるからね」ヘンリーはそう言い足して、鼻の脇を叩いた（危険を察知したことを知らせる警告の合図）。

フォーダイスは扉に近づきながら、あっさり返事した。「ああ、保証しますよ。この家の天井についてはご心配には及びません。大丈夫、防水も万全です」

階下から轟々《ごうごう》と列車の走る音が聞こえ、振動で天井から床にぱらぱらと漆喰の雨が降った。そのどさくさに紛れ、ヘンリーは炉棚にさっと手を伸ばし、そこに置かれていた手錠をくすねてポケットにしまった。ぼんくらの為《な》せる業ではなかった。「それでは、ミスター――」話しはじめたフォーダイスは言葉を切った。「ところで、まだお名前を伺っていませんね？」

「えっ？　ああ、ブラントだ」年輩の男は返事した。「ブラントという」

「ありがとうございます。そちらも教えていただけますか？」

その質問はヘンリーに向けられていた。

「ぼくの？　ああ、同じですよ。ヘンリー・ブラントです。それで、こっちが妹のノラ。みんな家族です」

「まあ、そんなところだ」ブラントが割りこんだ。「ところで、おたくの名前は伺ったかな？」

その口調はやや横柄だったが、フォーダイスは気づかないふりをした。

「わたしのですか？　もちろんです」フォーダイスは愛想よく言った。「代理店の者がお伝えしたはずですが」

「もちろん聞いてるさ」ブラントはわずかに狼狽《ろうばい》して答えた。「聞いてるとも。だが、いかんせん人の名前を覚えられなくてね。なあ、そうだろう？」ブラントは口裏を合わせてもらおうと、ノラをちらりと見て言った。「えーっと、バーナビーでしたかな？」

「いいえ」フォーダイスは答え、皮肉っぽい笑みを浮かべた。「バーナビーではないです」

「それはさっき会った人の名前よ、おじ様」ノラがすかさず口を挟んだ。「ばかね！」

「まあ、少なくとも」フォーダイスは迫った。「あなた方をここに寄越した代理店の名前は憶えてますでしょう？」

「えっ?」ブラントはびくっとした。

「こんなの時間の無駄じゃないかしら?」ノラは眉を顰《ひそ》めて促した。

「いえ、そんなことありません」フォーダイスは断言した。「どこの代理店の紹介か知っておきたいんです。代理店は内見許可書をお渡しする義務がありまして。ほら、詐欺まがいのことをする代理店があるものですから」

「ああ、ジョーンズだったかな」ブラントは苛立《いらだ》って叫んだ。「姪が言うように、それを知ってどうする? とにかく、どうやって思いだせと言うんだ? 星の数ほどあるのに」

「あっ、〈ジョーンズ〉ですか」フォーダイスはその名前に飛びついた。

「ああ、〈ジョーンズ〉だ。そいつだよ」ブラントは頷いた。

「〈ジョーンズ〉というのはグリンドル・ストリートの?」

「そう、グリンドル・ストリートの〈ジョーンズ〉だ」

「郵便局の隣の?」

「そのとおり」

フォーダイスは会話を中断し、とつぜんローズに向き直って訊いた。「二、三分、われわれだけにしてもらえないかな? ちょっと商談があるんだ」

ローズが答えないうちに、ノラが割って入った。

「商談なんてありっこないわ」ノラは冷たく言った。

「ほう、ところがあるんです」フォーダイスは答えた。「ここがお気に召さないようでしたら、別の家をご紹介しようかと思いましてね。そちらであれば天井も万全ですし、玄関もご満足いただけるかと」

「いいぞ、いいぞ」ベンはそっとつぶやいた。

フォーダイスは、またローズに訊いた。「きみはどう思う？　おそらく家に戻ったほうがいいと思うんだ。こっちは少し時間がかかりそうだから。もちろん、あとで会いにいくから」

「ああ、なら、その娘《こ》はここに住んでないんだね？」ブラントはローズをちらっと見て、訊いた。

「ええ」フォーダイスはそっけなく答えた。「この家は必ずしも暮らしに必要な設備が整っているわけではないので」

「だが、ほら、管理人がいるだろ」ブラントはぶつぶつ不平を言った。「どこかに一部屋くらいあるんじゃないかね。その男は違うのか？」

ブラントはふいにベンを見やった。フォーダイスは激しく眉を顰めた。

「わたしの個人的なことまで詮索なさるとは、少々お節介がすぎやしませんか？」フォーダイスは迫った。「そんな話は、ふつう内見のお客さんとするものではないですから」

「ああ、すまない。そんなつもりは――」

「かまいませんよ。本当に知りたいのならお教えしますが、こちらは使用人のベン――」

「はい、わたくしが」ベンはきっぱり頷いた。

「そして、こちらは」――フォーダイスはローズを示し――「わたしのちょっとした友人です。さあ、きみはやっぱり行ったほうがいい」

ローズは躊躇《ためら》いがちにフォーダイスを見た。そして扉に向かったが、出ていく前にフォーダイスをまっすぐに見て、言った。「あなたが思うとおり、こうするのがいちばんです。でも、わたし、この家から出ていくつもりはないんです！」

ローズは部屋を出る際に微笑《ほほえ》み、フォーダイスは微笑《ほほえ》み返した。けれども、フォーダイスの笑みはすぐさま渋面に変わった。振り向いたとき、ヘンリーが奥の部屋に続く扉に向かっていたのだ。

「おっと、そんなに慌てないでくださいよ！」フォーダイスは声を張って遮った。「この家はまだ、あなたたちのものではないんですから！」

「でも、借りる方向で考えてるんだ」ヘンリーは平然と言った。「だから、向こうの部屋も覗いてみようと思っただけですよ」

二人の男は互いをじっと見つめた。短い沈黙が続き、二人《両者》の意地がぶつかりあった。

「それでは教えてください」フォーダイスは言った。「興味本位でお訊きしますが、どうしてそこまであの部屋を見たがるのですか？」

「ああ、知りたければ答えますよ」ヘンリーは即座に答えた。「そちらがそこまでぼくに見せまいとするからです。互いに何をやってるんですかね、ぼくたち？」

フォーダイスは微笑《ほほえ》んだ。そのとき、ベンが急に目を擦《こす》り、ヘンリーを見つめた。〈あれ、どこかで見たような……？〉

「もっともな理由だと思いますがね」フォーダイスは言った。「そういうふうにできているんです、わたしという人間は。隠し事をされたら、それが何かわかるまで落ちつかないんです」

〈ほかの二人《ふたり》も初《はじ》めてじゃない気がする〉ベンは思った。〈だけど会ったことは、ぜったいない……〉

フォーダイスは、まだしゃべっていた。

「よかったらこうしませんか？　そちらが正直に話してくれたら、こちらも正直にお話しするってことに。これ以上部屋をお見せする義務がないと感じているのは、そちらに借りるつもりがないことを確信しているからです」

「わたしはとっくに、そう言ったつもりですけど」ノラが冷淡に答えた。いっぽう、おじのほうはつぶやいた。「こざかしいやつめ！」

「それにもう一つ、同じく確信していることがあります」フォーダイスは続けた。「もともとそちらには、この家を借りる意思などなかった」

「こんちくしょう、貴様――」ブラントが言った。

「先ほど玄関の扉を開けたとき、あなた方は意外そうな顔をしてましたね。ひょっとして、ほかの人間が出てくると思っていたのではないですか？」フォーダイスはちらりとヘンリーを見て、付け足した。「あのとき、そちらの若だんなが――今は家の最上階で天井に並々ならぬ興味を示し、おつむの足りないふりをなさってますが――扉の隙間に無理やり足を入れなければ、ほかのお二方は逃げ帰っていたでしょう。ですが、彼は中に入ることを強く要求しました。そして、中に入ってからは、あなた方全員がご自分の役割を全うしました」

ブラントは喚《わめ》きはじめた。

「役割だって？」ブラントは叫んだ。「役割？　どういう意味だ？　いったい、おれたちをなんだと思っているんだ？」

「まあ、正直、内見客だとは思ってませんよ」フォーダイスは落ちついて答えた。「面白いことに、〈ジョーンズ〉なんて代理店、グリンドル・ストリートにないんです」

「ばかな！」

「だいいち、〝グリンドル・ストリート〟なんていう通りは存在しません。わたしが作りました」

ブラントは唖然とした。ヘンリーはにやりと笑った。その事態を収拾しようとしたのはノラだった。けれども、途方もない逆転劇を起こそうとはしなかった。フォーダイスの策略によって信憑性がなくなった〝内見客〟という設定は、今さら変えようがなかったからだ。だから、ただ扉へ向かった。

「どう考えたって、こんなの無駄よ。もう行きましょう」ノラは言った。

「いいぞ、いいぞ」ベンは声援を送った。

ブラントは、憤ってとうぜんとばかりに息巻いた。というより、息巻くことで自分を正当化しようとした。

「呆《あき》れた！　けしからん！」ブラントは叫んだ。「こんな話は聞いたことがない！　内見客じゃないと言うのか、え？　なら、こっちも訊くが、そっちこそ大家なのか？」

「お教えする必要はないと思います」フォーダイスは応じた。

「さては大家じゃないな？　なるほど、それは興味深い」ブラントはそう言って、後押しと支持を求めて仲間を見た。「なんとも興味深い話だ。だが、仮に、こっちが言い張ったらどうする？」

「言い張る？」フォーダイスは眉を顰めた。

「そうだ、内見客だと言い張ったら！」ブラントは脅すようにフォーダイスに詰め寄った。

「用心して！」扉の所でノラが警告した。

「黙れ、ノラ！　こいつは生意気――」

「いいぞ、いいぞ！」ベンが遮り、とつぜん前に進みでた。「まないき言うなってさ、だんな！」

「それを言うなら生意気、だ！」ブラントは腹を立て、荒々しくベンを見やった。

「そうだよ。まないき！『ま・な・い・き』。まないき、だよ！　そう言ってるじゃないか。まないき言うな、って――」

「邪魔するな、ベン」フォーダイスが割って入った。「おれに任せるんだ」

けれども、ベンは興奮していた。勇気と憤りが上げ潮に乗っていて、敵の弱みに付けこめそうな気がしていた。弱みの一つや二つ、言ってやれそうだった。弱みの一つや二つ、突きつけてやれそうだった。すべて失敗したとしても、ポケットの中には役立つものがまだ入っている！

「『お言葉ですが承服《うく》しかねます！』って、上流社会の人《いと》たちは言うんだよね、だんな」ベンはフォーダイスに応えた。「隣の部屋《え》を見たいなら、お通しして見てもらおう」ベンはブラントに言った。

「どうぞ、知りたがり屋さん！　目が見えなくなるまでご覧あれ！」

「気でも狂ったのか、ベン？」フォーダイスは声を張りあげた。

「いや、狂ってない」ベンは意気込んで言い返した。「これはおいらの手柄だからね！」

「面白い人！」躊躇《ためら》うみんなを尻目に、ノラはつぶやいた。

「そうさ。正真正銘のコメディアン、ジョージ・ロビー（演芸場のコメディアン・俳優（一八六九〜一九五四）。〝笑いの首相〟と呼ばれた）みたいだろ？　ところで、何を待ってるの？　招待する前は、あんなに知りたがり屋だったのに！　何も見つかるもんか。水漏れする屋根があるわけじゃないし、死体が転がってるわけがないんだから！」

「死体だって！」ブラントは叫び、ほかのみんなはびくっとした。

「ばかか！」フォーダイスは力なく唸《うな》った。

「何を待ってるんだ？」ベンは声を大にした。「タクシーでも呼ぼうか？」

「いいや、けっこう。歩いていくさ」とつぜんヘンリーがそう言い、扉を開けて奥に入った。

フォーダイスはベンを見つめ、ヘンリーのあとを追った。張りつめた沈黙がそれに続き、ブラントがノラに近づいて、なにやら耳打ちをした。二人の視線が戸口に釘づけになった。まもなく、ヘンリーが出てきた。フォーダイスを従えていた。フォーダイスはひどく驚いた顔をしていた。

「とくに異常はなかった」ヘンリーは言った。

「おいらはなんて言ったっけ?」ベンは切り返した。「水漏れしてる屋根はあった? まあ、いいけど。さあ、家を借りるんだよね。貸してもらえると思うよ、おいらに借りる気はないから。じゃあ、帰らせてもらうよ!」

ベンは廊下に向かいかけたが、動揺したブラントが、その邪魔をした。

「待ってくれ。そんなに慌てることないじゃないか!」ブラントは叫んだ。

「慌てるだって?」ベンはますます興奮して叫んだ。そして、一度心が折れてしまったらおしまいだと気づいた。「電光石火の早業《あや》ってやつだ! このとんでもない家から出てこうとして一時間が経ってのに、一インチも動けてないんだ。この本物《おん》のダービー優勝馬のおいらがだぞ! さあ、そろそろお暇《いとま》させてくれ!」

ベンはブラントを押しやった。ところが、ブラントに押しやられた。次の瞬間、ベンはさっと拳銃を取りだした。

「よし、わかった。弾丸を食らってもいいんだな!」ベンは激しく叫んだ。「手を上げろ!」

はっと息を呑む音が部屋中に響いた。ブラントは銃口を向けられたものの、動かなかった。襤褸《ぼろ》を着た船乗りが真の脅威となっていることが信じられないようだった。

「そんなもの、どこで手に入れた?」フォーダイスは叫び、その悪い流れを食い止めようと最後の努力をした。

「死体から拝《あい》――」

「死体だと！」ブラントは狼狽した。

「ああ、しまった！　もう、どうでもいい。おいらには関係ないんだ。その人《いと》が知ってるよ。おいらはとっとと出ていく。もし邪魔するやつがいたら死体の数が増《う》えることになるからな。わかったか？　ちくしょうめ！」

フォーダイスは思い切ってベンに歩み寄った。

「銃を下ろせ」フォーダイスは断固として言った。「下ろすんだ、聞こえないのか？　あんたほど愚かなやつにお目にかかったことがない。今に自分の首を絞めることになるぞ。嘘じゃない」そして、ほかのみんなに言った。「隣の部屋で男が死んでいた。警察に通報しようとしていたところに、あんたたちがやって来たんだ」フォーダイスはまたベンを見た。ベンはまだ銃を構えていた。「何があったんだ、ベン？　何かやったのか？」

今やベンは激高していた。

「何かやったか、だって？」ベンは荒々しく言い放った。「ああそうだよ、だんな。とんでもない戦争が、おいらの上で勃発したんだ！　だって、おいらは何もやってないんだから。この家では何もする必要《いっ》ない。ただぼけっと突っ立ってれば何かが起こるんだ。なにもかもいかれてる。人《いと》がやって来て、殺されて、またいなくなるし、足音はしても足は見えないし、あんたが来て、ありもしない代理店の名前を言うし。ほんと、死《お》ぬほど吐《あ》きそうなんだ。だから、おいらは出てく。でも、間違いなく警察を寄越すから心配いらないよ。さあ、どいてくれ！」

フォーダイスはベンを捕まえようとした。けれども、今回に限ってベンはあまりにすばしこく、するりと身をかわした。そのとき、ノラが前に進みでた。

「さあ、ばかなことはやめて」ノラは静かに言った。「その銃を寄越して」

「来るな、来るな」ベンは叫んだ。

「気をつけろ」フォーダイスが警告した。

けれども、ノラはやめなかった。「寄越して」ノラは手を伸ばした。

「来るな、って言ってるんだ！」ベンはそう喚いて、拳銃をやみくもに振りまわした。

「危ない、ベン！」すかさずフォーダイスが叫んだ。

いつの間にかブラントとヘンリーが拳銃を構えていた。その態度から、二人が本気なことがわかった。ベンはすっかり気が動転した。フォーダイスが飛びだしてきてノラの前に立ちはだかった——次の瞬間、ベンは取り乱して発砲し、フォーダイスは折れるように屈みこんだ。

「だんな！」ベンは息を呑んだ。「だんな——！」

冷静になったベンは拳銃をその場に捨てた。

十六　質問攻め

ヘンリーが飛びだし、ベンの拳銃を拾った。もはや、ぼんくらの面影はなかった。そのとき采配を振っていたのはブラントだったが、じつのところ、ヘンリーのほうが冷静沈着に成り行きを追っていた。

ノラはベン同様に、しばらく茫然としていた。そして、ギルバート・フォーダイスが不慮の激痛に屈めた体をゆっくりと起こすのを見つめていた。フォーダイスがしゃべったとき、ノラに心底ほっとした表情が浮かんだ。

「よし、と。もうこの話はおしまいだ」フォーダイスはつぶやいた。

「だんな！」ベンは後悔の念に駆られ、口ごもった。「そ、そんなつもりじゃ——ま、まさか弾丸が入《あい》ってるなんて」

「最初にわかって、かえってよかった」フォーダイスは歯を食いしばって応えた。「心配するな、ベン。ただのかすり傷だ」

フォーダイスは左手でポケットからハンカチを取りだし、右手首を押さえた。ノラがすかさず駆け寄った。

「やります。わたしにやらせて」ノラは申しでた。

「ご親切にどうも」フォーダイスはよそよそしく言った。

ノラはハンカチを避《よ》けて傷を調べたあと、傷口をハンカチで押さえて結わいつけた。フォーダイスが言ったとおり、ただのかすり傷だったが、もっとひどいことになっていてもおかしくなかった。ノラは体を震わせていた――冷淡な女の反応にしてはおかしかった。

「親切なのは、あなたのほうだわ」ノラは小声で言った。

「残念だ。もう少しましなことで、そう思われたかった」フォーダイスはそれとなく言った。

ノラは下唇を噛んだ。「ほら、誰もが人生を選べるわけじゃないから」

フォーダイスはノラにちらりと目をやった。

「それ本気で言ってるの？」

ノラはフォーダイスの一瞥に反応を示したが、質問には答えなかった。

「きつくないですか？」ノラは訊いた。

「いや」フォーダイスは言った。「ちょうどいい具合だ。ありがとう」

廊下側の扉が勢いよく開いて、ローズが駆けこんできた。銃声を聞いたローズの目は恐怖に見開いていた。フォーダイスの手首を結わえたハンカチも、〝内見客〟の男二人が握る脅しの拳銃も、ローズをますます恐怖に陥れた。ベンを見おろすように立っているヘンリーのそばで、ブラントが即座にローズを見やった。

「今のはなんですか？」ローズは叫んだ。

「ああ、あんたか。入るんだ！」ブラントはとげとげしく応じた。「戻ってきたなら、後ろでおとなしくしてるんだ。先にこっちを片づけてしまうから」ローズが躊躇《ためら》っていると、ブラントは怒ってくり返した。「入れ！　聞こえないのか？」

　ブラントは戸口で立ちすくむローズに近づき、その肩を摑《つか》んだ。フォーダイスがブラントを睨《にら》みつけた。

「手荒な真似はよせ」フォーダイスは怒鳴った。

「黙ってろ！」ブラントは言い返し、ローズを小突いた。「さあ、入るんだ」

「何があったんです？」ローズは喘《あえ》いだ。

「あんたは心配しなくていい」ブラントは答えた。「しゃべるのはおれが質問したときだけだ。それ以外はしゃべるんじゃない。それから、おまえ」ブラントはフォーダイスに言った。「両手を上げろ！」

「悪いが」フォーダイスは冷静に返事した。「もっといい使い途《みち》があるんだ」

　フォーダイスのいっぽうの手がポケットへ移動したのを見て、ブラントは慌てて怒鳴った。

「こら、やめろ！　ポケットから手を出すんだ、さもないと――」

「一服するぐらいいいだろ？」フォーダイスは煙草入れを取りだした。

「いや、よくない」ブラントはむっとした表情で答えた。

「そいつは残念だ」フォーダイスはぶつぶつ言いながら、煙草入れを開けて煙草を抜き取った。

「おまえは自らを危険に晒しているんだぞ」ブラントは警告した。

「なに、危険なもんか」フォーダイスは言った。「ほら、死刑執行の前だって、煙草くらいは大目に見てもらえる。だが、どうかな？　銃をぶっ放して大目に見てもらえるかどうか」

　ブラントは顔中真っ赤にして震えだした。

「おじ様！」ノラが警告した。

「何をばかなことを！」ブラントは苛立《いらだ》っていた。「さあ、さっさと済ませるぞ。こいつを調べるんだ」ブラントはヘンリーに言った。「おそらく悪さはしてないだろうが」

「よしきた」ヘンリーは元気よく返事した。「いいか、おれの頭を叩こうとしたら、弾丸を一発見舞ってやってやってくれ！」

フォーダイスのポケットから最初に出てきたのはマッチ箱だった。フォーダイスは、それをにこやかにヘンリーの手から奪い取った。

「ありがとう、ちょうど火が必要だったんだ」フォーダイスはそう言って煙草に火を点けた。そして、煙草入れをヘンリーに返した。

「図太いやつだな」ヘンリーは言った。

「あんたもなかなかのもんだよ」フォーダイスは返事した。「立派な煙草入れだろ？」

ヘンリーは頭文字を読みあげた。「G・F、か」。ベンがかすかに笑った。

「へん《え》、おいらはなんの略か知ってるよ」ベンはつぶやいた。

ヘンリーは手際よく捜査を終えた。へまをするような人間ではなかった。フォーダイスの所持金はたった数シリングだった。それを除けば、ポケットの中身は一様にありきたりだった。

「真っ白だ。疑わしい物は何もない」ヘンリーは報告した。

「よし」ブラントは応えた。「じゃあ、次に行こう」

ヘンリーは振り向いてベンに言った。「さあ、こっちへ来るんだ、ベン」ヘンリーは微笑《ほほえ》んだ。「あんたのお宝を見せてもらおう。もう拳銃は持ってないだろうな？」

「おっと」ベンは言い返した。「ベンと呼んでいいなんて、誰が言った?」

「悪かった、そりゃそうだ」ヘンリーはにやりと笑った。「でも、それしか知らないぞ」

「ロイド・ジョージ（五十三代首相。一九一六年十二月七日から一九二二年十月十九日まで在任）だよ」

フォーダイスは笑い声をあげた。

「だからあんたが好きなんだ、ベン。誓ってもいい!」フォーダイスは言った。

「うん、気づいてた」ベンは応えた。そして、調べるだけ無駄なベンのポケットを調べはじめたヘンリーに向かって言った。「次の選挙後の組閣で、きみに職務を与えるとしよう」

「そりゃどうも。どんな職務だ?」

「〝探し物省〟の大臣だ。そのために生まれてきたみたいだからな——おい、よせ。親からもらったなけなしの財産なんだ! すてきな紐《いも》だろ、ヘ《エ》ンリー? 高額で譲ってほ《お》しいっていう申し出もあったんだ。百《いやく》ポンドで。でも、譲るつもりはなかった。〈クリスティーズ〉に送りつけたこともある。死刑執行人たちがこぞって高値で入札してくれると思って」

「おい、そいつを黙らせろ!」ブラントは不満を爆発させた。

「それは無理だ」フォーダイスは断言した。「おれも試したからわかる」

「そうなのか? まあ、おまえとおれとでは黙らせ方が違うのかもしれん。よし、ヘンリー、終わったか?」

「ああ」ヘンリーは頷いた。「こっちも真っ白。きれいなもん——」

「きれいだなんて言われたのは初《あじ》めてだ」ベンは口を挟んだ。「おいらも立派になったもんだ!」

「次は、その娘《こ》だ」ブラントはベンを無視して言った。「頼む、急いでくれ!」

ヘンリーが近寄ると、ローズは後退《あとずさ》りした。

「心配しなくていい。危害を加えたりはしないから」ヘンリーは約束して、静かにローズの所持品を調べはじめた。いっぽう、ブラントは振り向いてフォーダイスに言った。

「ずいぶん気の利いた話をでっちあげてくれたもんだ」ブラントは抗議した。「だが、今度こそ本当の話を聞かせてもらおう。おまえは誰だ？」

「あんたには関係ない」フォーダイスは答えた。

「そこが間違っているんだ。おれにも関係あるってことをとっとと理解してもらわないと、みんなに迷惑をかけることになるぞ。おまえは誰だ？　ついでにそっちの、ぺらぺらと口の減らないばか者は？」

「こんなの無駄じゃないかしら、おじ様」ノラが言った。

「無駄？　真相は突き止めるべきじゃないのか？」

「ええ、でも、意味があるかしら――」ノラは声を潜めた。「この状況を切り抜け――」

「しっ、黙れ！」ブラントは警告した。「事によると、その娘《こ》が何か教えてくれるかもしれんぞ」

ブラントはローズを見やった。と同時に、ヘンリーが電報らしきものを読んでいることに気づいた。ローズのポケットから出てきたもののようだった。

「おい、なんだ、それは？」ブラントは迫った。

「さっぱりわからん」ヘンリーは言った。

「電報だな？」

「ああ。急いでるんじゃないのか？　今、読み聞かせてやろうとしてたんだ」

「本当か?」ブラントは鋭い視線でヘンリーを見つめて言った。「それなら手間を省いてやろう」ブラントはヘンリーの手から頼信紙を引ったくり、読みあげた。「『本日十七番地に近づくな――』」

「ああ、賢い人《いと》がいたもんだ」ベンはつぶやいた。

「『シェルドレイクがうろついている』」ブラントは戸惑った声で読み続けた。「『指示を待て。サフォークネックレス』――ん、なんのことだ?――『サフォークネックレス発見。バートン』バートンだと!」

ブラントは一息ついた。ヘンリーは低く口笛を吹いた。短い沈黙が訪れ、その間、ローズは訴えるような視線をフォーダイスに投げかけ、フォーダイスは励ましの笑みを返した。フォーダイスにできることはそれくらいだったが、希望を持たせる笑みが役立つこともあった。

「ってことは、バートンとかいう刑事が、この計画に一枚嚙んでるってことね!」ノラはつぶやいた。

「そのようだな」ブラントは不安そうに言った。

「誰に宛てた電報なの、おじ様?」ノラは訊いた。

「アクロイドだ」ブラントは答えた。「〈十五番地〉ってことは、隣だな」ブラントはローズに怒鳴った。「あんた! これをどこで手に入れた?」

「届いたんです、父に」ローズは答えた。

「父親に?」

「はい」

「なら、あんたはミス・アクロイドなのか?」

「はい」

「ふむ。どうやってここに来た?」ローズは黙っていた。「ほら、答えるんだ」ブラントは弱い者いじめをする口調で声を荒らげた。

「その娘《こ》をいじめるんじゃない!」フォーダイスが怒って声を張りあげた。そして、ノラのほうを向いた。「おい、ミス・ブラント。きみはこんなことを黙って見ていられるのか?」

「あなたのお友だちに分別があれば、危害を加えることはないはずよ。ええ、見ていられるわ」

「ああ、どいつもこいつも、どうして静かにしてられないんだ!」ブラントは天井に向かって急に大声を出した。「隣の部屋に行ってろ、G・F。いや、なんと名乗っていようがかまわん。友だちの、ぺらぺらと口の減らないばか者も連れていってくれ」ブラントはペンを指差した。「そんなやつをどこで拾ってきたんだ? 屑物屋の大売出しか? さあ、行け。用があったら呼ぶ」フォーダイスは動かなかった。「さっさと歩け、ほら、また撃たれたいのか?」

「暴君だな」フォーダイスは言い返した。

「へっ! おれが暴君だと!」

ローズが鋭い小さな叫び声をあげて、割って入った。

「お願いです。言うとおりにしてください」ローズは言った。「わたしに危害を加えることはないでしょうから——そう信じてます」

フォーダイスは顔を顰《しか》め、ノラを見た。

「きみが助言したのか、ミス・ブラント?」フォーダイスは訊いた。

「ええ」ノラは頷いた。「行ったほうがいいわ。言ったでしょ、その娘《こ》に危害を加えることはない、って」

「約束できるんだな？」ノラは頷いた。「よし、じゃあ行くぞ、ベン。命令だとさ。しばらくおとなしくしていよう。永久に、ってことじゃないさ。それからミス・アクロイド、気をしっかり持つんだ。霧はいずれ晴れるから」

「はい、そう信じてます」ローズは弱々しく答えた。

ベンは奥の部屋の扉を不安そうに見つめた。

「どうして、おいらたちを追いだしたがるんだ？」ベンは踏んぎりがつかずに言った。

「気に入らないんだろう、おれたちが」

「うーん、それはお互いさまだろ？　こっちだって、あいつらに少しも惚《お》れこんでないぞ！」

「行かないのか？」ブラントが大声で言った。

「はい、はい、仰《あ》せに従《あ》いますとも。そんなに興奮しなさんな。まったく、どこが〝内見客〟だよ！」ベンはまたフォーダイスに訊いた。「だんな、本当《おん》に行かないとだめかな？」

「残念ながら、そのようだな」

「まさか、あんな〝どろん部屋〟に？　ひょ《い》っとして、おいらたちも消えたりして！」

フォーダイスはベンに近づき、肩を軽く叩いた。

「しっかりしろ」フォーダイスは言った。「勇気を取り戻しかけてたじゃないか！」

「波があるんだ」ベンはぶつぶつと言った。

二人は扉に向かった。行き着いたとき、フォーダイスはブラントに向き直った。

「いいか」フォーダイスは静かに言った。「その娘《こ》にちょっとでも危害を加えたら、五体満足で埋葬されることはないと思え」

「なんなら明日、埋められちまえ」フォーダイスが扉をさっと開けたとき、ベンは言い足した。「みんなの要望に応えて、花《あな》は手向《たむ》けてやらないよ！」

そして二人は〝どろん部屋〟に消え、扉が閉まった。

十七　罠

ブラントは安堵の溜息をついて、さっさとローズに向き直った。

「さてと」ブラントはしゃべりはじめた。「これで少しは捗るだろう。ここにはどうやって来た？」

「知りたければ言いますけど」ローズは反抗的な口調で言った。「屋、屋根を伝ってきたんです」

「屋根を？」ブラントは声を張りあげ、ほかの二人にすばやく目配せした。「うーん、そいつは少々おかしな話じゃないか？」

「何をしに？」ノラが訊いた。

ローズはすぐにノラのほうを向いた。自分を苦しめている人物に変わりなかったが、ノラのほうがまだましだった。「父を探しにきたんです」

「なるほど！」ブラントはそう言って、小さく口笛を吹いた。「父親をね。それなら先に父親が来ていたんだな？」ブラントは額を掻《か》いた。「となると、隣の部屋にあったという死体は、きみの父親ということか？」

「違います。ああ、違ってよかった！」ローズは叫んだ。

「そうか、よかったな。だが、確かなのかね？　そいつを見たのか？」

「いいえ」ローズは弱々しく答えた。

「そうか、それなら訊こう！　父親でないと、なぜわかったんだ？　父親であってもおかしくないのに」

「そんな残酷なこと、言うもんじゃないわよ！」ノラは小声で言った。

「違う、って言ってるじゃないですか」ローズは声を大《だい》にした。にわかに湧いた懸念に、いっそう語気は強まった。「聞いたんです。ちょっと前までうちに下宿していた男の人だって」

「男の名前は？」

「スミスです」

ブラントはまた、意味ありげにほかの二人に目配せをした。そして、少しの間ヘンリーを見つめた。ヘンリーはおとなしく木箱に座り、黙って話に耳を傾けていた。ブラントはローズに視線を戻した。

「スミスと名乗っていたのか。ううん、ずいぶんありふれた名前だな？　誰であってもおかしくない。だが、そのミスター・スミスとやらは、ここで何をしていたんだ？」

「知りません」ローズはそう答え、疲れた様子で首を振った。「そんなの、わたしに訊いても無駄です」

「なら、これはどうだろう。ミスター・スミスと父親のあいだに何か揉め事はなかっただろうか？」

「ありません！」ローズはきっぱりと答えた。

「やけに自信があるんだな？」

「それは確かです！」ローズは三人が何を裏づけようとしているかがわかった。憤りで目がぎらりと光った。

「まあ、まあ。おれはまだ、あんたの意見を否定したわけじゃないだろ？　だが、ここらでもう少し整理してみようじゃないか。あんたは父親を追って屋根を伝ってきた――」

「そうです」

「で、父親のほうは、どうして屋根を？」

「知りません」

「知らない？　いや、知ろうとしてないんじゃないのか？」ブラントは矢継ぎ早に質問した。「電報だ！　父親は電報のことは知っていたのか？」

「いいえ。父が出かけたあとに届いたんです」

「出かけたあとか！　それなら、父親は読んでないのか？」

「はい」

「警告は伝わってないということだな」ブラントはつぶやいた。「ダイヤモンドについてはどうなんだ？」

「知りません」

「ふざけるな、なんでもかんでも知らな――！」

「しっ！　怯《おび》えてるじゃない！」ノラが口を挟んだ。「わたしが替わるわ。ねえ、教えてもらえるかしら、ミス・アクロイド。あなたはお父様の信頼を得ているの？」

「父の信頼ですか？」ローズはくり返した。「どういう意味ですか？」

「ええと、お父様があなたに隠し事をしているってことはないかしら？　ほら、ミスター・スミスに関することとか、屋根伝いの侵入経路とか？」

ローズは答えなかった。頭の中がぐるぐる回りはじめていた。ブラントは勝ち誇ったような眼差しで姪に一瞥をくれ、また攻撃を始めた。

「今度はミスター・スミスについて聞かせてくれ」ブラントは言った。「かつての下宿人という話だが、出ていったのはいつだ?」

「六か月前です」

「六——か月前——だと!」ブラントはゆっくりとくり返した。どうやら、かなりびっくりしたようで、姪が警告の合図を送っているのに驚きを隠そうともしなかった。「ミスター・スミスが六か月前に出ていったと言うが、なぜ出ていったんだ? さあ、なぜ出ていった?」

ローズは理性を失いかけていた。

「なぜ出ていったか、ですって?」ローズは叫んだ。「どうして、あなたたちはそんなふうに質問ばかりするんです?」

「それは——」

「それ以上質問したら、叫び声をあげますから!」

ノラが、おじの袖口に手を置いた。「焦らないほうがいいと思う」ノラは言った。「この娘《こ》、そろそろ限界よ」

「ああ、そのようだ」ブラントはしぶしぶつぶやいた。「いいか、ミス・アクロイド。今のところはここまでにしておく。あっちの部屋に行って、ベンとかいうやつを寄越してくれ。さあ、急ぐんだ!」

ローズは言われるがまま、扉に向かった。ブラントはあとに続いた。そのときヘンリーが長い沈黙を破り、ブラントの目を盗んでノラに話しかけた。

「この計画はうまくいきっこない。あいつじゃだめだ」ヘンリーはつぶやいた。「ずいぶんぴりぴりしてるじゃないか」

ローズは扉を開けて、よろよろと奥の部屋に入った。扉が閉まると、ブラントは振り向いて困り果てた顔で仲間を見た。

「おかしな話だな？」ヘンリーは言った。

「おかしい、だと？ 騙《だま》されたんだ！」ブラントはいらいらした声で言った。「ちくしょう、ずらかったのか？ いや、ぱくられた可能性もある！ スミスが半年ここにいないのなら、おれたちは騙されたんだ、確実に！」

自分たちだけになった今、三人はぺちゃくちゃとしゃべりだした。それでも、その薄暗い部屋には妙な不信感が漂っていた。奥の部屋にいる三人を相手に団結していた三人だったが、自分たちだけになると不協和音を奏ではじめた。

ブラントがヘンリーを睨《にら》みつけ、ヘンリーは穏やかに微笑《ほほえ》み返した。ノラは険しい顔で二人を見ていた。

「わたしが思うに」ノラは肩を竦《すく》めて言った。「アクロイドがスミスの計画を引き継いだようね」

「そうに違いない」ヘンリーは頷いた。「やけに賢いやつ――」

「だから言ったんだ。こんな所にのこのこ入りこむのは狂気の沙汰だと」ブラントは力なく拳を振りかざしながら口を挟んだ。「言ったよな？ 言わなかったか、ノラ？」

「わたしは最初っから、そう言ってたわ」ノラは言い返した。「玄関前の階段にいた時点で、なにかしら口実を作って逃げるべきだったのよ」

「ああ、おれだってそうしたかった」ブラントは怒って言った。「だが、われらの愛しいヘンリーがそうさせてくれなかった」

「あら、そのあとだって」ノラは続けた。「その気になれば出ていけたのに。そうすればこんな無駄な時間を過ごさずに済んだのよ。今なら出ていけるわ！」

「そうかな、ノラ？」ヘンリーは訊いた。「ぼくは疑問だな」

ブラントは荒々しくヘンリーに向き直って言った。「ほらな。また忌々しいおしゃべりが始まった」

ブラントは声を張りあげた。「どうでもいいが、いったい、おまえは誰なんだ？」

「同じ穴の狢《むじな》だよ」ヘンリーはさらりと返事した。「それでじゅうぶんだろ？」

「じゅうぶんじゃないわよ、ヘンリー」ノラは同じようにさらりと答えた。「ぜひ知りたいわね、あなたが本当は誰なのか」

「妹にそんな質問をされるとは！」ヘンリーは皮肉を込めて言った。「きみの兄貴じゃないか。玄関先で養子縁組した――」

「おい、妙なことを言うんじゃない」ブラントは口を挟んだ。「おまえが嘴《くちばし》を挟んできたんだ。何を追っているんだ、おまえは？　おれたちの知らない何を！」

「ああ、興奮しないでくれ！」ヘンリーの口調が変わった。「おれはスミスを追っている。あんたらと同じだ。ここは〈逃亡組合〉だよな？　それならけっこう。ここには逃亡目当てでやって来た。長いこと略奪品の多くをふんだくられてきたんだ。そろそろ見返りがあってもいい頃だと思ってな」

「そうそう、まさにおれたちの言い分だ」ブラントは同意し、ちらりとノラに目をやった。「じゃあ、あんたも国外脱出を？」

「ああ、呑みこみが早いな。ここに来れば、スミスが忌々しい地下道に案内してくれると聞いたんだ。だが、スミスがいないとは！　予約券はある。あんたらのと同じ――この家の下から出る、四時半発の大陸行き〈汽船連絡貨物列車〉だ。これで納得したか、それともまだ納得できないか？」ヘンリーは言い足した。「これがその券だ。あんたらのはどこにある？」

ヘンリーはポケットから『〈十七〉――四時三十分』と書かれた券をさっと取りだした。ブラントとノラも自分たちの券を出して見せた。ブラントは満足そうに頷いた。けれども、ノラは怪訝そうにヘンリーに言った。

「それ、本当にあなたの券なの、ヘンリー？」ノラは訊いた。

「もちろんだ、おれのだよ」ヘンリーは答えた。「どういう意味だ？」

ノラは躊躇《ためら》ったのち、返事した。

「あのね、見ちゃったのよ、あなたがその券を手に隠し持っていたのを。あなたがミス・アクロイドのポケットから電報を抜きだしたとき」

「おっしゃるとおり。目ざといね、きみは！　いつでも提示できるようにしてたんだ。それがどうかしたか？」

ブラントは眉を顰《ひそ》めた。またも不信感を抱きはじめたブラントは、疑わしげに訊いた。「聞かせてもらおう。おまえは、なんの容疑で指名手配されているんだ？」

「知るもんか」背後で声がした。「おいらになんか用？」

ちょうど、ベンが隣の部屋からしぶしぶ顔を出したところだった。慌てることなく、ぐずぐずと時間をかけてやって来たのは、その面談に楽しいことが一つもなさそうだったからだ。そして到着した今、ベンは早く来すぎたことに気づいた。

「いや、まだだ、ばか者！」ブラントは大声で言った。

「おっと！　またやっちまった」ベンはぶつぶつ言いながら顔を引っこめた。

「あいつは稀に見る大ばか者だな！」ブラントは苛立《いらだ》たしげにぼやいた。

「あなたもね、おじ様」ノラは厳しく言った。「そんなふうに大声を出すなんて。怖気づいているのよ。弱い者いじめをするのはたいてい臆病者なんだから！」

「ちっ！　なんだってそんなことを？」ブラントはつぶやいた。本当のことを言われて腹が立っていた。怖気づいているのは確かで、自分でも気づいていた。ブラントはまたもヘンリーに嚙みついた。

「今回の件でなにより妙なのは、あの電報だ。あれはサフォークのダイヤモンドのことだよな――さては、何か知っているのか？　おまえ、まさか、あの特種《とくだね》記事に取りあげられていたやつじゃないよな？」

「なぜおれが？」ヘンリーは答えた。「あれはシェルドレイクの仕事だ。忘れたのか？」

「いや、忘れてないさ。それに、電報にあったな――『シェルドレイクがうろついている』と！　あれはいったい、どういう意味だ？　やつは六か月前に拘留されたんじゃ――」

「だが、ダイヤモンドは見つかってない」

「ああ。それは知っている」

「うまいこと隠したんだろう」

「そのとおり。だから、バートンは――電報の送り主は――ダイヤモンドを見つけると宣言したんだ。大丈夫。おれはおまえと同じくらい、この件の経緯を心得ている。だが、わからん。シェルドレイクがどうして動きまわれるんだ？　刑務所にいるなら――」

「ああ、それは、おれと違って、あんたがこの件の経緯を心得てないからだ」ヘンリーは穏やかに微《ほほ》笑《え》みながら遮った。「たとえば、知らなかっただろ？　シェルドレイクが先週、脱獄したことを」

ブラントはヘンリーをじっと見つめた。ノラも同じだった。

「なんだと！」ブラントは叫んだ。「そうなのか、ちくしょう！」ヘンリーは頷いた。ブラントは急に狼狽《ろうばい》した。「ってことは、問題ははっきりしているよな？　シェルドレイクはここの存在を知っている――ここのことも、スミスのことも――知っているに決まってる。ってことはきっと、この〈逃亡組合〉を目指して――」

「そう、追っ手のバートンを引き連れて！」ノラがとつぜん割って入った。

ブラントは絶望して頷いた。

「それ見たことか！　言わんこっちゃない！　間違いない。バートンが来るなら、おれらは一巻の終わりだ」

「何言ってるの、諦めるのは早いわよ！」ノラは小ばかにしたように叫んだ。「もう一つ方法があるわ」

「なんだ？」

「初めから言ってたでしょ。逃げるのよ。大急ぎで玄関に向かうのはどう――今すぐに？」

「そうだ、そうしよう！」ブラントは色めきだって同意した。「それしかない。あっちのやつらのことなど知ったことか。急げ、急ぐん――」

廊下側の扉を押し開けたブラントは、ふいに立ち止まった。

玄関の呼び鈴が鳴っていた。

十八　人影、まんまと潜入す

その部屋に入って以来、ヘンリーは初めて不安げな顔をした。それまで、その家の不気味さは周りの者を次々に打ちのめしていったが、ヘンリーだけは冷静さを保っていた。けれども今、呼び鈴の音が聞こえたとき、ヘンリーはとうとう冷静さを失い、目に驚きの表情を浮かべた。

「しまった」ヘンリーは静かにつぶやき、五秒ほど、ほかの言葉を発しなかった。

沈黙に堪えきれなくなったブラントがしゃべりだした。「きっと、バートンと警察だ！」

「落ちついて！」ノラは応えた。「まだ決まったわけじゃないわよ」

「ほかに誰が来るって言うんだ、警察以外に？」ブラントは震えながら言い張った。

ノラはヘンリーを見ながら答えた。「もしかしたら、シェルドレイクかしら？」

ヘンリーは頷いて、自制心を取り戻した。

「抜け目がないな、きみは」ヘンリーは言った。「その可能性はじゅうぶんある！」そして、あれこれ思い巡らしてから、とつぜん言い足した。「おい！　もしシェルドレイクだったら、あのダイヤモンドのことをはっきりさせられるんじゃないか？　公平にいこうじゃないか、え？　三対一の多数決でこっちが有利なんだから、な？」

「ほう。確かに、そういう考えもあるな」ブラントはそう答え、唇を舐めた。

「あくまでも一案だ。どうやって分けてもらう？　四万ポンドだぞ。少しくらい揉めたってしかたがないよな？」

「確かにそうだ！」

「ばかじゃないの」ノラはせせら笑った。「ライオンを撃つことが先決でしょ。その肉をどう分けるかなんて、あとで考えればいいことよ！」

「こいつの話は聞かなくていい」ブラントが口出しした。「なるほど、一大事だな。おれらが――」

また呼び鈴が鳴り、その音が家中に虚《うつ》ろに響き渡った。ブラントはハンカチを取りだして額を拭った。そして、ヘンリーを見た。

「ええと、ところで」ブラントはぶつぶつと言った。「誰が出る？」

ヘンリーは苦笑いをした。「あんたなら間違いなく優秀な執事に化けられる」ヘンリーは皮肉を込めて言った。

「よせ、ばかばかしい！　状況をわきまえてくれ。おまえが行け、ノラ」

「いや、待て」とつぜんヘンリーが口を挟んだ。「いい考えがあるぞ。その階段を下りたところに窓があったな。あそこからなら誰が訪ねてきたか覗けるかもしれない」

ヘンリーは部屋を飛びだし、がたつく階段の下に姿を消した。二人きりになるとすぐ、ノラはおじに近づき、低い声で言った。

「落ちついて、おじ様」ノラは囁いた。「あいつには気をつけて！」

「言われなくても気をつけてるさ」ブラントは突っけんどんに答えた。「だが、何が言いたい？」

「信じちゃだめ。言いたいのはそれだけ。見せられた券はあいつのじゃなかった。アクロイドの娘のポケットからくすね――」

「なんだって?」

「本当よ。見たんだから」

「そうなのか? なんてこった! じゃあ、もしや――」ブラントはノラの腕をぎゅっと掴《つか》んだ。

「やつがシェルドレイクかもしれない!」

「わたしもそう思った。でも、誰であってもおかしくない! 誰も信じられないわよ、こんな歪んだ生活をしてるんだもの。わたしはあなたに騙《だま》されて、こんな生活を送る羽目になったの!」ノラは衝動的に感情を爆発させた。

ブラントは舌打ちをした。「その手の話はあとにしてもらえると助かる」ブラントは不平を言った。「今はそんな話をしている場合じゃない。なんとしてもスミスを見つけ、忌々しい地下道に案内してもらわないとな。ハーグに着いたら改めて――」

「呑気な人ね」ノラは言った。「そんな人だとは思わなかった。どうやってハーグに着けると言うの? スミスが死んでるかもしれないのに」

「まあな。だが、どう確認したらいいんだ?」ブラントは言い返した。「本当に死んでるのか? 死んでるなら死体はどこにあるんだ? そら見ろ。くそっ、あの男、階下《した》に行ったきりだ! どうして戻ってこない? 何度も言うが、死体はどこだ? おれにはやつが死んだとは思えない。だが、とにかくはっきりさせないとな。さてと、あの船乗りを呼ぶとしよう」ブラントは奥の部屋の扉へ駆け寄った。「よし、少しばかりあいつを刺激してみるか!」

けれども、すかさずそばに寄ってきたノラに目を覗きこまれた。

「おじ様」ノラは言った。「あの人に手出しはさせない！」

「手出しをするな、だと？　おれに任せろ。おれのやり方でなんとかするから！　いったい、どうしてそうなるんだ？　あとで話をしようじゃないか！」

「あと？　今じゃだめなの？」

「なに、今だと？」怒りに喉を詰まらせながら、ブラントは声を張りあげた。「ノラ、おまえ、捕まってもいいのか？」

「かまわないわ」ノラは気が抜けたように答えた。「こんな生活、もううんざり――そう、あなたのことも。だから、これを切り抜けたら、わたしは手を切るつもり。それでどうなろうとかまわない」

「よっ、さすがは師範《あん》！」どこからか声がした。

「あら、からかいたければ好きにすればいい。わたしは本気よ。もう限界」

「ははあ、そのしゃべり方には聞き覚えがあるぞ」ブラントは荒々しく叫んだ。「だが、今のは腑に落ちん。からきしな！」扉の脇にいたブラントは乱暴に扉を開けた。「さてさて、ベン。いや、名前などどうでもいい！」ブラントは呼びかけた。「こっちへ来い！」

ベンが戸口に現れた。扉の存在をすっかり忘れてしまったのか、威張りくさった態度で両手をポケットに突っこんだまま、扉を閉めもしなかった。そこで、ブラントが閉めてやり、施錠もした。

ブラントは無遠慮に問い質《ただ》した。「何様のつもりだ？」

「ロンドン主教だ」ベンは答えた。

「ふざけるんじゃない」ブラントは眉を顰《ひそ》めた。「なぜ、おまえはここにいるんだ？」

「おや、おいらはここにいるのか？　いるとしても、この家では断言できることなんて一《いと》つもないだろ？」

「いいか、ここで何をしているのかと訊いてるんだ？」

「ああ、何をしてるか、か。それなら答えは違ってくるな。煙草カードを集めてるんだ」

「口は慎んだほうがいい！」ブラントは言った。そのときふいにヘンリーが戻ってきたので、ブラントは振り向いた。「どうだった？」ブラントは心配そうに訊いた。「何か見えたか？」

「目の前の自分の手も見えやしない」ヘンリーは部屋の中を軽やかに歩きまわっているベンを一瞥し、答えた。「辺り一面、霧だらけだ。もしかしたら包囲されているのかもしれない。こっちが気づいていないだけで」

「けど、玄関前の階段も見えなかったの？」ノラは訊いた。

「ああ、そうなんだ。ちらっと見たけど誰もいなかった」ヘンリーは答えた。「人っ子一人いなかった。誰かいたとしても、もういなくなってた」ヘンリーは急にベンのほうを向いた。「やつから何か聞きだしたか？」

「いや、まだだ。ちょうど始めようとしていたんだ」ブラントは答え、ベンに歩み寄った。「じっとしていられないのか、おまえは？〝歩け歩け運動〟じゃあるまいし！さあ、聞かせてもらおう。その殺された男のことで知ってることはないのか？」

「えっ、ううん」ベンは呻《うめ》くように言った。「知ってるのは、やつがスミスって名で、以前、隣に下宿してたってことと、殺したのはおいらじゃないってことだけだ。もちろん、ほら、寝てる間に殺《や》ったかもしれない」ベンは考えこんで付け足した。「で、記憶からするりと抜け落ちただけなのかも
――」

「犯人に心当たりはないのか？」ブラントはベンの言葉を遮った。

「そりゃ、あるさ」即座にベンは答えた。「殺《や》ったのは、あの娘《こ》の父親だ」

「ほう、そう思うのか？」

「一目瞭然じゃないか？　一人《いとり》が殺されて、もう一人《いとり》が姿を消したんだ。二引く一は一。玉葱の風味《うう》のように間違えようがない」

「ああ、そうだろうよ。だが、あんたは二人とも消えたと言ったんだ」ヘンリーは言い返した。「死体は自ら消えたりはしない。その死体と関わりがないと誓えるのか？」

「おいらが？　どんな関わりがあるって言うんだ？」ベンは憤《いきどお》って迫った。「死体集めの趣味はない！」

「窓から捨てたのかもしれない」ブラントはそれとなく言った。

ベンは目を剝《む》いた。

「なんのために？」ベンは訊いた。

「ほら、死体が発見されるのを恐れ――」

「ああ、そうだろうとも。歩道《お》にあれば誰も気づきはしないからね」ベンは勢いこんで大声を出した。「発見《あっ》を恐れたとは聞いて呆《あき》れる！　へん《え》！　窓からほ《お》っぽっただと？　かの〈マーチャント・サービス〉が黙っちゃいないぞ！」

ブラントは毒づき、ノラは微笑《ほほえ》んだ。ヘンリーもにやりとしたものの、核心に迫った。

「いいか、ベン――」

「ずいぶんなれなれしくなったもんだな、ヘンリー《エ》？」

「おれは怪しいと思いはじめているんだ。そもそもあんたが、その〝逃亡した死体〟とやらを見たのかどうか！」

ヘンリーが話しているとき、高窓の外に影のような一本の手が、下から探り探りゆっくりと伸びてきた。部屋にいた面々はそちらに背を向けていて気づかなかった。手は窓の掛け金を探っていた。

「見たに決まってるじゃないか」ベンは言った。「もちろん、あいつも」ベンはぐいと親指を立て、奥の部屋を示した。窓の外の手は目当てのものを探り当て、窓が開きはじめた。「奥の部屋《え》にいるあいつも目撃してる。おいらと同じようにね。本人《おん》も言ってたじゃないか」

「そうだな。それで、あの男は誰なんだ？」ヘンリーは訊いた。

「通りすがりの男だよ。忌々しい死体を見て、おいらは逃げだした。この忌々しい家から外に飛びだした。で、忌々しいあいつの胸に飛びこんだってわけ。そしたら、なんたることか、あいつはおいらをこの家に連れ戻しやがった」

窓の外の手がとつぜん天を仰ぎ、空《くう》を摑んで見えなくなった。幸いにも、ベンは背後で起こっていたことに気づかないまま——目の前のことだけで、いっぱいいっぱいだったのだ——しゃべり続けた。

「あいつがどういうやつかと言うと、何事も放《おう》っておけない、いけ好かない真面目人間だ。ぞっとする光景も見ずにはいられないような。言ってる意味わかる？」

「ああ、わかるさ」ブラントはぶつぶつと言った。「他人のことにいちいち干渉してくるやつだな！」

「そういうこと。天に君臨するのがたまらなく好きで、地上の世界を毛嫌いしてるような」

「わかった、わかった、喩《たと》えはもういい！……ん、この隙間風はどこから入ってくるんだ？……ダイヤモンドのことは何か知ってるか？」

「ダイヤモンド？　おいらが？」

そのとき、部屋にいた面々は、頭の後ろに目がなかったことで、またもや、あるものを見逃《のが》した。廊下側の扉がゆっくりと静かに開いて、その隙間に人影がしゃがみこんだのだ。図体がでかく、肩幅の広いその人影は、片方の肩がいびつに盛りあがっていた。

「さあ、ダイヤモンドの件を知らないとは言わせないぞ」ブラントは苛立《いらだ》った声で言った。「電報にあったじゃないか――」

「おいおい、訊くだけ無駄だろ？」ヘンリーはつぶやいた。

それでも、扉の脇の人影は、とてつもなく興味を引かれているようだった。いつ見つかるかと冷や冷やしながら周りの動きに目を光らせ、一言も聞き逃《のが》すまいと会話に耳を傾けていた。

「――『サフォークネックレス発見』と」ブラントは続けた。

「ん、それがどうした？」ベンは迫った。「ダイヤモンドの話はどこに行った？」

「それがサフォークのネックレスだ、ばかたれ！」

「ばかは自分だろ！」

「何も知らないのか？　答えろ、さもないと――」

「ああ、もちろん答えるさ」ベンは遮った。「見てくれ、だんな。この腐《お》るほどのダイヤモンドを！」ベンは外套の前を開き、擦り切れたベストを突きだした。「われながら、ばかなことをしたもんだ。こいつらを盗んだのは先週の木曜だ。いや、火曜だったかな？　いや、火曜は女王の王冠を盗んだんだ！」

扉の隙間にいる人影は部屋に忍びこみ、その扉を壁に当たるほど全開にして、その後ろに身を隠した。

「ふざけるために呼ばれたと思ってるなら——!」ブラントが大声でそう言いながら、片手を振りかざしたときだった。

「えっ、何?」ノラが驚きの声をあげた。

奥の部屋から悲鳴が聞こえていた。やむ寸前、とつぜん部屋が真っ暗になった。

十九　ベン、物入れに閉じこめられる

　数秒の間、混乱が支配した。暗闇の中、ベンは本能的に両手を上げて、見えない敵の襲撃をかわそうとした。何も見えなかった。その頃には暖炉の火もだいぶ弱まり、消えかかっていたからだ。部屋にいた面々は一様に怯《おび》えて立ち尽くし、緊張しつつも警戒を怠ることなく、どこで何がどうなるのかわからないまま、次なる展開を待ち構えていた。確実にわかっていたのは、部屋の片側にあった一本の蠟燭が不可解に消え、その反対側から悲鳴が聞こえ、冷たい隙間風が部屋を吹き抜けたということだった。部屋のすべての扉と窓は、しっかり閉まっていたというのに。

「ほんとにもう、なんて家《お》だよ、まったく！」ベンの声がした。

　それを機に、ほかの面々も動きだした。ブラントは悲鳴の聞こえてきた奥の部屋へ、よろよろと近づき、震える手で扉を開けた。蠟燭の明かりが差しこんできた。明かりは斜めに部屋を突っきって部屋にいる面々を照らし、物入れの扉まで伸びていた。ちょうどそのとき、その扉が静かに開いた。が、目撃者はいなかった。全員の目が明かりの出所に向けられていたからだ。

「どうかしたのか?」奥の部屋の入り口に立ち止まり、ブラントは呼びかけた。

「ミス・アクロイドが怯えてるんだ」フォーダイスが静かに答えるのが聞こえた。

「そのままじっとしていろ。動くんじゃない！」ブラントは叫んだ。「忘れるな、おれは銃を手にしている！」

ブラントは奥の部屋に足を踏みいれた。ヘンリーはちょっとの間ブラントを見ていたが、そのあとノラにちらりと目をやった。

「それで？」ヘンリーはつぶやいた。「誰の仕業だ？　誰が蠟燭を消したんだ？」

ノラは首を振った。

「おいらじゃないよ」ベンは自分から言った。

ヘンリーはすかさずベンに目をやった。

「あんたの仕業に決まってる、ちくしょうめ！」ヘンリーは興奮して言った。

「ああ、おいらだよ！」ベンの怒りが絶頂に達した。「どうせ、なにもかもおいらのせいにするんだろ？　おいらが鉛筆で男を殺し――」

「うるさい」ヘンリーはそう言い、マッチを探りながら消えた蠟燭に近づいた。

「――空きっ腹で、あいつを窓からほっぽって歩道に隠したんだ。そんでもって部屋の反対側の蠟燭を吹《ふ》き飛ばしてやった」ベンは嫌味たらしく蠟燭のほうに向かって激しく息を吹き、できると決めつけられた離れ業をやろうとしてみせた。「そんな芸当ができたら、あんたら全員、地の果《は》てに吹《ふ》き飛ばしてやる！　ちくしょう、意地でもやってやる！」

ヘンリーは苛立《いらだ》ち、大声で文句を言いながら、床に転がっている蠟燭を拾って火を点《つ》けた。と、そのとき、ブラントが奥の部屋から戻ってきた。ブラントはすばやく扉を閉め、施錠し直した。

「どうだった？」ノラは訊いた。

「なんでもなさそうだ。おれが見た限りでは」ブラントは答えた。「ヒスを起こしたんだろう。あの娘《こ》が怖がって悲鳴をあげたようだ」

「なんでもないのに？」

「そうらしい――そうだ！　そういえば、さっき隙間風がどうのと言ったと思うが、そこの扉が開いてるぞ！」ブラントは廊下側の扉を指差した。「ちょっと前まで開いてなかったよな？」

「ああ」ヘンリーはきっぱりと答えた。「おれは閉めたぞ」

「さっき階下《した》から戻ってきたときにか？」

「そうだ」

「なら、なぜ開いてるんだ？」

「ああ、おいらだよ」ベンは言った。「簡単さ。手をそっちに思いっ切り伸ばしただけだ。望遠鏡みたいに――」

「黙れ！」ヘンリーが口を挟んだ。「ひょっとして、風で開いたのかもしれない」

「そうだな。おい、見ろよ、あの窓！」ブラントは叫んだ。「あそこも閉まってなかったか？」

「そんなわけないだろ」ヘンリーは言った。

「まあ、とにかく閉めとくか」ブラントは応え、窓の下の木箱に乗った。「差し錠も挿しておこう」

「おっと、それは困るよ。おいらが行き来できなくなる」ベンは言った。「〈マースクライン&ダーヴァント〉社のコンテナ船の航路なんだ」

「風はこの窓から吹きこんだんだろう」ブラントはそう言い、窓を閉めた。「それで蠟燭をひっくり返して扉を開けた」

「たまたま内側に開いただけ、ってことか」ヘンリーはつぶやいた。

「でも、そのわりには霧が晴れてないわね」ノラは言った。「何か見えそう、おじ様？」

「何も見えん」ブラントはそう答え、木箱から飛びおりた。

「この呪われた家の、ありとあらゆるものが崩壊しつつある」ヘンリーは言った。

「うん」ベンは慌てて自身の行動から気を逸《そ》らし、ヘンリーの言葉に応じた。というのも、ブラントが窓に気を取られている隙に、こっそり奥の部屋に近づいて、扉を解錠していたからだった。「なにもかもが、たちまち崩れ落ちてくる。それで、あんたは言うんだ、おいらがくそったれの震源だ、って」

「扉から離れろ！」ブラントは命令した。「そこで何をしてるんだ？」

「なんも」ベンは毅然として嘘をついた。

「おまえの言うことは信じられん」

「アン女王は死んだ！」

「これ以上悪さができない所にいてもらおう」ブラントはベンを無視してそう言い、部屋を見まわした。

「そんな場所なんてあるのかな？」ベンは無邪気に質問した。

「ああ、そうだ。あそこがあった」ブラントは物入れの扉に目を留めて、うれしそうに大声で言った。

「あそこにいてもらおう。おい、ヘンリー、手を貸してくれ」

「いいとも」ヘンリーは即座に反応した。「どうする？　縛るか？」

「こら、よせ」二人に摑《つか》まれ、ベンは抵抗した。「今度はなんだ？」二人は答えることなく、ベンのベルトを引き抜いて足を縛りはじめた。「おい！　商務庁に言うぞ！　本気《おん》で物入れなんかに閉じこめるつもりじゃないだろな。ウィンザー城（〝征服王〟ことウィリアム一世により築かれた城。イギリス王室公邸の一つで、現在も使われている王宮としては世界最大級かつ最も古い歴史を持つ）ほ《お》どもある船《うね》の缶焚《かまた》きをしていたおいらを――」

「人でなし！」ノラはどうすることもできずにつぶやいた。

「だろ？　やっぱ、そうだよね」ベンは同意した。「筋金入りの人《いと》でなしだ！　無礼にもほ《お》どがある！　今日のどこがツイてるんだ！　おい、あんたら、ほどほど《おどおど》にしろ！　もし出世したければ、おいらが生まれた日《い》の星《おし》回りを調べて、それを避けるといい。おいらは人《いと》殺しで、嘘つきで、〝人間書き物机〟で、おまけになんと、忌々しい物入れの備品《いん》になりさがろうとしてるんだ」

二人はベンを立たせ、物入れに運びはじめた。

「あんたらが気づいてないことが一《いと》つある」ベンは大声を出した。

「ほう、なんだ、それは？」ブラントは訊いた。

「腹《あら》ぺこなんだ」ベンは答えた。

二人は物入れの扉を急いで開けて、不運な船乗りを押しこみ、扉を閉めて施錠した。一瞬の沈黙ののち、物入れの奥からくぐもった恐怖の雄叫びが聞こえてきた。

「ふん！　暗闇に怯えてやがる」ブラントはそう言い、わずかに震えながら物入れを離れた。

「人でなしだわ、二人とも！」ノラはつぶやいた。

廊下に向かっていたヘンリーは、妙な表情でノラを見た。

「悪く思うなよ。この計画をやり抜くには上品ぶってばかりもいられないからな」ヘンリーは言った。「ときには不本意なこともせざるを得ないんだ」

「おい、どこに行くつもりだ？」ヘンリーがまた廊下に出ようとしたので、ブラントは迫った。

「もう一度、ちらっと玄関を覗いてみようかと思って」ヘンリーは答えた。「逃げだすなら安全第一といきたいだろう?」

ヘンリーはあっという間に廊下に出ると、階下に消えた。ブラントはヘンリーをしばらく目で追ったが、そのあとノラを見た。

「行かせてよかったんだろうか?」ブラントは不安げに訊いた。

「よくないと思うなら」ノラは返事した。「止めにいったらいいんじゃない」

「確かに！　笑えるよな！」

「はっきり言って、おじ様、わたしはぜんぜん笑えない！」

「おれもだよ。それはそうと、わかったことがある。あの船乗りはばかだ。だが、それでもやつの考えは間違ってない」

「なんのこと?」ノラはぼんやりと訊いた。

「ほら、スミスを殺《や》ったのは、あの娘《こ》の父親だと言ってたじゃないか。アクロイドは、ここでスミスに出くわしたんだ。スミスはおれたちとの約束を守ろうと、ここへ来ていたはずだからな、だろ? それは明白だよな?　来ざるを得なかったんだ、おれたちに連絡した手前。そうでなければ、おれたちはここにいないんだから。よし、そこまではいいとしよう。それで、かちあった二人は取っ組み合いの喧嘩をし、スミスが負ける。ううん、われながらそれは妙だな」ブラントは考えこんだ。「誰の話を聞いても、スミスはかなり屈強なやつのようだからな。だが、ひょっとしてアクロイドもそうなのかもしれん。アクロイドは――あの娘《こ》の父親は――喧嘩のあと姿をくらました。行方を知る者は一人もいない！」とつぜん、ブラントは両手を激しく打ち合わせた。「そうか、そういうことか。通報しにいったんだ。おそらく今頃は、この家の周りに警察が屯《たむろ》して――」

「そうね、それでアクロイドが消えたことの説明はつくのかも」ノラは口を挟んだ。「でも、スミスのほうは解決してないわ。そっちはどうするつもり？」

「どうにもならん。お手上げだ」ブラントは取り乱して答えた。「だが、スミスが死んでなかったとしたら？　死んだふりをしていたとか、あるいは気絶していただけだったら？――見ろ、ノラ！　早く！　後ろだ！」

とつぜん、奥の部屋の扉が開いて、いびつな肩をした男が飛びでてきた。

二十　いびつな肩をした男

「お、おい！　スミスだな！」ブラントは喘《あえ》ぎながら言った。

「そうだ、スミスだ」男は鋭い口調で答えた。「まさかと思ってるんだろう？」

男は探るような目つきでブラントを一瞥したあと、視線をノラに移した。

「どこにいたんだ？」ブラントは訊いた。

「黄泉《よみ》の国に行ったと思っていたなら大間違いだ」男は答えた。「おれは図太いんだ。肝っ玉の小さいあんたらと違ってな。この計画に欠かせない要素だ。ところで、アクロイドの娘といるのは、いったい何者だ？」

ブラントが答えようとしたとき、見回りから戻ってきたヘンリーが部屋に駆けこんできた。

「霧がひどくなってるぞ」部屋に入るなり、ヘンリーは言った。「確かに警察の呼子笛が聞こえた気がしたんだ。そろそろ――」ヘンリーはふいに口をつぐんだ。

「おい！　誰だ、そいつは？」男は疑いの目でヘンリーを見て言った。

「スミスだ、ヘンリー。スミスだぞ！」ブラントは悦びと安堵の入りまじった声で叫び、ヘンリーの腕を摑《つか》んだ。ヘンリーはブラントの指が震えているのがわかった。「な、やっぱり死んでなかったんだ！」

――」

「スミスだと!」ヘンリーはゆっくりと言った。「いったい、なぜ――」

「えらい目に遭《あ》ったが、どうにか切り抜けたんだ」男は遮って言った。「詳しい話は、またあとで――」

「そうしよう。だが、アクロイドはどこだ?」ヘンリーはしつこく訊いた。

男は皮肉めいた笑みを浮かべた。

「気になってとうぜんだ。だが、今は質問している場合か? アクロイドのことは気にしなくていい。邪魔されないよう、手は打ってある。あんたら全員、あの貨物に乗るなら急いだほうがいい。時間がない」

「そうだな」ヘンリーは男を凝視したまま、つぶやいた。「もちろん急がないとまずいが――」

「警察の呼子笛が聞こえたと言わなかったか?」男は強い口調で訊いた。

「ああ。そんな気が――」

「なら、決まりだ!」ブラントは怒鳴った。「急げ、やつが正しい。うだうだ話しあってる場合じゃない」

「そのとおり。だが、そうは言っても本人確認はしておくか」男は急に声を大《だい》にした。「切符を見せてくれ」

ノラは券を取りだして見せた。ブラントも自分の券を見せながら男に近づいていった。

「やれやれ。これですっきりしたな」ブラントはそう言い、声を低めて早口で言い足した。「いいか、スミス。もう一人は知らないやつだ。連れじゃない」

ヘンリーもポケットから券を取りだしながら男に近づき、券を見せた。

「それじゃあ、あんたがスミスなんだな?」ヘンリーは眉を顰《ひそ》めた。

「当たり前だろ！」男は言い返した。「問題は、あんたが誰か、ってことだ。だが、今はそんな話をしている場合じゃ——」

「一つだけ聞きたいことがあるの」ノラが口を挟んだ。スミスはもどかしそうにノラを見た。「あなたの頭を殴ったのは、本当にアクロイドだったの？」

「ほかに誰がいる？」男は答えた。「もちろん、時間を無駄にするつもりなら——」

「やめとくわ」ノラは冷淡に言った。「でも、ほら、闇を照らすものなら、どんなにわずかな光にも頼りたくなるものでしょ。とくにこの先、地下道を行くとなればね。どうやって姿を消したの、いたはずだった奥の部屋から？」

「警察に捕まっても、おれのせいじゃないからな」男は怒って叫んだ。「どうしてもと言うなら教えてやるさ。奥の部屋で意識を取り戻したとき、おれはすぐにその厄介な状況に身を置けるほど万全じゃなかった。そのとき、とてつもなくやかましい声が近づいてきたから、そんなものに関わる前に少し体を回復させようと考えたんだ。だから、物入れに隠れ——よくもあれだけ都合のいい場所にあったもんだ——閉じこもった。誰かに入ってこられて止《とど》めを刺されたくなかったからな」

「それは賢明だったな」ブラントは頷きながら仲間たちを見やった。

「賢明に決まってるだろ」男は言い返した。「おれはたまたま良識ってやつを持ち合わせているからな。そのおかげで、あんたらみたいな人間がわんさと自由になれるんだ！　回復したおれは物入れを出——」

「それであの娘《こ》が悲鳴をあげたってわけか」ブラントはまた頷いた。

「ああ。死ぬほど怖がらせてしまった！」

「だが、おれが行ったとき、部屋にいなかったじゃないか！」ブラントはとつぜん声を張りあげた。

男はばかにしたような口調でぶつぶつと言った。

「あんたらは赤ん坊の集まりか！」男は言った。「慌てて物入れに戻ったに決まってるじゃないか。あんたが入ってくる音が聞こえたんだから。警察の可能性もあったんだ！　あの一瞬でわかるはずがないだろう？　とにかく、あのあとすぐにまた出てきて、ここにいるわけだ。ここで立ち止まって質問し続けると言うなら、ここが今夜の目的地になるぞ！」

「ああ、そうだ、ごもっとも」ブラントは同意した。「こんなことをしている場合じゃ――いや、でも、ほら――」

「ああ、ぐずぐずするな」男は声を大にした。「おれのそばで待機しろ」そして、奥の部屋に向き直り、扉を開け放って叫んだ。「おい、そこにいるおまえら！　こっちへ来い！」

「なぜそんなことをする？」ヘンリーはそう訊きながら、ポケットの拳銃を探った。

「それでいい。おまえもだ、ブラント。やつらに銃を向けるんだ」男は言った。「やつらにはこっちにいてもらう。地下道へ行く秘密の階段を見られるわけにはいかないからな」

「ああ、あっちの部屋から行くんだな？」ブラントはうれしそうに声を張りあげた。「ありがたいこった」

「しっ！　やつらが来るぞ！」

会話が中断したところにフォーダイスが入ってきた。ローズもあとから入ってきた。ローズは青ざめていたが、落ちついていた。フォーダイスのほうは内心どう思っているにせよ、われ関せずを決めこんでいるようだった。さしずめ、この状況は自分にはどうしようもない――ブラントとヘンリーの拳銃がすべてを物語っていた――し、こんな暗がりで体面を気にする必要はなかろう、という態度だった。けれども、じっさいは用心深く部屋を見まわしながら、二丁の拳銃と、それを構えている男たちの挙動と位置を把握していた。

「心配しなくていい、ミス・アクロイド」フォーダイスは穏やかに言った。「悪い夢を見ているだけだ。すぐに目が覚めるから」そして、ローズがかすかに微笑《ほほえ》んだので、しゃべり続けた。「幸せな父娘《ファミリー》がますます幸せになったというわけだ。なるほどね」

「うちらの使用人《ファミリー》のことか」ブラントはにやりと笑った。

「おっと!」とつぜんその意味に気づき、フォーダイスは叫んだ。「ベンはどこだ?」

「心配ない」ヘンリーはそう応え、木箱の一つに歩み寄った。その周りに使えそうなロープがいくつか散らばっていた。

「どこにいる?」フォーダイスはくり返した。

「物入れの番をしてもらってる。中でな」

「いいか、ミス・ブラント」フォーダイスは険しい表情で言った。「きみはこの件に関わっているのか?」

「わたしに何ができると言うの?」ノラは訊いた。

フォーダイスは一瞬、ノラの目を見つめ、頷いた。「ああ、確かに」フォーダイスは言った。「しょうがない。かなりまずいことになっているんだな? 一度足を踏みいれてしまったから」フォーダイスはほかのやつらに目をやって言った。「断言する。不正行為が行われているなら、誰かが罰を受けることになる」

ヘンリーがロープを手にフォーダイスに歩み寄った。

「そんなもので何をするんだ?」男は訊いた。

「縛ったほうがいい」ヘンリーは答えた。「その娘《こ》を縛ってくれ、ブラントおじさ——」

「そこまでする必要はない」男は突っけんどんに遮った。「時間を無駄にするのが、とことん好きなんだな。ここに閉じこめるだけでじゅうぶんじゃないか」

「いや、だめだ。安全第一を信条としているからな」ブラントはヘンリーに助け舟を出し、ロープを受け取った。「この娘《こ》は任せてくれ。二人とも椅子に縛りつけよう。奥の部屋にもう一つ椅子があったな」ブラントは奥の部屋に駆けこみ、二つ目の椅子を持って戻ってきた。「さあ、スミス、あんたはそっちの男を頼む。そうすればヘンリーが銃を構えていられるからな。万が一のときのために」

「まあ、おそらくあんたらが正しいんだろう」男は譲歩し、ヘンリーからロープを受け取った。「これでしばらくいたずらされずに済むわけだし。このくらい、たいした手間はかからないか」

フォーダイスとローズは椅子に縛られた。二人を縛りつける作業はさっさと進められた。

「あんたら、ほんと、かわいげがあるな」フォーダイスはぶつぶつと言った。「会えてよかったよ!」

「ところが、残念ながら留《とど》まるわけにはいかないんだ」男は微笑《ほほえ》んだ。「このあと、ちょっとした散歩が待ち受けているんでね。それに、誰かに家の番をしてもらわないといけない。あんたらにはここに残ってもらうとしよう」

「ああ、わかった」フォーダイスは頷いた。「あちこちで泥棒が出没しているらしいからな、だろ?」

ヘンリーはフォーダイスに近づき、ロープの縛り具合を調べた。

「結び目が緩くないか?」ヘンリーは言った。

「まだ終わってないんだ、ばか者！」男は食ってかかった。

「ばかとはなんだ。それにしたって、手を貸すぐらいいいじゃないか」

囚われた二人は、あっという間にしっかりと縛りつけられた。男が奥の部屋の扉に駆け寄って叫んだ。「準備万端抜かりはないな？　よし。それでは退散するとしよう！」男は三人を誘導した。

ブラントは一瞬躊躇《ためら》ったが、ノラに押しのけられ、先を越されたことで迷いはなくなった。ノラのあとから、ヘンリーを道連れに奥の部屋に入った。

ところが、男は入らなかった。三人が入ったとたんに扉を勢いよく閉め、すかさず施錠した。

「お見事です、ミスター・アクロイド！　じつに見事だ！」フォーダイスは叫んだ。

「父さん！」ローズは喉を詰まらせた。

「ああ、助かった！」男は一息ついた。そして、それまでより穏やかな口調で言った。「ローズ、危険な目に遭《あ》わなかっただろうな？」

「ええ、大丈夫！」ローズは安堵に目を輝かせて答えた。扉の向こうから、扉を激しく叩く音が聞こえていた。「父さん、最高だわ！」

「いやほんと、恐れ入りました！」フォーダイスは太鼓判を捺《お》した。

「なんとしても、やつらを逃《のが》すわけにはいかないと思ったんでね」アクロイドは言った。けれども、その言葉は奥の部屋からの怒号でほとんど聞こえなかった。「静かにしろ！」アクロイドはそう叫び、フォーダイスに向き直ってロープの結び目をほどいた。

「あんなはったり、見たことないですよ、ミスター・アクロイド」フォーダイスは言った。「ですが、まあ、賛辞はあとに取っておきましょう。さあ、あとは自分でできますから、娘さんのロープをほどいてあげてください」

「そうか、そうだな」アクロイドは声を張りあげた。「すぐにほどいてやらないと。とんでもない悪党どもめ！」

けれども、ローズは近づいてきた父親に首を振った。

「いいえ、違うわ。父さん、ベンが先よ！」ローズは喘ぎながら言った。「かわいそうに、きっと息苦しい思いをしてる。物入れに閉じこめられているらしいの。ベンを出してあげて。それから、警察を呼んで！」

アクロイドは物入れに向かった。そして、指を震わせながら――というのも、先ほどの数分間のとてつもない緊張が、今になって体に応えてきたからだ――鍵を回した。いっぽう奥の部屋では、罠に嵌《は》まった三人組の怒号と扉を叩く音がますます大きくなっていた。

「うわっ！」とつぜんフォーダイスは叫んだ。

なぜなら、物入れの扉が開くと同時に、巨漢が飛びだしてきて、アクロイドにのしかかってきたからだ。巨漢はゴリラが抱きつくようにアクロイドに摑みかかり、アクロイドを振りまわそうとした。

「しがみつくんです！　やつにしがみついてください！」フォーダイスはそう叫びながら、足に絡まるロープを必死になって外した。「すぐに行きます！」

けれども、巨漢はあまりに機敏で、あまりに強かった。アクロイドはたちまち振りまわされ、物入れに投げこまれた。そして、扉がばたんと閉まり、また鍵が回された。気づくとフォーダイスは、獰猛で自棄《やけ》になった男が構えた拳銃の銃身を見つめていた。

男はいびつな肩をしていた――偽りではなく、本当にいびつだった。それでも、フォーダイスがより興味を引かれたのは、その男に比べたら、この悪夢に顔を連ねるほかの連中など、お遊びの素人集団にしか見えない、ということだった。銃の上からフォーダイスを睨《にら》みつけているのは、血走った殺人鬼の目だった。

二十一　スミス

「ちょっとでも動いたら、おまえの命はないと思え！」男は絞りだすような声で言った。「そこの女もだ！　椅子に戻れ！」

　その言葉の意味も、男が何をしでかしてもおかしくないほど極度の興奮状態にあることも、はっきりしていた。ただ、そんな絶体絶命の危機にあっても、フォーダイスはその冷酷な指図に従うのを一瞬躊躇《ためら》った。

「聞こえないのか？」男は荒々しく叫んだ。「言うとおりにしないと、この弾丸をぶっ放す。今すぐにだ」

「ちくしょうめ」フォーダイスはつぶやいた。従うしかなかった。

「ちくしょうはおまえだ」男は言い返した。

　ローズは何も言えなかった。落胆と新たな恐怖に息苦しさを感じていた。男はフォーダイスを睨《にら》みつけたまま銃口を逸《そ》らすことなく、急いで奥の部屋に通じる扉に駆け寄って、怒りに湧く三人に向かって叫んだ。

「静かにしろ！」男は怒鳴った。「ちょっとくらい黙っていられないのか？」

　声はやんだ。けれども、扉が解錠されると三人はまた騒ぎだし、扉を開けて部屋になだれこんだ。

「いったい、な——」ブラントがしゃべりはじめた。

その新たな喧噪をものともせず、男は声を荒らげて騒ぎを制した。

「揃いも揃ってまぬけなやつらだな！」男は叫んだ。「言うとおりにするんだ。さもないと全員まとめて見限るぞ。病んだ羊みたいに突っ立ってないで、そいつをもう一度縛るんだ。銃を向けとくから」

その横柄な口調に怯《おび》えつつ、ブラントはこっそりヘンリーに目配せした。ヘンリーは頷いた。

「わかった、わかった」ブラントはつぶやいた。「そう威張り散らさないでくれ」ブラントはぶつぶつ文句を言いながら、足早にフォーダイスに近づいた。「大声を出すのもいいが、自分もおれたちと同じ目に遭《あ》ったら——」

「なに、おれがひどい目に遭っていないとでも？」男は言い返し、ばかにしたような笑い声をあげた。「さあ、おまえもだ！」男はヘンリーに叫んだ。ヘンリーはブラントよりもゆっくりとした歩調であとに続いていた。「そいつを雁字搦《がんじがら》めにしろ。野放しにしておけるやつじゃない」

「まあ、確かに」ブラントはそう言って、フォーダイスをまた縛りはじめた。「ところで、ほら、もう一人はどこだ？」

「はあ？　おれに生き写しのアクロイドのことか？」男は小ばかにしたように言った。「ようやく知恵が回りはじめたようだな、哀れなぼんくらどもめ。乳飲み子のほうがよっぽどましだ！　やつとは話がついた」男は頭をぐいと動かし、物入れを示した。「あそこにいる」

ノラが慌てて男を見た。

「まさか、殺してないわよね？」

「おそらくな」男は無神経に返事した。「あの警察の回し者めが！」

ローズがすすり泣いた。「ミスター・スミス！」ローズは喉を詰まらせた。

「おや、おれの身元を保証できるやつがいるじゃないか」スミスは大声で言った。「おれのかけがえのない替え玉の娘が。まあ、やつを殺したとしても、おれにとっては初めてのことじゃないかもな」

その野蛮な言葉に、フォーダイスは一発殴られたような衝撃を受けた。フォーダイスのいる所からは見えなかったが、ローズが苦悶の表情をしていることは察しがついた。

「父上は無事だ、ミス・アクロイド」フォーダイスは慌てて声を大《だい》にした。「おれが保証する。そいつは、はったりを利かせているだけだ」

「おい、何を言ってる？」スミスは叫び、腹立たしげにフォーダイスを見た。

フォーダイスは憤りに青ざめ、男を睨みつけた。「おのれ、スミス」フォーダイスはつぶやいた。

「この下衆《げす》野郎め！」

スミスはフォーダイスを睨み返し、目を逸らさせようとしたが思いどおりにならなかった。スミスの中の悪魔が目覚めた。

「はったり、だと？」スミスは威嚇《いかく》した。「いいか、おまえは間違っている！　おれが語らなくとも、こいつが黙ってないからな！」

スミスはフォーダイスの顔に拳銃を突きつけた。けれども、ブラントが警戒し、割って入った。

「落ちつけ、慌てるな、スミス。騒ぎになるぞ。音は立てたくない」

スミスは躊躇《ためら》ったのち、拳銃を下ろした。

「ああ、おまえが正しい」頷きながらスミスは言った。「おれのポケットにはもう一つ、こいつらを黙らせるものが入ってるんだ」

スミスは拳 鍔《メリケンサック》を取りだした。ローズが小さく悲鳴をあげた。いっぽう、フォーダイスは怯《ひる》むことなく、蔑《さげす》みの目でスミスを見た。ひょっとすると、スミスは敵たちの顔に恐怖が広がるのを見て満足したかっただけかもしれない。がっかりしたスミスは怒りをさらに爆発させて、手を振りかざし、殴りかかって——。

「やめて、やめないなら撃つわよ！」

すかさず凛とした声が響き渡った。スミスの的確な直感はその声色を聞き分け、何か嫌なものが頭の後ろに向けられていることを察した。

「ノラ！」ブラントが戒《いまし》めた。

「本気よ」ノラは言った。「人殺しを黙って見ているわけにはいかないの、スミス」

「危ない、危ないぞ！」ブラントは興奮して叫んだ。

「静かにして、おじ様！ 危ないのはそいつよ。それをしまって、スミス。さもないと、もう二度とそんなものを使えなくしてやるわよ」

スミスの手は宙に浮いたままだった。最初、背後に女の鋭い声を聞いたとき、スミスの顔は残忍に歪んでいたが、別の感情が芽生えるにつれ、徐々に緩んでいった。スミスはゆっくりと向き直り、自分に挑む女の目を見てにやりと笑いそうになった。

「そうか、人殺しを黙って見ていられないのか、え?」スミスは言った。

「そうよ」ノラは答えた。

「それでも撃つのか、おれを?」

「これを人殺しとは言わないわ！」

スミスはにやにや笑いながらノラを見ていた。その笑みは次第に増し、別の表情を帯びはじめた。少なくともスミスに恐怖心はなく、ただやたらと興味を引かれていた。スミスにとっては初めての経験だった。

「ほう」スミスは感心して言った。「なかなか肝が据わっているじゃないか！　あんたのおじさんとやらとは大違いだな、え？」ブラントは不貞腐《ふてくさ》れた顔をした。「なあ、あんたとおれなら、すこぶるいい相棒になれるかもしれないぞ」

「きっと、あわよくば、と思ってるんでしょうね」ノラは小ばかにしたように言い返した。

スミスは笑い声をあげた――嫌らしい、醜い笑い声だった。「手を休めるな」スミスは振り向いてブラントたちにそう言うと、またノラに話しかけた。「愛しいあんたに言っておく」スミスは言った。「おれを撃っても、そこにいるあんたの男は救えないってことをな。ここにいる、けちな連中にとっては、おれだけが頼みの綱なんだ。おれに何かあったら、こいつらが黙っちゃいないだろうからな、え？」

「そのとおりだ」ブラントは頷いた。「ばかな真似はよせ、ノラ」

「それで」スミスはにやりと笑った。「あんたは何をしてくれるんだ、おれがそいつを手厚くもてなしてやったら？」

「あら、なんなりとお好きなように」ノラは小ばかにしたように答えた。

スミスは衝動的にノラに一歩近づいたが、そこで立ち止まった。

「よし」スミスは言った。「その言葉、忘れるな」スミスは拳鍔《メリケンサック》をポケットに戻し、ブラントたちを見た。「縛り終えたか?」

「これなら微塵も動けまい」ブラントは報告した。

「よし、いいだろう。それじゃあ、いよいよ脱出だ」ブラントが奥の部屋へ向かいかけると、スミスはすかさずその肩に手を置き、向きを変えてやった。「廊下に出ろ、ばかもんが！　そのまま地下に向かうんだ」

「あっ、そうか」ブラントはつぶやいた。

「さあ、急げ」スミスは怒鳴った。「〈汽船連絡貨物列車〉の出発予定時刻まで十分を切ったぞ」

ブラントは慌てて廊下に出た。

「おい、今度こそ、ちゃんと連れていってもらえるんだろうな、え?」ブラントは、おどおどして叫んだ。

「当たり前だろ」ヘンリーがスミスを見やり、答えた。「目の前にいるのに本物かどうかもわからないのか、ブラント?」

「ああ、おれは本物だ。問題ない」スミスは断言した。

「もちろんだとも」ヘンリーは言った。

「さあさあ、急ごう」ブラントは振り向いて叫んだ。「おれ一人で先に下りる気はないからな。じつのところ、もう誰も信じられない。さあ、スミス、あんたが先頭を行ってくれないか。それから、ヘンリー、おまえはおれのすぐ後ろから来い」

「好きにすればいい」スミスは笑い声をあげた。まるで子どもを宥《なだ》めているようだった。「おれからすれば、どうでもいいことだ」

三人はぞろぞろと部屋を出た——スミス、ブラント、ヘンリーの順だった。そのあとに続いて出ていこうとしたノラは、立ち止まって振り向き、フォーダイスを見た。

「命を救ってくれてありがとう、ミス・ブラント」フォーダイスは静かに言った。「さっき、やつは本気だった」

ノラは躊躇《ためら》ったのち、フォーダイスに一歩近寄った。

「あなただって、わたしの命を救ってくれたわ」ノラは小声で答えた。

「よし、じゃあ、貸し借りなしだ、だろ？　ぜひ……ぜひとも、おれが救った命を無駄にしないでほしい」フォーダイスは顔を顰《しか》めた。「いいか、きみが今から行こうとしているのは哀れな避難所のようなものだ」

「そう思う？」

「一つ言わせてくれ。おれが思うに、きみはもっと価値のある人間だ」

階段を下りていく足音がだんだん遠ざかっていった。

「刑務所の塀に囲まれた避難所、ってことね？」惨《みじ》めな思いでノラは言った。

「まあ、それなら」フォーダイスは答えた。「それならまだましなんだ。そこ以外にないのなら」

「そこ以外ないわよ」

「油断は禁物だ」フォーダイスはぶっきらぼうに言い返した。「厄介な世界だからね。この先にどんな落とし穴があろうが知る由もない。もしかしたら、まったく別の類の避難所が待ち受けているかもしれない。あっ、ちょっと待って！」

「どうかした？」フォーダイスを見つめ、ノラは訊いた。

フォーダイスは聞き耳を立てていた。「ねえ、ミス・ブラント。どうやらきみの仲間は、きみがいないことにまだ気づいてないらしい。ロープを切ってもらえないだろうか？」

「ええ、いいわ。もちろんよ！」ノラは優しく叫んだ。「ああ、ナイフを持っていたら！」ノラはすばやく辺りを見まわした。「そうだ、爪やすりがある！」

けれども、ノラがバッグの中をあちこち探しているうちに、慌ただしい足音が階段を上ってくるのが聞こえた。ノラはすぐさまバッグを閉じて小声で言った。「あとで戻ってきます」そして、奥の部屋に駆けこんだ。

「ノラ！」スミスの呼ぶ声が聞こえた。「おい！　来ないのか！」

スミスが廊下に現れたとき、ノラは奥の部屋から引き返してきた。

「どうした？　何かあったのか？」スミスは迫った。

「何か、って？　何もないわよ」ノラは眉を上げ、冷淡に答えた。「奥の部屋にバッグを忘れてしまって。それだけよ、今、取ってきたわ」

「ほう、本当にそれだけか？」スミスは応じた。ノラの言葉を信じていないことを隠そうともしなかった。「まあいい、忘れ物はないな。さあ、行くぞ！」

スミスは部屋に入り、扉の脇に立ってノラを先に行かせた。そのあと数秒、その場からフォーダイスをじっくり観察した。

「おれとはもう縁が切れたと思ってるんだろう？」スミスはそう言って、扉から鍵を抜いた。「ところが、そうはいかない。またあとで顔を出すつもりだからな」スミスの視線が部屋を彷徨《さまよ》い、そこらに散らばっている空《から》の木箱に止まった。「なあ」スミスは意地悪く言った。「ここはどんな燃え方をするんだろうな！」
スミスは笑い声をあげながら部屋を出て、扉を閉め、鍵をかけた。

二十二　窓から

階段を下りていくスミスの足音が次第に遠のいていった。とつぜん、フォーダイスは笑顔になった。もしも同じような状況に置かれたら、マーク・タプリー（チャールズ・ディケンズの小説『マーティン・チャズルウィット』に登場する宿屋〈青竜亭〉の召使い。〝非常に陽気な人〟で知られている）もそんな顔をしたかもしれない。

「ずいぶん親切なやつだな？」フォーダイスは陽気に言った。

「本気であなたを殺すつもりだったみたいです」ローズは怯《おび》えた声で応えた。「なんだってします、あの人なら」

「さあ、どうかな」フォーダイスは応じた。なんとしても明るく振る舞おうと決めていた。意気消沈したらローズは自制心を失うだろう。「殺されなかったから今ここにいて、元気に笑ってられるんだ！　やつはミス・ブラントの銃を見て思い止《とど》まった」フォーダイスは一息ついた。「勇気があるな、あの娘《こ》は？」

「はい、本当に」ローズは言った。

「スミスが戻ってきたのが不運だった」フォーダイスはしゃべり続けた。「あと一分あればロープを切ってもらえたのに。いや、そんなことより、別の手段を考えないとな」

言うのは簡単だった。けれども、果たして別の手段などあるのだろうか？　二人は椅子に雁字搦《がんじがら》めにされていて、部屋の扉は外から施錠されている。手段は限られていた。

「あの女の人、本気で戻ってくるつもりかしら？」ローズは訊いた。

「おれは戻ってくると信じてる」フォーダイスは答えた。「あいつの目を盗むことができれば必ず。だが、それまで待っていられない。スミスのやつ、不審そうにしていたからな。奥の部屋にバッグを忘れたという賢い言い訳に、納得いかない顔をしていた。ところで、きみのほうの結び目はどう、ほどけそうかな、ミス・アクロイド？」

ローズはしばらく虚しくもがいたものの、諦めた。

「だめ。無理です」ローズはつぶやき、泣きだした。「きつすぎます。わ、わたし、なんだか失神しそう！」

「いいや、そんなことはない！」フォーダイスはきびきびと声を張りあげた。「おれが知っている娘《こ》で勇敢なのはミス・ブラントだけじゃない。そうだろ？　きみの家族は根性があるんだから、失神なんかするもんか！」フォーダイスは言い足した。「父上のことを考えるんだ！　ほら、おれたちは期待を裏切るわけにはいかないよ」

ローズは物入れのほうを見やり、歯を食いしばった。

「はい、もちろん。父のことは考えてます」ローズは言った。「大丈夫です。失神なんてしません」

「そうこなくちゃ！」フォーダイスは叫んだ。「きみは本当にすばらしい。自分じゃ気づいてないんだな。きみがそんなふうに辛抱強いのがわかって、おれがどれだけ心強いことか」フォーダイスはロープを思い切り引っぱった。が、結び目は緩む気配がなかった。今回は、より入念に縛られていた。

「それに、おれもきみの父上のことを考えているんだ」フォーダイスはしゃべり続けた。黙ったままでいると暗黙のうちに敗北を認めることになると思ったのだ。「なんとしてもあそこから助けださないと。気の毒なベンもな――おや、もしかして！」

物入れを見つめていたフォーダイスは、とつぜん声を張りあげた。

「なんですか？」ローズは藁にもすがる思いで叫んだ。

「見てごらん！」フォーダイスは答えた。「きみの父上をあそこに放りこんだとき、スミスはあの鍵を回した。そう、扉はしっかり施錠されている。ただ、下の差し錠までは挿さなかった。ということは、おれが背中向きで扉まで行ければ、あの鍵をなんとか回せるかもしれないよね？」

「でも、そんなことできるかしら？」ローズは目を輝かして叫んだ。

「この勝負の秘訣はね」フォーダイスは応じた。「やればできると思いこむことにある。今、おれに求められているのは〝椅子の脚さばき〟を知ることだけだ」

フォーダイスは痙攣しているような動きで椅子ごと飛び跳ね続け、物入れへと進もうとした。ところが、残念ながら近づくどころか遠ざかってしまった。

「〝椅子の脚さばき〟を正しく理解してなかったようだ」フォーダイスは顔を顰《しか》めた。「それにしてもひどいダンスだったね？　それでも、まだほかの手段があるかもしれない」

「いい考えがあります！」フォーダイスが考えているとき、ローズがとつぜん声を張りあげた。

「いいぞ、さすがはアクロイド家の人間だ！」フォーダイスは応じた。「聞かせてもらおう！」

「ええと、逆の方向に行ってるんですよね？」ローズは言った。「それなら、なんとか椅子の向きを変えて、今と同じことをしたら正しい方向に進むんじゃないかしら！」

「いやはや、それこそ名案だ！」フォーダイスは心から感心して叫んだ。「確かに、この数か月で耳にした中で、いちばん賢い思いつきだ！　そのわりにとても簡単だしね。本当に賢い思いつきっていうのは——なるほど、そうか」フォーダイスは言い足した。「物入れに辿り着いたときは顔のほうが向いているから、椅子の背に縛りつけられている不運な手は逆側だ。それでも、おそらく向きを変えることはできるだろうから——おや！　見てくれ！」

向きを変えようと試みて中腰になったときに発見したのだった。前屈みで立てば、椅子を床から浮かせることができた。そこで、フォーダイスは前屈みのまま一歩後ろに進み、腰を椅子に下ろした。それをくり返すうちに物入れとの距離がうまい具合に縮まっていった。

「はは！　おれの勝ちだね！」フォーダイスは宣言した。「きみの思いつきはよかったが、おれのほうが上だった。白状すると、おれのはたまたま見つけただけだがね。今ならカタツムリの気持ちがわかるよ。家を背負って道を渡るとき、どんな感じなのか！　ほらね、あと半分だ！」

「ああ、気をつけてください！」ローズは、はらはらして叫んだ。「転んだらどうするんです！」

「転びはしないよ」フォーダイスは安心させようとした。「そのために、こうして一息ついてるんだ。最後の行程に向けて、頭を落ちつかせないといけないからね」

「物入れから何か聞こえますか？」ローズは訊いた。

フォーダイスは首を振った。「いや、聞こえない。だが、ほら、あの扉は詰め物がされているんだ」フォーダイスは慌ててしゃべり続けた。「前に気づいたんだよ。だから、とにかく音は聞こえてこないはずだ。心配ない、ミス・アクロイド！　父上は無事に乗り切ってくれるさ。なんせすごい人なんだから。考えてみてごらん。今までだって、ずっとこの計画を頑張り抜いてきたんだ。警察のために行動したり、スミスになりきったりして！」

「父を気絶させたのはスミスだったんですね。きっと今日の午後、ここへ来たときに」ローズは言った。

「もちろん、そうだ。それで謎が一つ解決した。だが、最大の謎は、まだこれからだ」

「最大の謎、って?」

「えーと、スミスの計画は何か、ってことと、なぜ戻ってきたのか、ってことだ」フォーダイスはまた椅子を巧みに操りはじめた。「ダンスを続けよう!」フォーダイスは微笑《ほほえ》んだ。「〝椅子の脚さばき〟に苦手意識はなくなった。なかなか楽しいもんだな!」

フォーダイスが得意げに微笑《ほほえ》みながら物入れに近づいたとき、とつぜんローズの目が恐怖に凍りついた。なにげなく見た窓の外で、一本の手が何かを探るような動きをしていたのだ。

「早く。急いで!」ローズは息を呑み、言った。

「これでもじゅうぶん急いでるつもりだ」フォーダイスは応えた。動きに集中していたので、ローズの新たな不安の種に気づいていなかった。「だが、ほら、速さは二の次だ」

「ほら、あそこ——窓に、手が」ローズは息を詰まらせた。

「なんだ、あれは?」フォーダイスは声を張りあげ、さらに急ぐ努力をした。

「スミスが——スミスが戻ってきたのかも——」

そのとき、頭と肩が見えた。薄闇の中、霧に歪んでいた。ローズは悲鳴をあげ、フォーダイスは額が汗ばむのを感じた。

「慌てない、慌てない」フォーダイスはつぶやいた。「大丈夫——もうすぐ鍵に——手が——よしっ!」

なんとか鍵に触れることはできたが、位置が位置だけに思いどおりにはならなかった。握りかけたとたん、鍵は傾いで床に転がり落ちた。

と同時に、差し錠の挿さった窓を開けることができずにいた外の人影は、思い切った行動に出た。窓ガラスが砕け散り、ローズはまた悲鳴をあげた。窓の外から手が伸びてきて、差し錠を抜き、掛け金を探った。

手はようやく掛け金に辿り着き、窓は開け放たれた。そして、黄色い霧の中から人影がぬっと現れた。

「エディ！」フォーダイスは叫んだ。あまりの安堵に吐き気がした。

「フォ、フォーダイス！」エディは口ごもった。「は、入ってもいいか？」

ローズは頭がくらくらしていたが、なんとか正気を保った――かろうじて。その新たな人物の出現をローズは理解できなかった――ベンの言う、ただぼけっと突っ立っていれば起こるというあれが、また起こっただけなのかもしれなかった。ただ、それが何を意味するにせよ、確かなことが一つあった。少年のようににこやかなその青年は、敵ではなく、味方だった。

「ありがとう、エディ！」フォーダイスは大声で言った。「こっちに来てくれ、早く。もう大丈夫だ、ミス・アクロイド。おれの友だち、エディ・スコットを紹介しよう。さあ、ロープを切ってくれ。そのあと、みんなで握手しよう」

「い、いったい、な、なんだってこんな！」エディはトロイ人（古代都市トロイの人々。勤勉な者の代名詞として知られている）のように懸命に働きながら、つっかえ、つっかえ言った。「な、何があったんだ？」

「すぐに話す。まずはおまえだ。何があった？」

「お、おれか？　ああ！　あ、あんたを見失って、こ、この家から出てきた、ま、まぬけ男のあとを追った。な、何マイルも、な、何マイルも追って、ま、また見失ったから、も、戻ってきた――なあ、あ、あんたらを縛ったのは、や、やつらなんだろう？――それで、あ、あんたの、ば、ばかばかしい書き置きを見つけた。な、なんて大ばかな野郎だ、あ、あんたは！　それで、呼、呼び鈴を鳴らしたんだ！」

「あいつら、さぞかし度肝を抜かれたんだろうな！」フォーダイスはほくそ笑んだ。「続けて！　それでどうなった？」

「お、応答はなかった」エディは続けた。「二、二度鳴らしたんだけど。だ、だから、きゅ、きゅ、給水管を伝うことにした。ま、窓の脇を通って、屋、屋根まで続いてるんだ。それで、い、いったん、ま、窓に辿り着いて、ま、窓を開けたとこで、落、落っこちた。お、おい、蹴るな。す、すぐに自由にしてやるから。落、落ちてひどい目に遭《あ》った。と、とんでもない、お、音がした。だ、だけど、だ、誰が気にするっていうんだ？　それで、きゅ、給水管をまた伝ってきた。不、不屈の精神ってやつで。〝ブ、ブルースのクモ（十四世紀初頭のスコットランド王ロバート・ブルースが、何度も失敗しながらも諦めずに巣を張る一匹のクモに鼓舞され、スコットランドを独立に導いたという伝説）〟を、お、思いだしたよ。ま、まさか、あ、あんなちっこいクモに負けてられないからな！　だ、だから、め、めげずに登ってきて、ま、窓を叩き割って、こ、ここにいるんだ！」

「でかしたぞ！」自由になったフォーダイスは、とたんに立ちあがって叫んだ。「それに、すばらしい話を聞かせてもらった！　だが、おれの話は後回しだ。急げ、悪魔に追いかけられてるつもりで急ぐんだ。その物入れの扉の鍵を開けてくれ。鍵は床に落ちてるから。おれはひとまず――」

　フォーダイスはローズに駆け寄り、ロープをほどいてやった。いっぽうエディは鍵を拾い、物入れの扉を開けた。次の瞬間、エディは飛びのいた。妙なぼろ切れの塊が飛びかかってきたのだった。

「おい!」エディは驚いて叫んだ。「な、なんなんだ? び、びっくり箱か、こ、ここは?」

「そっちこそ、誰だ?」、ぼろ切れの塊はそう叫び、思い切り腕を振りまわした。

「やめろ、ベン。やめるんだ!」フォーダイスは大声で言った。「安心しろ。ここには味方しかいない!」

「味方だと?」ベンは喘《あえ》ぎながら言った。いっぽう、自由になったローズは父親を助けようと物入れに駆け寄った。

「初めてのときも、そう言われたっけ」ベンはけたたましく笑いながらエディに言った。「あいつはおいらの背中に乗っかってきて、おいらを〝人間書き物机〟にしてくれた。みんな味方だと言いながら。そんでもっておいらのポケットを一《いと》つ残らず調べやがった。味方が聞いて呆《あき》れるよ! だから、たった今、あいつがキスもしないでおいらを窓からほ《お》っぽっても、別におかしいとも思わない!」

エディはそのおかしな生き物を見つめていた。いっぽうフォーダイスは、自棄《やけ》っぱちな気持ちと面白がっている気持ちのあいだで悩みながら口を挟んだ。

「まったく、黙ってられないなら窓からほっぽりだしてやる! ミスター・アクロイドはどこだ?」

「誰なんだ、あいつは?」ベンは目をぱちくりさせた。「やつらの一味か?」

フォーダイスが振り向いたとき、ローズが物入れから父親を連れて出てきた。ローズは父親を労《いたわ》るように椅子に座らせた。父親はくたびれ果てたのか、ぼうっとしていた。

「ふらついているようですね」フォーダイスは言った。

「すぐによくなる」アクロイドは息を切らしながら言った。「そいつに殴られた」

「えっ、ベンに？」フォーダイスは鋭い口調でそう言い、その出来損ないを見た。「いったいどうして――？　ほんとにあんたは表彰ものの大ばか者だな。そちらはミス・アクロイドの父上だぞ」

「えっ？　なんで？」ベンはつぶやいた。

「なんで、だと？　ばかも休み休み言え！」フォーダイスはポケットから携帯瓶《フラスコ》を取りだした。「ちょっと待て。そこでおとなしくしてるんだ。こっちはミスター・アクロイドの手当てをするから。あんたの愚かな行為のせいでこうなったんだぞ！」

「ちょっと待ってなんになる！」ベンは憤って言い返した。「もう、うんざりだ――『ちょっと待て』には！　ちょっと待ってたら誰かに頭を殴られた。あの物入れに放《ほう》りこまれたときだよ。ちょっと待ってたらそいつが物入れから飛びだしていった。ちょっと待ってたらその娘《こ》の父親が急に入《あい》ってきた。だから、ちょっとした仕返しに堂々と小突きまわしてやったんだ。真っ暗な物入れの中にいて、いったいどうやってわかるんだ？　誰が誰かなんてわかりっこないじゃないか。それまで会ったこともないやつらが、いきなり飛びだしてったり飛びこんできたりしたのに！」ベンは最後の憤りを爆発させて締めくくった。「まったく、どいつもこいつもおいらを殴りやがって！　おいらは誰も殴らせてもらえないのか？」

「ああ、近々ぜひ、何か殴ってしかるべきものを見つけてやるよ、ベン」フォーダイスは答えた。「その長広舌の間、フォーダイスはずっとアクロイドの世話をしていた。「これからおれたちは、あの悪党どもをとっ捕まえないといけないんだ」

ベンは戸惑いの表情を浮かべた。いっぽうアクロイドは首を振った。

「残念だが、今となってはどうしようもない」アクロイドは言った。「取り逃がしたんだからな」

「まあ、取り戻したところで褒美《おう》をあげるつもりはないよ」ベンは言った。「逃げたのが人殺《いと》しなら、好きにさせとけ、ってなもんだ！」

「おれはそうは思わない」フォーダイスは微笑《ほほえ》んだ。

「おれもだ」アクロイドは同意した。「それでも、今日のところはやめておこう」

フォーダイスは廊下側の扉へ近づき、開けようとした。

「ご心配なく」フォーダイスは言った。「この部屋から出られたら、あとはこっちでやりますから」

フォーダイスは扉を揺すった。扉はびくともしなかった。そこで、フォーダイスは窓にちらりと目をやって、とつぜん大声で言った。「エディ」

「な、なんだ？」エディは答えた。

「なあ、おまえが伝ってきた給水管は、確か屋根まで続いていると言わなかったか？」

「言、言った」

「よじ登れそうか？」

エディはにたりと笑った。「も、もちろんだ！　そ、それこそ、お、おれの、と、得意技だ」

「おいおい」ベンはつぶやいた。「あいつはこそ泥か！」

「じゃあ、始めてくれ」フォーダイスは命令した。「屋根に登ったら、あっちの天窓まで進むんだ」

――フォーダイスは手ぶりで示した――「その扉を出てすぐの所にある天窓だから、どっちに進むかはすぐわかるはずだ。着いたら天窓から廊下に下りて、あの忌々しい扉を開けるんだ」

「偉そうに。ナポレオンにでもなったつもりか？」ベンは言った。

エディはもう窓から出かかっていた。

「賭、賭けてもいい。い、一分以内に、や、やってみせる」エディは大声で言った。

「そうだ、そのおしゃべりをやめればな」フォーダイスは言い返した。

エディは姿を消し、フォーダイスはみんなを見た。そして、自分を心配そうに見ているローズを安心させようと微笑《ほほえ》みかけた。

「あなた方は、今日はこれで終わりにしましょう」フォーダイスは声高に言った。「異存はないね、ミス・アクロイド。父上も少々お疲れの――」

「はい」ローズは遮った。「父には約束してもらいました。もうこの計画からきっぱり手を引いてもらいます！」

「約束は守る」アクロイドは申し訳なさそうに言った。「いずれにせよ、計画はこれで終わりになるだろうな！」

「お気遣いなく。そもそも相手に勝ち目はないんです。さあ、娘さんが家に連れ帰って介抱してくれるでしょう。娘さんもご自身を労ってください。かなり大変な思いをしたでしょうから」

「はい、それは」ローズは答えた。「でも――」

「『でも』は、なしだ！」

「わたしが言おうとしたのは、あなただって大変な思いをしたってことです、ミスター・フォーダイス。あなたのほうこそ家に帰らないんですか？」

「まだ帰れない」フォーダイスは答えた。「あの人でなしのスミスに一つ借りがあってね。それに――」フォーダイスは言葉を切った。「あの娘《こ》のこともある。どうにも引っかかるんだ」

フォーダイスはもどかしげに天井に目をやった。エディがこわごわ屋根を這っている音が聞こえていた。ベンは不安げだった。前にその音を聞いたときのことを思いだしていたのだ。もちろん、今、上にいるのはエディで――。ただ、〝もちろん〟と言い切れるのか？　この家に〝もちろん〟と言えることがあっただろうか？

「ばかな！　あんな小娘の心配はしなくていい」アクロイドは鼻を鳴らした。「とんでもない娘だ。ブラント一味の手先にすぎないんだから」

「かもしれません」フォーダイスはあっさり答えた。「それでも、わたしの命を救ってくれたんです」

「あの娘が？　なら、いつかあんたが自分の役に立つと思ったんだろうよ！　それより、おれが心配なのは〝ヘンリー〟とかいう男だ。やつが悪党とはとうてい思えない」

「それなら誰なの？」ローズは訊いた。

「おそらく探偵だ！」

フォーダイスはアクロイドを見つめ、声を張りあげた。「探偵ですって！　なぜ、そう思うんです？」

「そうだな、この件には何か裏がありそうだ」アクロイドは顔を顰めて答えた。「やつがかなりはったりを利かせていたのは間違いないと思う。やつの言動を見るにつけ、そう思わずにはいられなかった」

「わたしも、あの人なんかおかしいと思った」ローズが口を挟んだ。「わたしの所持品を調べたとき、ポケットから券をくすねたの」

「ほんとに？」フォーダイスは訊いた。

「それで、ほかの二人に見せなかったんです。なぜかしら？」フォーダイスは首を捻《ひね》った。「それに、そわそわしているようにも見えました。とにかく券をみんなに見せなかったから、わたしには納得がいか――」

「ほらな！」アクロイドは興奮して叫んだ。「おれに見せた券だ！　やつがブラントとあの小娘の連れでないことはわかっていたんだ――ブラントに言われる前から。おれが待っていたのはあっちの二人で、やつは謎なんだ！」

「なるほど。その謎はなんとしても解いてみせます」フォーダイスは言った。「エディのやつ、急いでくれると助かるんだが――おっ、天窓で音がしたぞ。ところで、娘さんから電報のことは聞きましたか、ミスター・アクロイド？」

「ああ」

「内容は理解できました？」

「いや、それも謎なんだ。バートンなんて男と取引した覚えは一度もない」

「おかしいですね」

「それに、サフォークのネックレスのことも知らない。知っているのは新聞に出ていたことぐらいだ。シェルドレイクが捕まってからのことは。ほら、捕まったとき、ネックレスを所持してなかったと書いてあったな。バートンとやらが見つけると宣言したようだが。その件について、知っているのはそれだけだ」

「それなら、なぜバートンから電報が送られてきたの？」ローズはきっぱりと言った。

「だから言ってるじゃないか、知らないと」父親はくり返した。「あれこれ考えたんだが！」

「おい！」ベンが叫んだ。「あいつが廊下に下りたみたいだ」

「ああ、聞こえたよ」フォーダイスは頷き、扉に近づいた。「おい！　気をつけろ！」ベンは警告した。「エディとは限らないだろ？」

「あいつに決まってる」フォーダイスは言い返した。

「ばか言え。この家に〝決まってる〟ことなんかない」ベンは応えた。「あくどい外交員が株を売りつけにきたのかもしれないじゃないか」

けれども、今回に限って、開いた扉の向こうに見えたのは期待どおりの人だった。エディが廊下でかすかに息を切らし、誇らしげに微笑《ほほえ》んでいた。

ローズは安堵の溜息をつき、父親を椅子から立たせた。そして、うれしそうにエディに微笑《ほほえ》みかけた。エディは微笑《ほほえ》み返した。エディの注意を引くため、フォーダイスは二度同じことを言わなければならなかった。

「さあ、この蠟燭を持っていけ、エディ」フォーダイスは言った。「お二人を階下《した》にお連れするのに要るだろうから。階段の踏み板がところどころ抜けてるんだよな、ベン？」

「そうだよ」ベンは答えた。「おいらたちも、そろそろ行こう！」

そうは言ったものの、ベンはまだそのときではないという胸騒ぎを感じていた。そして、ほかのみんなが部屋を出ていったあとも、ぐずぐずしていた。何かが心に引っかかっていた。この一件の新な側面と思しきものだった。部隊のしんがりを迎えに、すぐに引き返してきたフォーダイスは、ベンに漂う異変に気づいた。

「来ないのか、ベン？」フォーダイスは訊いた。

驚きの目でフォーダイスを見たベンは、その目を爛々と輝かせ、息を弾ませた。

「おい、どうかしたのか？」フォーダイスはベンをじっと見つめ、荒々しく言った。

「えっ？　いや、なんでもない」船乗りベンは答えた。「だけど、計画のほう《お》はどうなってるんだ？」

「相棒のエディが二人を家に送っていった」フォーダイスは答えた。「そのあと、あんたが待ちに待ってた警官を呼びにいってくれることになっている」

「そうか。でも、おいらたちは？」

「そうだな。おれとしては、あんたも一緒に来てはどうかと思うんだ、ベン」

「ばか言え！　なんの役にも立たないよ。知ってるくせに」

「とんでもない。見ているだけで元気をもらえる！」

ベンは難しい顔をして、無精ひげの生えた顎を撫《な》でた。

「いいか、だんな」ベンは宥《なだ》めすかすように言った。「まさかとは思うけど、おいらと二人《ふたり》でやり残したことがあるなんて思っちゃいないよね？」

「そのまさかだ。まだ何もやれてないからな」フォーダイスは答えた。「嘘じゃない。おれたちの見せ場はこれからなんだ」

ベンは顎を撫で続けた。そして、窓を見あげた。一時間前は黄みがかっていた外の世界が、今や黒一色になりつつあった。ベンはちらりと物入れを見た。ひょっとして、それ以上にないほど不愉快なその午後、それ以上にないほど不愉快な時を、その中で過ごしたのかもしれなかった。ベンはしばらく物入れに目を留めた。ベンの気持ちを察したフォーダイスは、根気強くベンの目を見つめていた。

この期に及んでベンに何があったのか？　何があって、こんなふうにそわそわしだしたのだろうか？

「だんな」ベンは言った。「あの二人《ふたり》は家に帰したんだろ？　おいらはいつ帰してもらえるんだ？」

「運転手にはどこの住所を告げればいいんだ、ベン？」フォーダイスは訊いた。

「バッキンガム宮殿だ」ベンはずうずうしく答えた。

フォーダイスは笑い声をあげ、ベンの背中を軽く叩いた。

「ほら、これだからあんたが好きなんだ！」フォーダイスは声高に言った。「一緒に来るんだ、ジョージ国王！」

「あんたに好かれてることは知ってる」ベンは頷いた。「午後に会ってからずっと、愛情ばかり注いでくれたからね。だけど、今からどこに行こうっての？」

「そうだな、〝国王の地下室〟を探索しないか？　よかったら、今回はそっちが蠟燭を持ってもいいぞ」

「〝国王の地下室〟か」ベンは無意識のうちに蠟燭を摑《つか》み、つぶやいた。「で、その〝国王の地下室〟とやらに着いたら何をするつもり？」

「それはな、ベン」部屋を出ながらフォーダイスは白状した。「行ってみないことには――」

「じゃあ、何があってもおかしくないってことか！」ベンは声を張りあげた。そして、とつぜん暖炉に駆け戻り、壊れた鉄の火鋏《ばさみ》を拾いあげた。

「おれに考えがある、ベン」フォーダイスはしゃべり続けた。「〝国王の地下室〟に着いたら、おれたちの真の姿を見せつけてやろう。それにもう一つ。本物の危機に直面したら、あんたがかなり有能な男だということを証明してやれるさ」

「おいおい、だんな」ベンは息を吞んで躊躇した。「まだ本物《おん》の危機に遭ってないって？」

「あれくらい危機のうちに入るか」フォーダイスは答えた。「さて、じゃあ、そろそろ行くぞ！」

「おい！」ベンは言い返した。「それが国王に対する口の利き方か！」

二十三　またしても階段で

ギルバート・フォーダイスとベンは、またしても連れ立って階段にいた。命がけの一時間を奇跡的に無事切り抜けた二人は、その気になればそのまま玄関に向かい、霧の中に出ていくことで、さらなる危険を回避し、手を携えて日々の生活に戻ることもできた。けれども、その霧の立ちこめた安息の地に逃げこむことを、なんらかの理由でフォーダイスは拒み――なんらかの理由でベンも拒んだ。

ただ、地下へと下りる旅の途中でベンは何度かふらつき、二階まで下りたところで急に足元がおぼつかなくなって手すりを摑《つか》んだ。

「だんな」ベンは言った。

「なんだ？」フォーダイスは応えた。

「ちょっと座っていいか？」

「どうした？」

「なんか、気を失いそうなんだ」ベンは言った。

フォーダイスは同情してベンを見た。

「もちろんだ。無理なようなら一息入れろ。ブランデーを飲むか？」

「臆病者《ネズミ》の好物はチーズだろ？」ベンは答えて、にこりと笑った。

けれども、ベンの笑みは消えた。ポケットを探っていたフォーダイスが残念そうに唸り声をあげたのだった。

「しまった」フォーダイスはつぶやいた。「エディが持っていったんだ。ミスター・アクロイドがまた動けなくなったときに備えて」

「なんだ、ツイてないな」ベンは言った。

壊れた階段に腰かけているベンは明らかに哀れを誘っていた。そのベンを見つめながら、フォーダイスは眉を顰《ひそ》め、小声で言った。

「おれは獣《けだもの》か?」

「そうとは言い切れないよ、だんな」ベンは、ある程度寛大な気持ちで答えた。「でも、忘れてるようだけど、おいら、今日は朝からなんにも食べてないんだ」

「気の毒にな!」

「そう、最後にポークビーンズを食べたきり――それも夜中の二時に。だから、今日はたらふ《う》く食べないとだめなんだ。冗談抜きで!」

「よし」フォーダイスは約束した。「これをやり遂げたら、あんたが食べたこともないような極上の食事を奢《おご》ってやる」

「それなら、ちょっとばかり高くつくよ、だんな」ベンは自信を持って言った。「ねえ、だんな。あんたはおいらがドイツ軍の戦艦を沈めたって言っても信じないだろ?」

「なんだって!」フォーダイスは驚きの声をあげた。「そりゃ、信じないだろうな」

「まあ、沈めてはないんだけど」ベンは言った。

フォーダイスは笑い声をあげた。「口の減らないやつだな、あんたは！　これからもずっと好きでいられそうだ、ベン」

「うん、そのことに気づいてないとでも？　ツタみたいに絡みついてくるじゃないか！」

「誉め言葉なんだから、ありがたく思えよ！　そろそろ出発できるか？」

「うん、もう少し。抵抗しても無駄なんだろ？　だってほら、おいらに降《お》りかかってきたことだから。もともと、ここの仕事をすることになっていたんだ」

「どういうことだ？」

「だから言ってるじゃないか。こうなる運命だった、って。あんたに会う前から」

「なんだって！　なぜだ？」フォーダイスは訊いた。

「ほら、〈十七〉って書かれた券あるだろ？　あれ、宿屋でも見たんだ。おいらが初《う》めにこのどえらい霧に呑まれたときだ。言っただろ――」

「そうだったのか」フォーダイスは興味深げにベンを見つめながら頷いた。「どこの宿屋だ？」

「知るかよ！　レイトンの辺りだった気もするけど。とにかく、あの券を見たんだ。で、持ち主の男が窓の外にいた男の顔を見るなり逃げだした。ひょ《い》っとして、あの二人《うたり》は今――」ベンは言葉を切った。

「続けてくれ」フォーダイスは促した。

「階下《したた》の〝国王の地下室〟にいるような気がする」ベンは瞑想に耽《ふけ》るように言った。

「どうしてそう思うんだ？」フォーダイスは訊いた。

「まあ、なんとなくだけど、あのヘンリーってやつに見覚えがあるような気がするんだ。酒場に入《あい》る前にぶつかったやつに似てる気がして。だから、ここの仕事をしろ、っておいらに白羽の矢《や》が立ったんなら、とことん引《ひ》き受けてやる、っていうか。で、ほら、そのあと食堂で食事をしてたとき、後ろのテーブルからこそこそ話《はな》す声が聞こえてきたんだ。間違《ちが》いないよ、だんな。その二人《ふたり》があの忌々しい〈十七〉って数字を言わなかったら気にも留めなかったと思う。でも、耳にたこができるくらいくり返すもんだから。あの声は、あのノラって女と、忌々しい〝おじ〟とやらの声に癪に障るくらいそっくりだった。で、もう〈十七〉は勘弁してくれって思いながらこの家の前を通ったとき、またその忌々しい数字がおいらを見つめてきたんだ」ベンは話を締めくくった。「そう、この旅はおいらが生まれた日《ひ》から運命づけられていたんだよ、びっくりだけど。たぶん数えればわかると思う。おいらは母さんの十七番目の子どもなんだ！」ベンは一拍置いて言い足した。「それに、挙句の果《は》てに、おいらは——ああ、なんてこった！」

ベンは憂鬱そうに立ちあがった。フォーダイスはふいにその肩に手を置き、ベンを制した。

「それで〈十七番地〉にうんざりしてるのか。そういうことだな？」フォーダイスは訊いた。

「いや、そうじゃないんだ、だんな」ベンは言い返した。「なんでそうなるんだよ！」

「もう解放されたいんだろ？」

「何を言ってる？」

「いいか。お望みなら出ていっていいんだぞ」ベンはフォーダイスを疑り深い目で見つめた。「だから、出ていくのは勝手だと言ってるんだ」フォーダイスはくり返した。「あんたの好きそうな言い回しをすれば、とっとと失せろ、だな」

「失せろ？」ベンはぼんやりつぶやいた。「今度はなんの冗談だ？」

「冗談など言ってない」フォーダイスは答えた。「ただ、なんだかんだ言って、もしかしたら自分が本物の獣《けだもの》なんじゃないかという気がしてきたんだ。おれには、あんたをこれ以上危ない目に遭《あ》わせる権利はない。あんたに犯罪歴がまったくないこともわかったことだし」

「だから、失せろってか、だんな？　それ本気《おん》で言ってるの？」

「もちろんだ」

「へ《え》ん、やつらを完全に叩きのめせなかったからって、そんなふう《う》にお払《あら》い箱にするのか」ベンはぶつぶつと言った。「せっかく接着剤でくっつけたみたいに一《いと》つになれたと思ったのに！　あんたはどうするんだ？　一緒に失せたらどうだ？」

「いや」フォーダイスは微笑《ほほえ》んで答えた。「失せるわけにはいかないんだ。じゃあな、大将。おれはまだ、やり残したことが――」

「おい、ちょっと待った！」ベンはそう叫んでフォーダイスの腕を摑んだ。「どうして失せないんだ、だんな。どうして？　二人《うたり》で失せよう」フォーダイスは首を振り、ベンの手を振り払おうとした。

「どうして、って言ってるのに」ベンは迫り、摑んだ腕を意地でも離さなかった。

「じゃあ、理由を話そう」フォーダイスは重々しい口調で答えた。「失せるのは性に合わないんだ。女の子の一人を無事帰しはしたが、それで仕事が終わったとは思えなくてね。もう一人の娘《こ》も同じようにしてやるまでは、どうにも。ほら、わかってくれるな？」

「まあね。けど、もう一人《いとり》は悪党だよ」ベンは意見した。

「その悪党こそが」フォーダイスは言った。「誰より助けを必要としていることもあるんだ」

「うん、そう思う」ベンはつぶやき、慌てて叫んだ。「おい！　待て！」

とうとうベンの手を引き剝がしたフォーダイスは、足早に階下に向かっていった。ベンははっと息を吞み、慌ててあとを追った。

「いいか、だんな」ベンは喘《あえ》ぎながら言った。「〝国王の地下室〟でやろうとしていることには危険が伴うんだろ?」

「かなり危険だろうな、ベン」フォーダイスは険しい顔で答えた。「いったん足を踏みいれたら、二度と戻ってこられないかもしれない。だからこそ、あんたに来てほしいんだ。手助けしてもらえたらと思って」

「えっ、おいらに手助けしてほしいって?」ベンは感動した。

「甘っちょろい考えだった。今となっては気にするな。とっとと――」

「おいおい」ベンは憤《いきどお》って言い返した。「おいらをなんだと思ってるんだ? ただのひょうきん者か?」

「まあな」フォーダイスは微笑《ほほえ》んだ。「噂を信じかけていたんだ」

「言ってる意味がわからない」ベンは断言した。「でも、失せる気はないから。いいね?」

「ほんとに?」フォーダイスは声を張りあげた。

「あり得ない」ベンは応えた。「見くびるな」

フォーダイスはベンの手を握った。その握り方にも、眼差しにも、本物の愛情がこもっていた。

「あんたはまったくもって頼りになるな、ベン! 肝っ玉の欠片《かけら》さえ持ち合わせてないのに!」

「誰に肝っ玉の欠片《かけら》もないだって?」ベンは気迫を込めて言った。けれども、すぐにフォーダイスの袖を摑んだ。

「どうした？」フォーダイスは訊いた。

「大変《えん》だ、だんな、あれはいったい？」

「あれって？」

「ほら、なんか、おっきな黒いのが階段を下《お》りて――」

「影だよ、あんたの」フォーダイスは微笑《ほほえ》んだ。

「ああ、そうか」ベンは弱々しく息を呑んだ。そして、腹を立ててぶつぶつと言った。「とっとと失せろ！」

二十四　〝国王の地下室〟

列車が部屋の下で轟々と音を立てた。部屋は真っ暗闇だったが、音の近さと大きさ、それに震動から、部屋の位置は窺《うかが》い知れた。あいにく特徴はつかめないものの、地下室であることは確かだった。轟音は徐々に大きくなり、徐々に遠のいていって、暗黒の記憶と化した。一分が経過した。どこか部屋の外から慌ただしい足音がし、扉がさっと開いた。

「ここなのか？」神経質そうなつぶやき声がした。

「明かりはないのか？」詰問する別の声がした。

次の瞬間、かちっ、と小さな音がして、部屋はまばゆい電気の光に包まれた。

かつて地下貯蔵室だったその部屋は、見違えるほど改装されていた。けばけばしい壁紙のせいで室内は華やかだった。座り心地のよさそうな椅子数脚と、ソファと、使い勝手のよさそうな丸テーブルが置かれ、壁の窪みに机がすっぽり収まっていた。部屋の真ん中には絨毯が敷かれ、扉には地図と、ずらずらと名前の並んだ名簿が貼られていた。

そこでなんらかの事業が営まれていることは明らかだったが、雰囲気は心地よさげ――いくぶん贅沢な心地よさと言えた――で、個人の趣味がはっきり表れていた。その主《ぬし》は自らが悦《よろこ》びを感じるものを心得ており、それを臆面もなくひけらかす人間なのだろう。こんな声が聞こえてくるようだった

——他人が満足しようがしまいが、知ったことか！

そして、その部屋に入ってきたのが、ノラとブラントとヘンリーで、少々皮肉なことに世話役《ホスト》として導いてきたのはスミスだった。

「おやおや！」部屋を見まわしたブラントが叫び声をあげた。「こんな所で贅沢に暮らしているのかね、スミス。地下室というより、チェルシー地区辺りのご婦人の部屋のようだな！」

「確かにな」スミスは応えた。「だが、しゃべっている暇はない。おまえらが乗る列車はあと三分で出発する。時刻表はどこへ行った？」スミスは机のほうを見たが、ふいに片手を上げた。下から貨物列車の低い轟音が聞こえたのだった。「聞いたか、今の？」スミスは言った。

「ああ」ブラントは答えた。

「あんたらが乗る貨車が側線に入ってきた音だ。まもなくだな」

机のほうに歩きだしたスミスは、ヘンリーからの質問で足を止めた。ヘンリーはブラントに近づいて合図を送ってから、質問したのだった。

「あんたも一緒に来るのか、スミス？」

「いや」スミスはぶっきらぼうに言った。「おれは残る」

「へっ！　なぜだ？」

「おれのことは心配しなくていい。いくつかやり残した仕事があるんだ」

「そうか。ちなみに、どんな仕事だ？」ブラントは訊いた。

スミスはもどかしそうに二人を見た。スミスの中の悪魔が長時間眠ったままでいるのは珍しかった。

「おまえらの体は疑問符でできているようだな」スミスは声を張りあげた。「おれがなぜ残るかって？　知りたければ教えてやるが、やり残した仕事の一つが、あの何が起こってもおかしくない屋根裏にあるからだ。だから、おまえらが早く出ていってくれれば、その分早く、そのたわいない問題も片づけられるんだ」

「なるほど」ブラントは頷いた。「そのたわいない問題とやらを、どう片づけるつもりだ？」

「おまえらの知ったこっちゃない」スミスは嫌そうな顔をした。「もう質問はなしだ。そのほうが、ぐっすり眠れるぞ」スミスは不快な笑い声をあげた。「空き家に火事は付きものだからな」

ノラはすぐさまスミスを見やった。

「スミス」ノラは言った。「約束を信じてるから」

「そうだな」スミスは応じた。「約束は守る――そっちが守るのなら」

とうぜん言葉の意味はわかっているな、とばかりにスミスはノラを見つめたが、ノラはそっぽを向いて嫌な話題を変えた。

「あの扉の名簿は何かしら？」ノラはさりげなく訊いた。

「まだ質問する気か！」スミスは言った。

「来客名簿のようね」

「〝乗客名簿〟と書いてある。あんたらにもいよいよ済み印が付くな。それがアクロイドの仕事だ」

「興味深い名前が揃ってるわね」ノラは名簿に近づきながら言った。

スミスはいらいらしながらも、うっとりとノラを見つめていた。

「あと三分、と言ったはずだが」スミスは念を押した。

「ええ、聞いたわ」ノラは冷淡に応えた。「そのうちの一分を使って、わたしたちをどうするつもりか話してくれても罰《ばち》は当たらないわよ！」

「それもそうだな」スミスは応えた。「そこの二人、絨毯から離れろ！」

ブラントとヘンリーは絨毯から離れた。絨毯の上でひそひそと立ち話をしていたのだった。スミスは屈みこんで絨毯の端を持ちあげ、そのまま勢いよく引き寄せて脇に放った。そして、扉のそばの壁際に移動し、なにやら小さな覆いのようなものを慣れた手つきで操った。覆いはするりと横にずれ、円盤とスイッチが出てきた。円盤には数字と文字が並んでいた。それらの目盛りを合わせ、スイッチのレバーを操作すると、絨毯に隠れていた落とし戸が開いた。

長方形の大きな穴がぽっかりと黒い口を開けていた。その穴から階段が伸びていて、ゆっくりと煙が立ちのぼってきた。ブラントはこわごわ一歩前に出て穴を覗きこみ、わずかに身震いをした。

「まるで墓穴だ」ブラントはつぶやいた。

「地下道はこの下だ」スミスは説明した。「側線に貨車が止まっている。有蓋貨車だ。大陸連絡船に通じる貨車で、一日に二本運行している。中には空《から》のまま出発する貨車もある。そういう貨車の一つが空のままではなくなるということだ。わかるか？」

「ああ、わかる」ブラントは答えた。「それがからくりってわけだな？」

「そうだ、からくりだ」

「最低なことを考えるのね」ノラは言った。

「えらく有意義な考えだと思うがね」スミスは切り返した。

「きっと、アクロイドが引き継ぐまではそうだったんでしょう」ノラは言った。「アクロイドになってからは、かなりやばそうね。扉に貼ってある、あのけちな名簿を見てもわかるけど」

「同感だ」スミスはノラを見て頷いた。「何かいい考えはないか、ノラ？」

「ある」ヘンリーがまたブラントにちらりと目をやり、口を挟んだ。

「おまえには訊いてない」スミスは嚙みつくように言い、机に歩み寄った。「しまった！」時刻表を手にしたスミスは声を大《だい》にした。「しくじった。五時三十七分に変更になっていた」スミスは肩を竦《すく》め、スイッチの所に戻って操作し、落とし戸を閉めた。「まあ、おかげで何か飲みながらビスケットをつまむ余裕ができた」

ヘンリーはにやりと笑い、静かな淀みのない声でしゃべりだした。ブラントはふいにポケットからハンカチを取りだし、額を拭った。

「そりゃ、いい考えだ、スミス」ヘンリーは言った。「すばらしい。おれはいつだって事を急《せ》くのが大の苦手だ」

「おまえが？」スミスは壁の作りつけの小さな戸棚に向かいながら訊いた。その口調はヘンリーに、しゃべるのは勝手だが、まともな人間に耳を傾けてもらえると思うなよ、と言っていた。「こっちへ来るんだ、ノラ。見てくれ、おれのこだわりのワインの数々を！」

ヘンリーはにやにやしたまま、まだ額を拭っているブラントに一瞥をくれた。

「ほらな、ブラント」ヘンリーは言った。「けっきょく、おれの考えを話す時が来たようだ。さあ、座ってくれ。時間はたっぷりある。座ってくれ」

二人はテーブルに並んで座った。ヘンリーを不安そうに盗み見るブラントは、人混みで飼い主とはぐれて二度と見つけてもらえないんじゃないかと不安がるイヌのように、妙におどおどしていた。いっぽうスミスは、二人のことなどまったく意に介することなく、戸棚を開けてボトルを取りだした。

「しっかり持っていてくれ、ノラ」スミスは興奮して言った。どうやら女を下の名前で呼ぶことに舞い上がっているようだった。「このブルゴーニュ産のワイン一口で、あんたの目はきらめくだろう」ノラはボトルを受け取りながら、スミスをまじまじと観察した。ふいにスミスが声を落とした。「いいか」スミスは言った。「あの二人だけで行かせよう。あんたとおれなら、いい相棒になれそうだ。どうだ？」ノラは答えずに、スミスを観察していた。「まあ、いいさ。褒美《ほうび》ってのは、すんなり手に入らないほうがいい。だが、約束は守ってもらうからな。忘れるな、おれは上階《うえ》であんたの男を痛い目に遭《あ》わすこともできたんだ！」

「忘れてないわよ、スミス」ノラは答えた。「それに、ここを離れるつもりはないの――今はまだ」

スミスはにやりと笑った。当面はそれでじゅうぶんだった。スミスは小さなトレイにワイングラスをいくつか載せて、ノラに差しだした。ノラはその上にボトルを置いた。

「よし、ここはおれが給仕を引き受けよう」スミスはにたりと笑った。「テーブルまで付いてこい。ちょっとばかり酒を飲ませてやる」

スミスはテーブルへ向かった。ヘンリーとブラントがそれに気づいた。ヘンリーは、ずっとにやけたままだった。

「おれの考えを聞いたほうがいいぞ、スミス」凶暴な世話役《ホスト》がテーブルに近づくと、ヘンリーは言った。「じっさい、聞かざるを得ないだろうが。座るな、トレイを置くんじゃない――そのままじっとしていろ。そして、写真を撮ってもらうときみたいに楽しそうな顔をするんだ」

「なんの真似だ？」スミスは怒って言った。

「ブラントの手はポケットの中だ」ヘンリーは応じた。「おあいにくさま、動けば何かが火を吹くぞ。

わかるだろ？　こっちは今、あんたの手が塞がっていて好都合なんだ。トレイを置いてみろ、たちまち弾丸をお見舞いするからな」

「ちくしょう！」スミスは毒づいた。「おまえらが決める立場にあるとでも――？」

「落ちつけ、落ちつくんだ――」

「ばかか、おまえらは！　おれをアクロイドだと思っているのか？」

「アクロイドだって？」ヘンリーは訊き返した。「おいおい、もしそう思ってるなら、こんな所で悠長に言い争ってるわけないだろ。あそこに貼ってある、けちな〝乗客名簿〟とやらを見れば誰だってぴんとくるからな。あの名簿に載ってるやつらは、ほぼ全員捕まってるじゃないか」

「ああ、そんなことはわかってる！　だが、それはアクロイドの仕事の話だろ。アクロイドじゃないおれに、なんの不満があるんだ？」

「はいはい、あんたがアクロイドじゃないことは重々承知している」ブラントが口を挟んだ。「だが、誰なんだ、あんたは？〈十七番地〉のスミスでなければ誰だと言うんだ？　それになぜ――そうだ、教えてくれ――いったいなぜあんたは、おれたちや、あの名簿に載ってるやつらにそれとなく匂わせなかった？　あんたが抜けて、アクロイドがこっそり後釜に座って不誠実に振る舞っていたことを。この半年、あんたはどこにいたんだ？」

「ブタ箱だ！」スミスは唸《うな》るように言った。そして、ヘンリーにトレイを投げつけ、ブラントに飛びかかればどうにかなるだろうかと考えた。

けれども、ヘンリーはわずかな動きも見逃《のが》すまいとスミスを見つめていた。スミスは衝動的に無分別に振る舞うには歳を取りすぎていた。屋根裏部屋であの男を殺そうという衝動に駆られたが、分別があったおかげでなんとか我慢ができた。ばかな二人に襲いかかろうという衝動に駆られている今も、分別が言っている――「待て。目を光らせていろ。好機は訪れる」

「猿芝居はよせ、スミス」ヘンリーは静かに言った。「ほらな、ブラント！　こいつはこの半年間、ブタ箱にいた。ってことは、今回の〈十七番地〉の計画を理解してないと考えるのが妥当じゃないか？　おれの言ったとおりだ。だが、なぜブタ箱に入れられたんだ？〈十七番地〉のせいか？　いや、違う。ナポレオンほどの才能に恵まれたこの男なら、いくつかの仕事を掛け持ちしてでもおかしくない。つまり、スミスには別の名前があるんだ――マイク・シェルドレイクという――」

「雄弁家気取りもいいところだな？」スミスは激怒し、遮った。「だが、とにかく、いったいどういうことなんだ？　おれがシェルドレイクだと？　まあいい。それがどうした？」

「まあ、待て。今、話す。焦るな」ヘンリーは情け容赦なく追及した。「だめだ、まだトレイを置くんじゃない。こっちは大真面目なんだ。な、ブラント？」

「そのとおりだ」ブラントはぶつぶつと言った。

「あんたはブタ箱にいたんだ、ミスター・シェルドレイク＝スミス。四万ポンド相当のサフォークのネックレスを盗んだ罪でな。ただ、警察が摑《つか》んだのは、盗んだのがあんただということだけだ――捕まえたとき、物《ぶつ》はすでに隠されていたからな」

「そうだ。見つからないように隠してある」

「そう、見つからなかった。だから警察は、先週あんたを逃がし――」

「なんだと？」スミスは心底驚いて叫んだ。「逃がした――？　誰が逃がしたんだ？」

「そりゃもちろん、われらが愛しのバートンだ。ネックレスを取り戻してみせると固く心に誓ったやつだよ。できなきゃ辞職も厭《いと》わないときた。何かぴんとくるものがあったんだろうな。部下たちが見つけられなかったもんだから、代わりにあんたを泳がして見つけることにしたようだ。これで理解できたか、スミス？」

スミスは、しげしげとヘンリーを見た。

「ほう――警察が――ねえ」スミスはゆっくりと答えた。「まあ、おれもまだ取り戻せてないんだが」

「そんなはずない」ヘンリーは平然と応じた。「あのネックレスはこの家にあるんだ」

「そうなのか？　ずいぶんとよく知ってるな？」

「もちろんだ。どこに行けば情報が手に入るか、おれは心得てるんだ。それに、指名手配されているやつに付きまとう術《すべ》も――」

「あっ！」ノラが遮った。ノラはそれまでずっと、うっすら軽蔑の表情を浮かべて話に耳を傾けていた。「バートンからの電報にあった『シェルドレイクがうろついている』の意味がようやくわかったわ。バートンがその宝石を追ってるのなら――」

「まったくだ」スミスは叫んだ。「バートンが宝石を――おれの別嬪《べっぴん》たちを――追ってるのなら、ここにいる誰がどうあがこうが、ブタ箱の薄粥くらいしか手に入らないということだ！」

ヘンリーは笑い声をあげた。「心配ないさ」ヘンリーは面白がって言った。「あの電報を送ったのはバートンじゃないからな」

「どうしてわかる？」

「立派な理由がある。送ったのはおれなんだ」

驚きの視線が一斉にヘンリーに向けられた。スミスは黙ったままだったが、ノラとブラントはふいに声をあげた。「あなたが／おまえが？」

「そう、おれが」ヘンリーは頷いた。「一人でやった。もちろんおれたちの誰も、ここにいる親愛なる友、シェルドレイク＝スミスと張りあえるわけがない――相手にすらされてないからな。だがおれは、わずかながらもナポレオンの資質を持ち合わせてるんだ。電報を送ったのは、ここの状況にあまり自信がなかったこともあるが、アクロイドのやつに邪魔されたくなかったからだ。だから、そのまま指示を待つよう忠告し――」

「ちょっと待ってくれ」ブラントは混乱を隠そうともせずに声を張りあげた。あいにくナポレオンの資質を持ち合わせていなかった。「ここの状況にあまり自信がなかったと言ったな？　なら、どれくらい知っていたんだ？　なぜなんだ、アクロイドに電報を送ったのなら、ここでのやつの裏切り行為を知っていてもいいはず――？」

「確かにそうだ。だが、こっちも昨晩気づいたばかりでね」ヘンリーはいらいらして口を挟んだ。「電報の目的はただ一つ。アクロイドをここに近づけないようにすることだった。あんたらもやつに来てほしくなかったのは認めるだろ？」

「そうだ。なのに来やがった！」

「なぜなら、おれの電報を受け取らなかったからだ」

「それをもっと早くに言ってくれてもよかったのに、ヘンリー」ノラは言った。

「愛しい妹よ」ヘンリーは平然と言い返した。「ほかにやるべきことがあったんだ。この不愉快な家を出ることも、この不愉快な国を出ることも、うれしいことはうれしい。だが、ここに来たいちばんの目的はシェルドレイクを追うことにあった――ダイヤモンドを追っているシェルドレイクを」

「なに！」スミスは腹を立てて言った。「それが目的だったのか？」

「そうだ。おれはなかなか賢い人間なんだ。どうだ、認めざるを得ないだろ？　当局があんたを泳がせ、刑事《でか》どもはあんたを追って六つの州を引きまわされた。けっきょく全員が撒《ま》かれたんだ――おれ以外は。昨日の昼、窓から覗かれたのを覚えているだろ？　レイトン界隈の小さな宿屋だったと思うが、かなり混乱させてしまったな。こっちもちょっとばかり軽率だったことは認める。だが、運はこっちの味方だった。この霧に紛れたあんたは、もう安心だと思ったんだろうな。それで、ここにやって来た。おれも同じだ。昨夜はあんたを追って、まさにこの部屋まで――」

「はあ？」

「そういうことだ。それで、そこのカーテンの裏に隠れていた。その間、あんたはあちこち詮索してまわり、自分の留守中にアクロイドがしていたことを知って悪態をついていた。あのネックレスがこの家にあることをおれは知ってるんだ、ブラント。そいつがどう言おうとな。というのも、そいつは何度もこの部屋を出て、隠し場所のほうへ向かおうとした。なのに毎回大慌てで戻ってきた。思うに、あの忌々しい船乗りの気配を感じたんだろう。あるいはアクロイドがうろついていたのかもしれない。とにかく、そいつはついに捜すのをいったん諦め、ここを離れて頃合いを見計らっていたんだ」

「それが今日の午後の話だな？」ブラントは頷いた。

「そのとおり。そして、もちろんおれも戻ってきて――ありがたいことに玄関前の階段で、あんたと魅力的な妹に会って――今ここにいる。おれの話は以上だ」

ヘンリーはスミスを見やり、ブラントはポケットから、さっと拳銃を取りだした。

「あんたの負けだ、シェルドレイク！」ブラントはここぞとばかりに叫んだ。「騒ぐんじゃない。物《ぶつ》を見せろ」

「じゃあ、おまえらもか？」振り向きながらスミスは迫った。

「そうだ。全員ぐるだ。今からでも遅くないはず——そうだろ、ヘンリー？——だから、一人頭一万ポンドってわけだ。さあ、早くしろ。物《ぶつ》を見せるんだ！」

スミスの頭は猛烈に働いた。ノラにちらりと目をやったが、四分の一を手にするつもりのその人物が救いの手を差しのべてくることはなかった。ブラントが近づいてきた。

「近づくな！」スミスは怒鳴った。「懐中時計の鎖にぶら下げているとでも思ってるのか？」

「いや、思ってない」ヘンリーが立ちあがって答えた。「だが、ポケットはどうだ？」ヘンリーはブラントに目配せをした。「少しでも動いたら引き金を引くんだ、ブラント」

「よしきた、任せろ」ブラントはつぶやいた。「抜かりはないさ」

ヘンリーはポケットに手を突っこみ、手錠を取りだした。

「こっちのほうが役立ちそうだ」ヘンリーはそれとなく言った。「手を出せ、シェルドレイク。動けなくしてやるから」

スミスはヘンリーを睨《にら》みつけ、とつぜん叫んだ。

「はあ、手錠？」スミスはそう叫び、ブラントを見た。「鈍臭《どんくさ》いやつだな、おまえは！」スミスは怒鳴った。「騙《だま》されるために生まれてきたのか！　わからないのか、おまえはまた騙されて——？」

「へ？」ブラントは言った。「それじゃあ——」

「ったく、ばかか、おまえは！——このトレイを顔にぶつけられたいのか、ヘンリー？——ブラント、おまえは足し算ってものを教わってないのか——？」

「やめろ！」ヘンリーは命令しながら、急いで前に進みでた。

「気をつけろ、ブラント！」スミスは退きながら叫んだ。「やつに銃を向けるんだ、ブラント！」ブラントは躊躇《ためら》い、思い悩んだ。「ほら、手錠を出しているじゃないか！　刑事《でか》だ。やつがバートンだ！」

次の瞬間、スミスは敵対する相手の顔にトレイを叩きつけた。

二十五　地下道へ

スミスの狙いは正確だった。その敵が体勢を立て直さないうちに、ブラントとスミスが床に押さえつけた。

「こんなことをして、なんの意味があるんだ！」捻じ伏せられた男は息を切らした。

「いや、意味はある！」ブラントは荒々しく捲《まく》したてた。「さあ、静かにしろ。さもないと銃弾を食らう羽目になるぞ！　あの電報だが、なぜ〝バートン〟と署名した？」

「言ったじゃないか、アクロイドを近づけないためだ！」災難に見舞われた男は喘《あえ》いだ。スミスの並外れた力に圧倒されていた。「本当だ、シェルドレイク――」

「わかった、わかった。それならアクロイドのことはすべて知っていたんだな」ブラントは叫んだ。今や持ち主の手から落ちた手錠を摑《つか》んでいた。「地下道のことも――」

「とうぜん知っていただろうよ」スミスは罵《ののし》った。「知ることがこいつの仕事だからな。もうしゃべりかけるな、ブラント。こいつに手錠をかけるんだ。手を押さえとくから」ブラントは従った。「よし、これでヘンリーとやらとおまえのおしゃべりも、しばらく聞かなくて済む」スミスは残忍な笑みを浮かべて言い足した。

「いいか、ブラント。あんたは間違って――」

「ああ、おまえを信じたのが間違いだった！」ブラントは言い返した。

「そう、おまえは間違っていた」スミスはそう言いながら、不運な男に猿轡《さるぐつわ》を噛ませた。「こいつが刑事《でか》だと気づいてもよかったんだ。昨晩おれを追ってここに忍びこんだと言われたときに――。よし、これで口は塞がった。あそこのカーテンの裏がよっぽど気に入ったようだから戻してやるとしよう。ほら、まず脚を縛れ、ブラント。その鞄の革紐を引っこ抜いて使えばいい。ほらな、ここにあるのは便利な物ばかりだ！　さあ、急げ。乗り遅れたらあとがないぞ」

「まともな感情は残ってないのかしら、わたしたちには？」ノラはつぶやいた。離れた所に立っていたノラは押し黙ったまま、惨《みじ》めそうな蔑《さげす》みの目で傍観していた。

「そいつの話は聞かなくていい、スミス」ブラントは声高に言った。「よし、革紐が抜けた――まったく、おれたちが刑事《でか》を相手に手加減しないことぐらい、そいつだってわかっているんだ。それも、よりによってバートンだぞ」二人は男をカーテンまで運び、その裏に下ろした。「そら、これで片づいた。列車はいつ出るんだ、スミス？」

スミスは懐中時計を見た。「あと六分だ」スミスはそう言って、ノラを見た。

「おっと！　ぎりぎりじゃないか」ブラントはぶつぶつと言った。「全力で走らないとだめか。逃《のが》すわけにはいかないからな」

「ああ、警察にとっておれたちは恰好の餌食だろうからな、え？　あんたはなんの容疑で手配されてるんだ、ノラ？」

「あら、そんなこと、どうでもいいじゃない？」ノラは声を大《だい》にした。

「郵便局強盗だ」ブラントは悪びれもせず自白した。相手が知らないことを教えてやれるだけでうれしかった。

「郵便局強盗だと！」スミスは笑い声をあげた。「もっと手っ取り早い盗み《ゲーム》を教えてやるよ、ノラ」

スミスはブラントに訊いた。「がっぽり儲けたのか？」

「あんたには関係ない」ブラントは言い返した。

「勝手にすればいい」スミスは応じ、肩を竦《すく》めた。「この列車の件だって、おれには関係ないんだ。だから――」

「わかった、わかった。ちょっと待ってくれ」ブラントは心配になって遮った。「あの……ええと、ほら、スミス……あのネックレスはどうなったんだ？」

「おまえには関係ない」スミスは言った。

「まあ、そうだな。もちろんそうだ。だが――」

「まさか、ダイヤモンドがここにあると思っちゃいないよな？」とつぜんスミスは声を張りあげた。「おまえのそこに付いているのがおつむだとはとうてい信じられんな、ブラント。ちっこい石鹸の塊じゃないのか！　おれは人を撒《ま》くのが仕事なんだ。付けまわすんじゃなくて。さて、列車が来る時間だ。乗るんだろ？」

二人の男は顔を見合わせた。ブラントは一人では何もできなかった。そして、本人もそのことに気づいていた。〈やれやれ、現状を受けいれたほうがよさそうだ。それにしても忌々しいやつ〉ブラントは思った。〈こういう図体のでかい男はとことんツイていやがる！〉

「乗るんだろ？」スミスはくり返した。

「わかった、わかった」ブラントは噛みつくように言った。「そう威張り散らすな。落とし戸を開けてくれ！」

　ブラントの手はポケットに突っこまれていた。スミスはおかしそうに、にやりと笑った。

「ということは、まだおれを信じてないんだな？」スミスは言った。

「ああ、ぐずぐずするな。急げ！」

「よし。それなら、あの壁まではおまえが先に行け」

「横並びで行くってのはどうだ？」

　二人は横に並んで、あの覆いのある壁に向かった。スミスは笑い声を立てながら装置を操作しはじめた。ブラントは興味深そうに見入っていた。

「魔法の言葉《パスワード》はなんだ、えっ？」ブラントは訊いた。

「見ていればわかる」スミスは応えた。

「ちっこいのに、賢い装置だな」ブラントは言った。「向こう側からも操作できるのか？」

「ああ。扉も落とし戸も両方ともな――文字列さえわかれば」

　スミスがしゃべり終えないうちに床の落とし戸が開いた。ブラントはわずかに震えながらそちらに向き直った。そして、ちらりとスミスを見て、今度はノラのほうに顔を向けた。

「なんとも、どえらい穴だな」ブラントはつぶやいた。「先に行け、ノラ」

「一緒に行くつもりはないの、おじ様」ノラは静かに答えた。

「なに？」ブラントは叫んだ。「一緒に行かないだと？」

「そうよ」

　ブラントは自棄《やけ》になって降参の印に両手を上げた。そのとき、下から貨車のぶつかる音が聞こえた。

「どいつもこいつも、どうしちまったんだ、今日は？」ブラントはぼやいた。「ふざけている場合じゃない！　なにをぐずぐずしてるんだ」

「そうだ」スミスは妙な笑みを浮かべて頷いた。「行くなら急いだほうがいい。いいか、あの貨車のぶつかる音がやんだら――」スミスは口をつぐんだ。そして、煙っている穴の中が静まり返ると、鋭い口調で言った。「今しかない、ブラント。これを逃《のが》したら日を改めざるを得なくなる。それにこれからの十二時間は何が起こってもおかしくないぞ」

「ノラ」ブラントは宥《なだ》めようとした。「さあ、来るんだ。ここにいたら捕まるぞ。罠にかかったネズミみたいに」

「もう決心はついたの」ノラは返事した。

「だが、なぜだ？」

「おじ様、わたしがあなたと縁を切るって言ったとき、本気だとは思わなかったのね。でも、本気なの。だからこの部屋でお別れしましょう。どこで別れても同じよ」

「あんたの入れ知恵だな、スミス」ブラントは言いがかりをつけた。

「本人の思いどおりにさせるべきだ」スミスは答えた。「本当に残りたいんだろ、ノラ？」

「ええ」ノラは一瞬躊躇《ためら》ってから、弱々しく答えた。

「よかった。それがいい」スミスは言った。「また二対一だな、ブラント。おまえに勝ち目はないようだ、な？」

　やり場のない憤《いきどお》りを感じながら、ブラントは大股で落とし戸に近づいた。不快な穴を覗きこんだブラントは、梯子状の急な階段が下に伸びていることに気づいて、そそくさと下りはじめた。そして、穴に姿を消す寸前、顔を上げて叫んだ。「二人とも地獄へ落ちるがいい！」スミスは嘲《あざけ》るように笑い飛ばした。

ブラントはいなくなった。カーテンの裏で猿轡を嚙まされている男を除けば、スミスとノラの二人きりになった。ノラが不安げにスミスに目をやると、スミスは割れたボトルとグラスを蹴って部屋の片隅に集め、戸棚から新しいボトルを取りだした。ゆったりした足取りで歩きながら、その状況と優越感を存分に味わっているようだった。新しいボトルをテーブルに置いたスミスは、相変わらず何も言わずにグラスを取りに戸棚に戻り、取ってきたグラスをテーブルに置いた。終始にやにやと一人笑いながら、目の端でノラを観察していた。

そして、満足げに鼻を鳴らしながらノラに近づいた。

「近寄らないで！」ノラは鋭く叫んだ。

「そろそろいいじゃないか」スミスは言い返した。

「そうね、でも待って！　誤解しないで！」

「誤解だと？」スミスは笑い声をあげた。「まさか！　誤解なんかしてないさ」

「近寄らないで。近寄らないで、って言ってるの」ノラは後退《あとずさ》りながらくり返した。それでもスミスはどんどんノラに近づいた。「聞こえないの？」

「いや、生まれながらにして耳は二つある」スミスは答えた。「あんたには勇気がある、だろ？　で、おれは勇気のある娘《こ》が好きなんだ。この六か月の間、ずっとそういう娘《こ》を求めてきた」

「それなら、あともう少し待ってもらわないといけないかも」ノラは言い返した。「ほら、わたしたち、まだ条件を決めてないから」

スミスはうっすらと険悪な表情を浮かべた。

「おいおい、あまりばかな真似はするな！」スミスは言った。「まさか、おれにちやほやされると思っていたわけじゃないよな？　それとも、何かほかの計画にも加担してるのか？　おれの申し出を受けただろ？」

ノラは躊躇《ためら》った。「そうね。でも、条件があるの」ノラは小声で答えた。

「条件がある、だと！」スミスは小ばかにするようにノラの言葉をくり返した。「どんな条件だ？」

「近寄らないでいてくれたら、ちゃんと話すわ」

スミスはノラを見てから、楽しげに手招きしているテーブルに視線を移した。

「ああ、わかった。そうしよう」スミスは声を大にし、テーブルに歩み寄った。「おれたちの時間はおれたちだけのものだ。上階《うえ》のばか者どもは待たせておけばいい。衰弱しようと、おれの知ったことじゃない」

「そう。じ、じつは、あの人たちのことなの」ノラは言った。

「ほう、聞かせてもらおうか。だが、まずは一杯飲んでからにしよう」スミスはグラスにワインを注ぎ、ノラに差しだした。ノラは首を振った。「強情だな、えっ？　まあいい、あんたらしいや」スミスはそのワインを飲み干し、舌なめずりをした。「さっき浴びたやつより美味《うま》いぞ。さあ、話してみろ。あんたの条件、ってのはなんだ？」

ノラはスミスの顔をまともに見た。

「わたしの条件を言うわ、スミス」ノラは言った。「これだけは譲れないから覚えといて。この家の誰にも危害を加えないこと。わたしを上階《うえ》に行かせて、みんなを解放させること——わたしが危ない目に遭《あ》うことはないからご心配なく。あとは、カーテンの裏にいる刑事の拘束を解いて部屋の外へ出してあげること」

スミスは感心したようにノラを見ていた。

「最後通牒ってわけか！」スミスは言った。「たいしたもんだ！　それで、おれたちはどうする？　あんたとおれは？」

「あら、好きにすればいいわ！」ノラは答えた。「大陸でもどこへでも、行けるとこならどこでもかまわない。すぐに出発するなら」

スミスは二杯目のワインを飲み干し、立ちあがった。

「ああ、確かにそれがいい。すぐに出発しよう！」スミスは叫んだ。ワインが体中に心地よく染み渡っていった。「おれたち、いい相棒になれそうだな？　その意気だ、ノラ――国外へ逃亡だ――新天地を切り開くぞ！」スミスはとつぜん口をつぐみ、嫌らしい目つきで、しげしげとノラを見た。「まあ、そうは言っても、大陸に着くことなく射落とされる哀れなトリがどれだけいることか。将来の夢はそこで潰《つい》えるんだ！」スミスはしゃべりながらノラに近づいた。「いいか、おれが条件を呑んで、あんたをやつらの所に行かせるとして、今、おれは何をしてもらえるんだ？　今、ここで？」

「今？」ノラは後退《あとずさ》りながらつぶやいた。

「そう、今だ！」とつぜんスミスは手を伸ばし、ノラの腕を摑んだ。「ノラ、キスしてくれ！」

「嫌、ぜったいに嫌！」ノラの声は震えていた。

「嫌だと？　いいか、嫌だと言うなら上階《うえ》にいるあんたの男がどうなっても知らないからな。おい、あまり偉そうにするんじゃないぞ！　おれに目も頭もないと思ってるのか？　おれが上階《うえ》のやつらのことなど気にするわけがない。カーテンの裏にいるやつのこともな。さあ、キスしてくれ。刑務所ではキスなんて夢でしか見れないんだ！」

ノラは引き寄せられそうになったが、スミスを押しのけた。

「嫌、嫌だってば。まずはそっちが約束を守って！」ノラは動揺して喘ぎながら言った。

スミスはまたノラの腕を摑んだ。その手には、ますます力がこもっていた。

「ああ、なんて美しいんだ！」スミスは叫んだ。「別に折り合いをつける必要はない。おれは望んだものを無条件で手に入れるんだ！」

「獣《けだもの》、獣《けだもの》よ！」ノラはすすり泣いた。

スミスは熱烈なキスをしたあと、とつぜんノラを放した。

「獣《けだもの》？　おれが？」スミスは声を張りあげた。「いや、ちょっと待て。よし、見せてやる。見せてやるよ、ノラ！　果たしてなんと言うかな？　そのかわいらしい首元にダイヤのネックレスをかけてやったら。ダイヤのネックレスだぞ。四万ポンドの価値があるんだ。きっとあんたの態度も、ころっと変わるだろうよ――キスの嵐が待ってたりして！　ほら、ノラ、見ろよ――！」

スミスはポケットに手を突っこんだ。と同時に、見る見る顔色が変わっていって、新たな表情が広がった――驚きと、失望への怒りが込みあげたのだ。しばらくスミスはノラを見つめ、茫然と立ち尽くした。いっぽうノラは、乱れた髪を気にするでもなくスミスを見つめ返した。

そのとき、スミスは嗄《しわが》れた声を絞りだした。「ない！」

その言葉を皮切りに、スミスは動きを取り戻した。そして、罵《ののし》りの言葉を発して壁に駆け寄り、震える手でスイッチのレバーを操作した。扉が暗い廊下に向かってゆっくりと開いたと思うと、とたんに二つの人影が部屋に飛びこんできた。

「飛びかかれ、ベン！」いっぽうが叫んだ。

「脚を押さえつけろ！」もういっぽうが喚《わめ》いた。

ノラは泣きじゃくりながら後退り、両手を握りしめた。三つの人影が部屋中を縦横無尽に動きまわった。そして、あれよあれよという間に、いちばん小さな人影が、いちばん大きな人影を壊れた火鋏《ばさみ》で殴りつけた。殴られた男は空《くう》を摑んで崩れ落ち、ぽっかり口を開けた穴から煙った闇へと落ちていった。

二十六　ネックレス現る

こっぴどく殴られたフォーダイスが意識を取り戻すと、ノラが覗きこんでいた。しばらくの間、フォーダイスにはノラしか見えなかった。ノラの目には、フォーダイスに負けず劣らず安堵の表情が浮かんでいた。

スミスが地下道に落ちるとすぐに、ノラは壁に駆け寄って落とし戸を閉めた。自分と脅威のスミスとの間に、さらなる壁を作りたい一心だった。その行動はノラの動揺の表れだった。もはや危害を加えてくる状態にないスミスに対し、落とし戸を閉めたのだから。

フォーダイスに見つめられている今、ノラの心はうきうきしはじめていたが、まだ不安は残っていた。

「怪我はひどいの？」ノラは訊いた。

「いや、そうでもない」フォーダイスは答えた。「なんとか、あの部屋を脱出できた――今、ちゃんと話すけど――ひゅーっ！　あいつのせいで、すっかり息が切れた！」

「無理してしゃべらなくても――」

「いや、大丈夫だ。それで、その扉の向こうでどうやって入ったものかと悩んでいたら、親切にも勝手に開いてくれたんだ。あの〈マーチャント・サービス〉のぽんこつ野郎がスミスに飛びかかっていくさまといったら、なんとも見ものだった！――ところで、どこに行ったんだ、あいつは？」

「ここだよ」ベンは床から答えた。

フォーダイスは向き直り、ベンを見つめた。

「いったい何がしたいんだ？」フォーダイスは訊いた。

「やつが落っこってった所に座ってるんだ。またとつぜん飛びだしてきたら困るからね」ベンは答えた。

「念には念を、ってわけだな」フォーダイスは大真面目に言った。

「もしかしたら、もしかするからね。万全を期しとかないと」ベンは言い返した。「あんなやつのために、無駄な汗をかいてハ《ア》ンカチを台無しにするつもりはないんだ」ベンは含み笑いをした。「過失致死なら万々歳だね、だんな。おいら、なんかの本《おん》で読んだことがある！」

「同感だ」フォーダイスは頷いた。「言っただろ？　あんたは〝その時〟が来たら期待に応えてくれる男だ、って」

「そうだね。あんたはいつも正しいよ、だんな。〝その時〟が来るまで待ってもらえればの話《あなし》だけど。それにしても、午後会ってからずっと人《いと》殺しの濡れ衣を着せようとしてたくせに。さては、しくじったな！」

「まあ、心配するな」フォーダイスは微笑《ほほえ》んだ。「あんたが人殺しの罪で絞首刑にされることはないさ。おい！」フォーダイスは声を張りあげた。「あの扉、誰が閉めた？」

「わたし、だと思う」ノラは答えた。

「うわぁ！　なぜわざわざそんなことを、ミス・ブラント？」

ノラは少しぼうっとして首を振った。「さあ、なぜかしら。わたしはただ、あのレバーを――。そしたら落とし戸が閉まって――」

「とうぜんだよ」ベンは口を挟んだ。「お化けは入《あい》るべからず。おいらだってすぐにそうしたと思う」

「ふーむ」フォーダイスはつぶやいた。「よくある秘密の仕掛け扉だな」

「ええ。そう思う」ノラは答えた。

「開け方はわかる？」

ノラはまた首を振った。「いいえ、残念ながら」

「じゃあ、落とし戸はどう？　そっちなら開けられる？」

「無理よ」

「ひ《い》ゃあ！」ベンは息を呑み、よろめいた。「閉じこめられたのか、だんな？」

「そのようだな」フォーダイスはそう応えて立ちあがり、壁に歩み寄って複雑な装置を調べた。「おそらく秘密の文字列《パスワード》か何かで開くんだろう」フォーダイスは言った。

二人に見守られながら、フォーダイスは答えを見つけようと悪戦苦闘した。

「ひ《い》ょっとして、おいらならできるかもしれないよ、だんな」ベンは申しでた。「難題《ノット》なら船《うな》乗りに任せとけ（ノットには〝結び目〟の意もある。ロープ結びは船乗りの基本）」

「じゃあ、頼む」フォーダイスは応え、ノラを見た。「神に感謝だ。とにかくきみが無事でよかった、ミス・ブラント」

「どうしてそんなこと？」ノラは訊いた。

「どうして、って。そう思っちゃ、だめかな？」フォーダイスは応じた。「それはそうと、あのワイン、だ。


ずいぶん美味《うま》そうじゃないか！　一杯どう？」

「わたしはいらない。でも、飲みたいんでしょ？」

「うん」フォーダイスは認めた。ノラはテーブルに駆け寄って、フォーダイスのためにグラスに注いだ。

「何それ、ワイン？」ベンはうれしそうに叫び、壁からテーブルに近づいた。けれども、そこで躊躇《ためら》った。「いや、やめたほうがいいな、だんな。腹《あら》ぺこのときはだめだ。おいらは厚切りパンのほうがいい」

「そうか。それなら、いつかパン屋を一軒丸ごとプレゼントしてやる」フォーダイスは返事した。

「天国での話《あなし》だな」ベンはつぶやいた。「この忌々しい部屋《え》から出る方法《おうおう》が見つからないと、そういうことになるのか。もう〝部屋《え》〟と名の付く所には、ぜったい入《あい》ってやるもんか。入《あい》ったとたんに牙を剝《む》かれて出るのに何時間もかかるんだから。おいら――」とつぜん、ベンは飛びあがった。カーテン沿いに歩いていたとき、手がカーテンに触れたのだった。「おい！　おい！」ベンは叫んだ。

「今度はなんだ？」フォーダイスは声高に言った。

「死体だ！」ベンは陰気な声で言った。「また別の！」

「おお――」

「嘘だろ、だんな」ベンは真面目に言った。「この家に撒《ま》き散らされた死体が頭をもたげは《あ》じめたんだよ、キンポウゲやデイジーみたいに！」

「刑事だったの」ノラが慌てて割って入った。カーテンに駆け寄りかけたフォーダイスは、急に立ち止まった。「生きてるわ。拘束されてるの」

「刑事だって？」フォーダイスは眉を顰《ひそ》めた。

「そう」ノラは頷いた。「解放してあげて。持っていた手錠をかけられたのよ、ほら——鍵はテーブルにある」

フォーダイスは鍵を手に取ったが、まだ躊躇《ためら》っていた。

「きみと一緒にいたやつじゃないか——ヘンリーとかいう？」フォーダイスは訊いた。

「そう。でも、なりすましていただけみたい。正体がばれて、あの二人に拘束されたの」

「だが、きみは」フォーダイスは言った。「刑事を解放してほしくないんだろ？」

「ええ、それはもちろん」

「逃げる機会を手に入れるまで？」ノラは頷いた。「それがきみにとって、どういうことかわかっているね？」

「ええ。でも、どうせ逃げられっこないわよね？」

「全力で自由を手に入れようとしないことにはね」

「自由なんて！」ノラはその言葉を苦々しげに言った。「あなたは正しかった。わたしみたいな人間が自由になんてなれるわけがないんだわ」

フォーダイスは静かに首を振った。

「いや、おれが言ったのはそんなことじゃないんだ、ミス・ブラント。この先、覚えていてくれるなら——」

「おい」ベンが囁いた。

「ちょっと待て、ベン——いいか、ミス・ブラント。おれはまだよくわかってないんだ。きみのおじさんはどこにいる?」

「行ったわ」ノラは言った。

「なぜ一緒に行かなかった?」

「残ったほうがいいと思ったからよ」

「そうだろうね。でも、なぜ?」フォーダイスは迫った。

「あら、そんなこと重要かしら?」ノラは訊いた。

「そんな気がしはじめたんだ、ミス・ブラント。とても重要なことのような気がする」フォーダイスはぶつぶつと言った。

「おい! いつまでそんな所に突っ立っておしゃべりしてるつもりだよ。そいつが窒息しかけてるってのに! いいのか?」ベンが急《せ》きたてた。

「確かに!」フォーダイスは溜息まじりに言った。「その調子だ、おれの荒削りのダイヤモンドよ!」

「なんだよ、それ——ダイヤモンドって?」ベンはぎょっとして声を張りあげた。

「その調子だ、と言ったんだ。まあ、しょうがない。人道精神で助けてやるか!」

「理由はどうあれ、どうせ助けるんじゃないか」ベンはつぶやいた。「あんたはそういう宿命なんだ!」

二人はカーテンを引き開け、喘《あえ》いでいる男の拘束を手早くほどき、猿轡《さるぐつわ》を外してやった。たいした怪我はなかったが、男が落ちつきを取り戻すのに多少時間がかかった。ワインが役に立った。しゃべれる状態になると、フォーダイスは訊いた。

「気分はよくなったか?」

「ああ、ありがとう」男は言った。

「ずいぶんと雁字搦《がんじがら》めにされたんだな。いったい、何があった？」

「気づかれたんだ、おれの正体を。ああ、もう一口、頼む。まったく、ひどい目に遭《あ》った。やつらを罠にかけたと思ったとたん」

「誰なんだ、あんたは？」フォーダイスは訊いた。

「もう言っても差し支えないだろう」男は答えた。「警察だ」

「おお！」

「じつは、バートンはおれなんだ」

フォーダイスは口笛を吹いた。

「おい！　嘘だろ。本物のバートンか？」フォーダイスはそう叫んで、ノラにちらりと目をやった。

「ああ、本物だ。シェルドレイクを脱獄させたあと、ずっとやつとダイヤモンドを追ってきたんだ」

男は顔を顰《しか》めた。「それで、やつは今――」

「穴の下にいる」ベンが口を挟んだ。「頭を強打して！」

「気の毒なこった！　ブラントは運がよかったんだろうな。逃げていったよ。だが、遠くに行くことはないだろう。部下を配置しておいたから。ところで、なるほど、その女は確保したんだな」

「ええ、確保されたわ、ミスター・バートン」ノラは静かに答えた。

「だが、ひょっとしたら、彼女の場合は警察が寛大な措置を取るかもしれない、だろ？」フォーダイスはそれとなく言った。「ここに残る必要はなかったんだから、な、警部！」

「ああ、必要はなかった。なのに残ったんだ」男は冷淡に言った。「じつのところ、おれはたまたまうまい具合に、その理由を思いついた」

「ほう」フォーダイスは言った。「なぜなんだ？」

「ひょっとして自分の口から言いたいんじゃないのか、ミス・ブラント？」ノラは黙っていた。「さあ、なぜだ？」

「知りたければ――本当に知りたければ、言うわ」ノラは答えた。「残った理由は、シェルドレイクを信用できなかったからよ」

「それは面白い。どの辺が信用できなかったんだ？」

「ほかにも何か企んでるみたいで。あなたや、ミスター・フォーダイスを危ない目に遭わせるつもりみたいだったから」

「いい娘《こ》ぶるなんてきみらしくないな、ミス・ブラント」反応は冷たかった。「その〝ほかの企み〟とやらを、どうやってやめさせようとしたんだ？」

ノラは下唇を噛んだ。「まあ、どう思われてもかまわないわ」ノラはつぶやいた。「好きに思ってもらってけっこうよ」

フォーダイスはノラに歩み寄った。「頼む」フォーダイスは静かに言った。「聞かせてくれ」

「それなら言うわ」ノラは答え、フォーダイスを見やった。「買ってでたのよ、シェルドレイクと手を組むって――あなたたちを無事逃がすと約束するなら」

フォーダイスはしばらくノラをじっと見つめてから言った。「そういうのを〝潔《いさぎよ》い〟と言うんだ」

そのとき皮肉な笑い声が聞こえ、フォーダイスはそちらを見た。「なあ、おれには彼女が悪党とはとうてい思えないんだ、警部！」

「それは、あんたが悪党ってものを知らないからだ」男は言い返した。「わかってないんだ、やつらの手口が――おれと違って」

「たぶんな」フォーダイスはつぶやいた。「それでも、悪党にも根っからの悪党とやむを得ずそうなった者がいる、とおれは思う」

「悪党は悪党だ、おれを信じたほうがいい。そんなのはよくある悪党の言い逃《のが》れに決まってる。聞くも涙の物語、ってわけさ。ただの戯言《ざれごと》だ！」

「なるほど。だが、いいか」フォーダイスは苛立《いらだ》たしげに声を張りあげた。「彼女にほかの理由があるとしたらなんなんだ？ あんたの意見を聞かせてもらおうか。おれは悪党のことはあまり知らないかもしれない。だが、それなりに警察のことはわかっているから、悪党たちがつねに考えを持っていることも知っている。それに、その考えがたいてい間違っていることも。さあ、警部、あんたの意見を披露してもらおうか！」

「言わせてもらうよ、ミス・ブラント」男はノラを見て言った。「きみが残ったのは、シェルドレイクとあのダイヤモンドのネックレスに接点があってもおかしくないと知っていたからだ。以前、サフォークの公爵夫人が身に付けていたネックレスだよ」

「えっ？ なんだって？」とつぜんベンが言った。先ほどの決意とは裏腹にワインの誘惑に負けていたベンは、ちょうど二杯目のグラスを飲み干したところだった。

「それは違うわ、ミスター・バートン」ノラは応じた。

「それでも言わせてもらおう」男はノラをじろじろ見ながら言い返した。「シェルドレイクには取り入るだけの価値が大ありだったんだ、ミス・ブラント。さらに言わせてもらうと、きみはじっさいここで、まさにこの部屋で、そのネックレスを見せられ、首にかけてもらったな?」

「なんだって?」ベンは目玉が飛びでるほど驚いて叫んだ。

「それも違うわ」ノラは静かに言った。

「悪いな。だが、おれはこの耳でしっかり聞いた――」

「だから言ってるじゃない、違うって。ミスター・バートン」ノラはくり返した。「ネックレスがここにあったら、あなたにあげるわよ」

「いいぞ、そのとおり」ベンは力強く頷いた。「かんぱーい!」

「やめろ、ベン」フォーダイスは小声で警告した。「警部、おれはミス・ブラントが事実を言ってると確信――」

「残念だが、おれは同意できない」男は遮った。「今の状況では、おれの意見がぜったいだ。悪いが、きみを調べないといけない、ミス・ブラント。異論がなければ、だが?」

「あるわよ。かなり強烈なのが」ノラは答えた。

フォーダイスの顔がさらに険しくなった。

「おい、いいか」フォーダイスは声高に言った。「早まるんじゃない、警部」

「不躾なやつと思われるのは不本意だが」辛辣な声が返ってきた。「あんたにそこまで言う権利はないだろ? 悪いが、ここはおれのやり方でやらせてもらう!」

「なら、こっちも不躾なやつと思われるのは不本意だが」フォーダイスは応じた。「あんたのやり方はミス・ブラントに不快な思いをさせている。まあ、おれならぜったい、そんなやり方はしない!」

その表向きの声は、かろうじて平静を保っていた。

「気づいてないのか、ミスター・フォーダイス？　あんたは今、かなり微妙な立場にいるんだ。警察の観点から言えば、あんたの妨害は正当と認めがたい。そういう違法行為があるんだ。ほら、警察の公務を妨害する、みたいな。もちろん、あくまでもおれのことを故意に誤解しようと――」

「いや、警部。故意に誤解しようとはしていない」フォーダイスは遮った。「おれはただ、その娘《こ》に公平な機会を与えようとしているだけだ。ロンドン警視庁《スコットランドヤード》に寄ってたかって非難されようが、引きさがるわけにはいかない」フォーダイスはノラに向き直った。「ミス・ブラント、きみはネックレスを持ってないんだね？」

「なんなら誓いましょうか？」

「いや、その言葉だけでじゅうぶんだ。ネックレスのことで、ほかに何か知ってることはない？」

「ええ、まあ。でも、ミスター・バートンが知っていることと、ほとんど変わらないんじゃないかしら。シェルドレイクがこの家に戻ってきたのは、ネックレスを手に入れるためだ、って、そんなことを言ってました。ネックレスを手に入れたのは間違いないみたい――わたしの首にかけてくれようとしたから。でも、ポケットを探ったらなかったの。失くしたみたいで――ええ、本当よ、ミスター・バートン」ノラは断言し、男はもどかしそうな素ぶりを見せた。「そして、シェルドレイクが慌てて部屋を出ていこうとしたとき――」

「ほう、そんな話、信じられると思うのか？」男は遮った。「そこまで薄っぺらな話は初めてだ、ミス・ブラント！　現に聞いたんだ、おれは。カーテンの裏で。きみの首にネックレスをかけてやる、とシェルドレイクが言ってたじゃないか」

「それを聞いたのなら、ミスター・バートン。わたしがシェルドレイクに出した条件も聞いたはずよ。

それでも、わたしがネックレスのことしか考えてないと思いこませようとしているのね」

「けっ！　あんな条件、裏に何があるかはお見通しだ。さあ、早くしろ。所持品を調べてやる！」

男はノラのほうに進みでた。と、とつぜん、フォーダイスが割って入った。握りしめた両の拳がかなりの威力を発揮しそうに見えた。

「残念だ、こんなことになって。ミスター・バートン」フォーダイスは小声で言った。

「いや、その必要はない、今のところは」相手は激しい口調で応えた。「少なくとも、あんたならわかると思う、ミスター・フォーダイス。おれが今、最善を尽くしていることも、必死で自分を抑えていることも。すべてはそんなものに頼らないためだ！　警察はきっと、あんたの証言を認めるだろうよ。その前科者が非の打ちどころのない性格だとね」男は冷ややかに言い足しながら、壁際の机に近づいた。「さて、報告書を作るとしよう。ミス・ブラント、まだ二、三分あるぞ。おれが報告書を書き終えるまでにネックレスを出すんだ。そうすれば自由を約束してやる」

男はそう言いながら机に向かい、みんなに背を向けてなにやら書きはじめた。

ノラは力なくフォーダイスを見て顔を赤らめ、うつむいた。そのとき、ノラを見つめていたフォーダイスは、そっと袖を摑《つか》まれたことに気づいた。見ると、目に妙な表情を浮かべたベンが気を引こうとしていた。

「あれ本気《おん》かな、だんな？」ベンはよろよろしながら訊いた。

「まあ、本人がそう言うんだからな」フォーダイスは答えた。

「どういうことだ――ダイヤモンドを出したら、その娘《こ》を逃がすってのは？」

「言葉どおりなんだろう」

ベンは手の甲を額に持っていった。「この部《え》屋って回ってる？」ベンは訊いた。

「いや、微動だにしてないぞ」フォーダイスは微笑《ほほえ》んだ。「空腹にワインなんか飲むからだ」フォーダイスは少しの間ベンの反応を待ったが、部屋だけでなく、ベンの頭の中もぐるぐる回っているようだったので、諦めてノラに向き直った。「ほら、刑事というのは人を信用しないものなんだ——疑ってかかるのが仕事だからね」

「ええ、あの人を責めてるわけじゃないの」ノラは小声で返事した。「わたしを信じないといけない謂《いわ》れはないもの。なのに、なぜ、あなたは？」

　フォーダイスはしばらく思い巡らした。

「それなら、言っておこう」フォーダイスは言った。「おれがきみを信じているのは、理屈よりも本能を信じるからだ。本能ってのは、けっきょく説明のできない深淵な理屈にすぎないんだけどね。おれは一目できみを信じた。ところで、ちょっと驚かせたいことがある——おれがきみを見たのは今日が初めてではないんだ」

「どういうことかしら」ノラは困惑して返事した。

「ほら、人は世の中でいちばん大事なことをいちばん理解していない、ってことだ、ミス・ブラント。たとえば、なぜきみが全力で自由を手に入れようとしないかわかってる？」

「言ったわよね？」

「口では言った。だが、きみは衝動というものを説明できる？　ほらね！　ほかにもある。なぜきみとおれが昔からの友だちみたいにおしゃべりしてるか説明できる？　きみの自由な時間が刻一刻と終わりに近づいているというのに」

ノラはすばやくフォーダイスを見て、ますます顔を赤らめた。

「昔からの友だちみたいだなんて、本当にそう思ってくれてるの?」ノラは訊いた。

「当たり前じゃないか」フォーダイスは答えた。「それに、これからもっと仲よくなりたいとも思ってる。ねえ、ミス・ブラント。あのさ——」フォーダイスはポケットから紙入れを取りだし、紙切れになにやら走り書きした。「おれには年老いた親切なおばがいてね。ノルマンディーに住んでいるんだ。まったくもってまともな人なんだが、例外が二つあって、それは伝統的なしきたりを毛嫌いしていることと、おれのことをかなり気に入っていることなんだ」フォーダイスはその紙をノラに渡した。「おばの住所だ。もし大陸に辿り着くことができたら——いや、悲観的になるのはよそう! 大陸に辿り着いたら、そのおばを訪ねるんだ」ノラはフォーダイスを見つめた。「おばはきみを待っているはずだ。おれは変に将来を先読みしてしまうところがあってね」

「でも、どうして、わたしなんかのためにそこまでしてくれるの?」ノラは涙を浮かべ、うれしさに声を弾ませた。「わたしがどういう人間か知ってる?」

「もちろんさ! だからだよ、ミス・ブラント。ああ、くそったれ、何千という人々が道を誤るんだ。運命が、その人たちに一か八かの可能性を与えなかっただけで——わかった、わかった。なんだ、ベン?」

いつの間にかそばに来ていたベンが、もう一度袖を摑んでいた。

「いい考えがある、だんな」ベンは囁いた。

「はっきり言えよ!」

「やつは背を向けてる。また縛ってやろう!」

フォーダイスは満面に笑みを浮かべた。

「いったいなんのために？」フォーダイスは迫った。

「おいおい、だんな」ベンはぼそぼそと言った。「あんたが理解できないよ！　時間がないっていうのに、その娘《こ》にうつつを抜かしてるんだから――」

「あのなあ！」

「――これを逃《のが》したらもうあとがない！　またあいつを縛って、とっとと失せるんだ！」

「いいか、ベン。あんたは本当に憎めないやつだ」フォーダイスは応じた。ノラでさえ、ベンのしょんぼりした顔を見て笑みを漏らした。「ばかの一つ覚えみたいに、『失せろ、失せろ』と言いやがって。いったいどうやって失せればいいんだ？　扉という扉が開かないってのに。それにだ、ベン。やつが座っている机の正面の壁に小さな鏡があって、やつはさっきからずっとこっちに目を光らせている。刑事といえども、ばかばっかりじゃないんだな！」

「鏡だって？」ベンは囁いた。「ありゃ、考えもしなかった」

「くよくよするな！　とにかく、あんたは貢献してくれた。思っていたとおりだ。立派なもんだよ」

「おいらが貢献しただって？」ベンは囁いた。

「そうだとも！」

ベンは陰鬱な表情で首を振った。「ちぇっ、あんたのおかげでぐにゃぐにゃのグミキャンディみたいなおいらに勇気が湧いちゃったじゃないか！」ベンは向き直り、机に近づいていった。「おい、刑事――！」

男は振り向いた。その視線は、書類どころかずっと鏡に注がれていたようだった。

「はっ、なんの用だ?」男は詰問した。

「これだ」ベンはそう言い、ポケットに手を突っこんで、なにやら箱を取りだした。「は《ぁ》い、お待ちかねのダイヤモンドだ。幸運を祈るよ——訪れるわけがないけど!」

二十七　最後の驚き

その言葉が口から出るか出ないかのうちに、箱はベンの手から奪い取られた。ベンは確かに聞く者みんなの度肝を抜いた。そして、自身の感情が入り乱れる――それは精神的なものとワインの過剰摂取によるものだった――中、体中に悦《よろこ》びと苦悩が駆け巡った。悦びとは、意表を突かれてばかりのその家で自らがみんなの意表を突けたこと。苦悩とは、それまでポケットに入れたこともない高価な代物をたちどころに奪われたことだった。

「こら、かっさらうな！」ベンは憤《いきどお》って文句を言った。「食べ物じゃないぞ」

「いったい、なん――！」

「それに、おいらがしゃべってるのに、口を挟《あさ》まないでくれ」ベンはしゃべり続けた。そして、顎でノラを指し示した。「その娘《こ》が持ってた。あんたが言ったとおりだった。そいつをおいらが預かったんだ、あんたに渡すために。だから、その娘《こ》を解放《おう》してくれるね？」

「そりゃ、もちろんだ！」興奮した答えが返ってきた。「じっさいネックレスが入っていればな」

「うん、ちゃんと箱《あこ》の中で輝いてるよ、ミスター・ぶきっちょ！　ほら、そう言《お》わなかったか？」ベンがしゃべり続ける中、男の不器用な指が箱の留め金を外し、蓋が開き、まばゆい光が溢れでた。

「それでいいんだろ？」

「だが、ベン」フォーダイスは声を張りあげた。「あんたが箱を預かったところを、おれは見てない！」

ベンは懸命に目で合図した。そして、何食わぬ顔をして言った。「そうか？」

「ああ、見てない。鏡越しに見ていたバートン刑事だって見てないはず――」

「わたしだって預けてない」ノラが口を挟んだ。ベンの懸命な目配せは完全に無視された。「ただ、わたしを助けようと――」

「ああ、もう。わかったよ！」ベンは諦めてぼやいた。「思いどおりにいかないんだから。好きにすればいい。そう、その娘《こ》が持ってたんじゃない。持っていたのはおいらだよ！」

「ベン、あんたが？」フォーダイスは叫んだ。

「そうだよ。シェルドレイクのやつから奪ったんだ。あいつと上階《うえ》の物入れに閉じこめられたときに。さあさあ、〈マーチャント・サービス〉のおいらのために黙っててくれよ。一生で一度っきりでいいんだ。そしたらちゃんと話《あな》すから」ベンは一同を見渡し、みんなが自分の要望に応えて口を閉ざし、耳を傾けていることを確認した。

「知ってのとおり」ベンはもったいぶった口調で言った。「物入れに放《おう》りこまれた直後にあいつに殴られたんだけど、あいつはおいらが気を失ったと判《あん》断したみたいだった――まあ、確かに、ぼうっとはした。でも、船《うな》乗りってのはみんな、ある意味ぼうっとしてるんだ――で、立ち直ったおいらは、こっそり片目を開けて見てたんだ。やつは隅っこで懐中電灯を照らしながら、緩んだ床板を不器用に剝《あ》がしてた。で、そこに手を入れて、ダイヤモンドの小さな箱を取《あこ》りだして、ポケットに入れたんだ。わかる？」

「ああ、わかるよ、ベン」フォーダイスは答えた。

「そのあと」ベンは続けた。「真っ暗闇の中、やつは扉の陰でみんなの会話を盗み聞きしてたんだけど、そこへおいらの手が後ろから伸びてって、やつのポケットからダイヤモンドの箱《あこ》を取りだして、おいらのポケットに入れた。もちろん中身が何か、まったく知らなかった。あとで見るまで――」

「いつ見たんだ？」フォーダイスは訊いた。

「下りてくる直前だよ、だんな」ベンは答えた。「あんたが廊下に出て、あの幸せそうな父娘《おやこ》に急いで帰るように言ってたときだ。もちろん、あんたは言うだろう。おいらがなんとかして盗もうとしてたって。あーあ、中身を知っていればなあ。あれよあれよという間にいろんなことが起こるもんだから、そんなこと考えてる余裕なかった！」

「いや、余裕ならあった、ベン！」フォーダイスは興奮して叫んだ。「階段で、おれが『失せろ』と言ったときだ」

「そうか！」ベンは頷いた。「あのとき何をしたかったか、あんまり覚えてないや」

「あんたは失せることもできたんだ。ポケットに四万ポンドを忍ばせたまま！」

「ばか言え」ベンは照れ臭《いん》くなって言い返した。「何が言いたいんだ？　おいらを智天使《ケルビム》にでも仕立てあげるつもりか？　盗品を持って捕まりたくなかったってだけの話《あなし》じゃないか。想像してみてよ。銀行に入《あい》ってってたおいらがカウンターにダイヤモンドを放《おお》ってこう言うところを――『紙幣《えい》に両替してください！』って」

「くだらん」フォーダイスは笑い声をあげた。「まあ、確かにそんなネックレスを持ってたら落ちつかないかもしれないな。だが、あんたはやっぱり潔《いさぎよ》い人間だ。ミス・ブラントを窮地から救ってやりたかったんだな」

「ああ、そうだよ。それでどうするつもり？」ベンは大声でそう言い、向き直った。「その娘《こ》との約束を破るつもりじゃないよね、刑事さん？　とうぜんだけど、そっちがそのつもりならダイヤモンドは返してもらうから！」

フォーダイスも向き直った。「いやあ、それにしても、ミスター・バートン。こりゃまた、すばらしいダイヤモンドだな！」フォーダイスはぶつぶつと言った。

「いや、まったくだ」男は返事した。「公爵夫人は幸せ者だな、これが戻ってくるなんて！」

フォーダイスは一歩近づき、その目も眩《くら》むほどの宝石を惚れ惚れと見つめた。「ちょっと明かりに翳《かざ》してみてくれないか？」フォーダイスは注文を付けた。「これほどのものは見たことがない！」

そして、明かりに翳されたダイヤモンドを見つめ――と、次の瞬間、翳していた男が鋭い悲鳴をあげた。手首と手首がぶつかる音がし、何かが、かちっ、と鳴った。

「どういうことだ？」男は喘《あえ》いだ。

「落ちつけ、バートン刑事」フォーダイスは静かに応え、床に落ちたネックレスを屈んで拾いあげた。

「あんたはいったい――？」手錠をかけられた男は急《せ》きこんで訊いた。

「いや、そんなことより」フォーダイスはしゃべり続けた。「そろそろ〝バートン〟をやめて、本来のドイルになったらどうだ？」男はフォーダイスを見つめた。「そう。計画は終わりだ、ドイル」フォーダイスは言った。「気の毒なこって！　あんたは抜け目のない男だが、二つばかりお粗末な判断違いをした。一つは警察が追っているのがネックレスだけだと思ったことだ――あんたのことも追っていたんだ」

「おれを？　だったら――」

「黙れ！」フォーダイスの声は厳しかった。「そうなんだ、ドイル。警察はあんたを追っていた。シェルドレイクを手段《だし》にしてな。なにもかもお見通しだったんだ。ネックレスがシェルドレイクを引き寄せ、シェルドレイクがあんたを引き寄せることを。ミスター・ヘンリー・ドイル」

手錠をかけられた男は、ほかの二人を見て怒りをぶちまけた。

「こんなのひどすぎる！」男は叫んだ。「なにもかも間違って――！」

「そうか？　まあ待て、ドイル。今、二つ目の判断違いを教えてやるから。二つ目は刑事のふりをしたことだ。それも、よりによってバートンとはな。何を隠そう、おれがそのバートンなんだ。ずいぶん間が抜けてないか？」

ドイルは返答しなかった。計画は終わり、ドイルはそれに気づいていた。けれども、ベンを納得させるにはもう少しかかった。

「なぬ！」ベンは声を張りあげた。疑わしい気持ちと怒りが一緒くたになっていた。「本物《おん》の刑事だと。なのに、おいらにあれこれ仕事をさせてたのか？」

「気にするな、ベン！」フォーダイスは笑い声をあげて、ベンの肩を優しく叩いた。「殊勲報告書に名前が載るぞ！　もっと仕事がしたければ、頑張ってこの部屋から出る方法を見つけてくれ」フォーダイスはミス・ブラントを見た。「すまない、きみたちを欺《あざむ》くしかなかったんだ」フォーダイスは言った。

ノラはベンと同じように疑り深い目で見返した。そして、そのときになって初めて、フォーダイスの態度と、持って回った言い方の意味がわかりはじめた。不屈なところも理解できた。フォーダイスはもう、どこにでもいるふつうの男ではなかった。たまたま空き家に入ってきた男でも、そこでの珍事や色恋沙汰に魅せられた男でもなく……。

「ば、ばかね。わたしったら！」ノラは喉を詰まらせながらつぶやいた。「気づいてもよさそうなのに！」

フォーダイスは慌ててノラに歩み寄った。今度は先ほどまでとは打って変わって、ふつうの男の目をしていた。

「きみは思い違いをしている」フォーダイスは応えた。「おれが刑事なら、きみに刑罰が及ぶと思っているんだね」

「何が言いたいの、ミスター・バートン？」

「違う。フォーダイスだ、きみにとっては！」

「それじゃあ、ミスター・フォーダイス」

「ああ、そのほうがいい」フォーダイスは微笑《ほほえ》んで言った。「ちょっとは人間味のある名前だろ？ギルバート・フォーダイス――まさにふつうの男だよ。この窮地からきみを救いだそうとしている男だ。さっきの紙切れを持ってるね――おばの住所を書いたあれを？」

「頭が混乱しているの」ノラは応えた。「昼間からずっと、わたしの手に負えないことばかりが続いていて。何がなんだか、さっぱり――」

「なぜこんなことをしているか、って思ってるんだろ？　ただ自分を抑えられない、それだけだ。おかしいかな？　気、気に入ってるんだ、きみを！　きみのことはだいたいわかっているつもりだ。ほら、遠くから見守っていたから。それにおれは、囚人たちに、泥沼から這いあがろうとしているというだけの理由で拍手を送ることをよしとしないんだ。いや、おれにはできないっていうだけだな！」

「でも、任務のことを考えないの？」ノラは訊いた。

「任務なんて、ちゃんちゃらおかしい」フォーダイスは微笑《ほほえ》んだ。「まあ、考えないこともないが、刑事ってのは、ときどき任務に押し潰されそうになるんだ。おれの立場を考えてくれているなら心配には及ばない。今日は昼から、すでに悪党二人とダイヤモンドのネックレスをなんとか確保したからね。きみがいなくても困りはしない！」

ベンの声が二人の会話に割って入った。ベンは先ほどからずっと、地下道に通じる落とし戸と廊下に通じる扉を開ける秘密の文字列《パスワード》を見つけようと、ああでもないこうでもないと虚しい努力を続けていた。その間ずっと、片方の目でヘンリー・ドイルを監視していた。というのも、手錠をかけられているとはいえ、こんな意表だらけの家にいるやつなら、どんなやつであってもおかしくないからだった。

「だんな」嗄《しわが》れ声でベンは言った。「ここの借家契約は九年あるんだろ？　ほら、今《お》すぐにでも腹《あら》に何か入れないと、おいら気が狂っちまうよ！　こんなの見つかりっこな――」とつぜん、ベンは黙りこみ、引きつった笑みを浮かべた。「おい！　見ろ！」ベンは早口で言った。「勝手に開《いら》いてる！」

「おい！　気をつけろ！」フォーダイスは叫んだ。

けれども、警告しても無駄だった。床の落とし戸が開いて黒い穴が口を開きだすと、ベンはとたんに椅子を摑《つか》んで頭上に掲げ、穴に向かって喚《わめ》きだした。「上がってきてみろ、ぶん殴ってやる！」

「早まるんじゃない」フォーダイスは叫び、ベンを押しのけた。と、そのとき、煙った深みから声がした。

「お、お、おれだ！」

ベンは椅子を下ろした。ほっとしたものの、腹が立った。

「おいおい！」ベンは声を張りあげた。「まともに扉から入《あい》ってこれないのか、あんたは？」

数秒後、エディ・スコットが姿を見せた。どもりながらも得意満面だった。

「け、警部と、ろ、六名の巡査が、い、今、し、下にいる」エディは報告した。「ヤ、警視庁《ヤード》で、待、待ってるとのことだ。い、忌々しいブラントも、つ、捕まえた。自、自分から捕まりに、き、きたようなもんだった」

「やつが？」フォーダイスはノラをちらりと見て、訊いた。

「そ、そうなんだ。ど、どうやら、け、けっきょく、れ、列車に乗り遅れて。そ、それから、シェ、シェルドレイクも、つ、捕まえた。あ、頭に卵ほどの、こ、瘤《こぶ》を作ってた」

「よし、よくやった」フォーダイスはきびきびと応えた。「おれのほうも首尾は上々だ。ドイルはそこだ。エディ、連行してくれ。それと――見ろよ！」フォーダイスはネックレスを掲げた。エディの目がぱっと輝いた――欲望からではなく、満悦によるものだった。エディはフォーダイスの背中を思いっ切り叩いた。

「す、す、す、すごいじゃないか！」エディは叫んだ。

そのあと、エディはちらりとノラを見たが、フォーダイスは首を振った。

「以上だ」フォーダイスは静かに言った。「持ち場に戻れ。おれもすぐに行く。ああ、ところで、ひとまず財布を貸してくれないか、エディ？」言われるがままにエディが財布を手渡すと、フォーダイスは札束を抜き取った。「ありがとう、警視庁《ヤード》で返す。さあ、ぐずぐずするな」

そして、ヘンリー・ドイルに目をやった。ドイルは肩を竦《すく》め、立ちあがった。

「そんなやつ、海に投げいれちまえ、相棒！」ベンは含み笑いをした。

ドイルは知らん顔をした。そして、静かに落とし戸に歩み寄り、フォーダイスに引きつった笑みを見せて言った。「もう少しだったのに」

「そうだな。あんたは頭の切れる男だ。あんたのために言っとくよ、ドイル」苦々しげではあったが、フォーダイスも笑顔で応えた。「二、三年真面目に務めあげれば、おれから仕事を頼むことだってなきにしもあらずだ」フォーダイスはドイルが地下道に下りていくのを見届け、その後ろに続くエディに声をかけた。「ちょっと待て、エディ。ミスター・アクロイドはどうした？」

「い、至って、げ、元気だ。む、娘のほうもな」エディは答えた。「と、ところでさ！」

「なんだ？」

「ず、ずいぶんいい娘《こ》じゃないか、あの、む、娘は！」

「もちろんさ！　とんでもなくいい娘《こ》だ。そう伝えたらどうだ？　おい、待て。まだ質問がある。あの扉を開ける文字列《パスワード》を知らないか？」

「知、知ってるさ」エディは地下道に下りながら答えた。「ア、アクロイドが教えてくれた。じゅ、じゅ、じゅ、じゅ、〈十七〉だ」

フォーダイスは笑い声をあげ、ベンはスイッチに駆け寄った。

「考えもしなかった！」ベンはげらげら笑った。「おいらの幸運の数字だ！　それに、あんたが刑事《でか》なんて！」ベンはまたげらげらと笑った。「まさか、あのどもり癖のやつも刑事《でか》ってことはないよね！」

「その、まさかだ」フォーダイスは微笑《ほほえ》んだ。「それも、すこぶる腕利きのな」

「なんと、びっくりだ！」ベンは声を張りあげた。「空前の驚きだよ！　今なら、あんたがニシンをコダラにしてみせたって驚かない！」

　扉がさっと開いた。フォーダイスはノラに歩み寄り、手を取った。

「きみの行く手はあっちだ」フォーダイスは言った。「地下道じゃない」

「おい！　おいらの行く手は？」ベンは口を挟んだ。「地下道にはあんまり用がないんだけどな、だんな」

「この娘《こ》と一緒に行くんだ、ベン。旅立たせてあげてくれないか？　とりあえず――」フォーダイスは船乗りに札束を渡した。「――経費を渡しとく」

「おやおや、こりゃ驚いた。世界一周できそうだな」ベンは紙幣を見つめてつぶやいた。「その娘《こ》の面倒は見るよ、だんな。あんたの面倒を見たみたいに。だけど、まずは分不相応《ぶんふそうおう》なくらい、たっぷり食事をさせてもらう！」

　ベンは扉に向かった。いっぽう、ノラはフォーダイスの手を握りしめた。

「さようなら」ノラは言った。

「いや、また会おう《オルヴォワール》」フォーダイスはそう応え、ノラの手を放した。「今度はノルマンディーで」

　ノラが扉の向こうに消え、安堵の笑みを湛《たた》えたフォーダイスは地下道へ下りはじめた。けれども、とつぜん大声で呼び止められた。ベンが慌てた様子で戻ってきたのだ。

「おい！」ベンは言った。

「なんだ？」フォーダイスは心配して訊いた。

「まだ、あんたが気づいてないことが一《いと》つある！」ベンは声を張りあげた。

「ほう！　なんだ、それは？」

「決まってるじゃないか。おいらが誰か、ってこと」ベンは言った。「おいらは〝征服王《うく》〟こと、ウィリアム一世だ！」

訳者あとがき

　ファージョンといえば、児童作家のエリナー・ファージョン（一八八一～一九六五）が有名だが、彼女に四人の兄弟――ハリー（一八七九～一九四九）、チャーリー（夭折）、ジョゼフ（一八八三～一九五五）、ハーバート（一八八七～一九四五）――がいたことはあまり知られていない。のちに、ハリーは音楽家、ジョゼフとハーバートはエリナーと同じく作家として才能を開花するわけだが、その秘訣は両親と家庭環境にあったようだ。

　きょうだいの父親、ベンジャミン・ファージョン（一八三八～一九〇三）は、ユダヤ人の貧しい家庭に育った。作家を志し、そのためには豊富な人生経験が必要だと思い立ち、十六歳で単身オーストラリアに渡った。そして、植民地でのさまざまな経験を活かして生涯六十冊を超える作品を上梓し、作家として大成した。母親のマーガレット・ジェファーソン（一八五三～一九三三）はアメリカ人。一八世紀半ばから代々役者を生業とする家庭に育った。

　ベンジャミンは学校制度を軽視しており、子どもたちを学校には通わせなかった。読書こそ最大の教育という考えで、子どもたちに八千冊の蔵書を開放していた。勉強は自主性に任せ、必要に応じて家庭教師を雇っていた。自身が体験した冒険譚を、ことあるごとに面白おかしく話して聞かせ、想像力を植えつけ、幼いときから詩や物語を書かせていたようだ。また、日頃から劇場に連れていき、本物の演劇を見せていたという。作家と役者の血を受け継いだサラブレッドがそんな環境に育てば、結果は目に見えている。四人はめきめきと頭角を現した。

本書の作者、ジョゼフ・ジェファーソン・ファージョンはエリナーの二つ年下の弟だ。生まれたときから役者を継ぐことが決められていたジョゼフは、きょうだいで唯一、母方の〝ジェファーソン〟をミドルネームに受け継いだ。そして、二十歳のとき、父親を亡くしたのを機に劇場で働きはじめた。ところが、エリナーいわく四人の中でいちばん性格のいいジョゼフに、その世界は向いていなかった。楽屋裏での汚い言葉遣いや、酒浸りの役者たち、女性蔑視の風潮に嫌気が差したジョゼフはすぐに役者を辞め、雑誌記者を経て作家へと転身したのだった。

生涯七十冊以上の作品を上梓した多作の作家で、作品には性格のよさが滲《にじ》みでている。今時のイヤミスとは真逆の位置づけになるだろう。とはいえ、ほんわかとした雰囲気が漂っているわけではない。『サンデー・タイムズ』紙に〝ホラーとユーモアを融合させた達人〟と評された彼の作品には、一貫して一種異様な空気が流れている。しいて言うなら、フジテレビの「世にも奇妙な物語」の世界観に似ている。似て非なりなのは、読後にもやもや感や嫌悪感が残らないところにあるだろう。むしろ、ほっこりした気分に浸れること請け合いだ。

そんな独特の世界を目一杯堪能できるのが、〈ベンシリーズ〉と言えよう。*No. 17*、*The House Opposite*、*Murderer's Trail*、*Ben Sees It Through*、*Little God Ben*、*Detective Ben*、*Ben on the Job*、*Number Nineteen* の八作品からなる、不定期船の船乗りベンの物語だ。寝床を求めて転々とするベンは行く先々で災難に見舞われる。八作すべてが斬新な驚きと笑いに満ちている。これが百年近く前に手がけられた作品だというのだから驚きだ。シリーズものとはいえ、お約束を楽しむマンネリ感はない。作者はとにかくサービス精神旺盛で、読者を一瞬たりとも飽きさせることはない。つねに読者の意表を衝こうと画策していたのではないか。シリーズを分類するなら、五作目の *Little God Ben* を挟んで二分されるだろう。シリーズ前半はベンに何が起こっているのかが謎というミステリ。シリーズ後半は雇われたベンが事件を解決していく探偵ものだ。どれをとっても、誰にも真似できない独特の感性が光っている。分岐点となる *Little God Ben* は比較的ミステリ色は弱いが、その分ユーモアの比重が高く、まさに抱腹絶倒。個人的にはいちばん面白い作品だと思う。

さて、ここで主人公のベンを紹介しよう。ベンは「男はつらいよ」シリーズの寅さんのように、皆に愛される存在だ。愛嬌たっぷりでちゃらけたベンに、喜劇王チャップリンを重ね合わせて見る向きもあるだろう。ロンドン訛りで、襤褸《ボロ》を着てはいるものの、言動に下品なところはまるでなく、騎士道精神に溢れている。一作目（本書）の冒頭に、〝彫像を思わせる体〟という描写が出てくるので、おそらく船乗りにふさわしい立派な体格をしているのだろうが、体格にまつわる描写はそれきりで、その後はぼろぼろの服と、びびりな内面ばかりがクローズアップされるため、逞《たくま》しい男という印象を持つ読者はいないだろう。ところがこの男、いざとなるとなかなか勇敢な切れ者に変身する。ただ、作者はベンを英雄《ヒーロー》に仕立ててあげることはない。あくまでも三枚目。それだけは徹底している。

謎解きものが主流だった本格ミステリ黄金時代にあって、J・J・ファージョンはとことん独自の世界を貫いた。読者が体験できるのは謎解きではなく、疑問符だらけの不思議な世界だ。三人称の作品ながら、ほぼベンの目線で描かれているため、ベンの頭の中に渦巻く疑問符と、はらはらとどきどきを、ともに体感できる不思議なミステリだ。

そんなシリーズ第一作目となる本書『すべては〈十七〉に始まった』（原題は*No. 17*）は、予備知識を持たずに読まれることを強くお勧めする。

この先はネタバレが含まれます。本書をまだ読まれてない方は、読了後にお進みください。

すでに本書を読まれた方は、ぜひ二度読みをしていただきたい。結末を知って読めば、おそらく一度目に見落としていた見事なまでの伏線に気づけ、感心することしきりだろう。「世にも奇妙な物語」を彷彿させる狐につままれたような感覚も、なんのことはない、警察の罠とも知らずに集まってきた餌食たちにたまたま遭遇していたというだけのことだった。

ここで一つ補足しておく。二十六章で、じつは警察の人間だと打ち明けた男（ヘンリー）に対し、フォーダイスは「警部」と呼びかけた。いきなりのことで戸惑われた方もおられると思う。男の正体を知っているフォーダイスは、騙されたふりをして相手をおだて、主導権を与えたのだろう。そう呼びかけているわりに口調に敬意が感じられないのが面白いところだが、案の定、調子に乗った男はまんまと罠に嵌《は》まるのだ。

ところで、本書は人間ドラマとしてもじゅうぶん楽しめる。悪事にうんざりした悪党ノラの心の機微や、ノラに対するフォーダイスの恋心、ベンとフォーダイスに芽生えた友情などを丁寧に描いている。争い事が嫌いなベンは、初めは逃げることばかり考えていたが、フォーダイスに何かを感じて最後まで付きあうことにした。もちろん、警察に協力しようとか、事件を解決しようとか、殊勝なことは一切考えていなかった。胡散臭いフォーダイスが警察の人間だとは夢にも思わず、ただ本能に従って行動しただけだったのだが、それが偶然にも犯人逮捕につながったというわけだ。

原作は序文にもあるように、一九二五年に舞台で演じられた戯曲をもとにしたものであり、一九三二年にヒッチコック監督により映画化もされた（邦題は「第十七番」）。映画は現在もＤＶＤで視聴可能だ。ベンを演じたのはどちらもレオン・Ｍ・ライオンという当時人気の喜劇役者らしいが、お世辞にも〝彫像を思わせる体〟とは言いがたい。内容もだいぶアレンジされていて、原作のほうが数段面白いのは間違いないだろう。読者の皆さんには、ぜひシリーズを順次読んでいただき、じつは深みのある内面紳士なベンを、それぞれの頭に思い描いてもらいたい。


本稿をまとめるにあたり、エリナー・ファージョン著『ファージョン自伝――わたしの子供時代』（西村書店、二〇〇〇年）、アナベル・ファージョン著『エリナー・ファージョン伝――夜は明けそめた』（筑摩書房、一九九六年）を参考にさせていただいた。作者の情報が乏《とぼ》しい中、大変心強く、貴重な存在と相なった。この場をお借りしてお礼申し上げたい。

また、Ｊ・Ｊ・ファージョンへのわたしの熱い思いを受け止めてくださった論創社編集部の黒田明氏と、校正を担当してくださった福島啓子氏、ベンの訛りのルビ表現をサポートしてくださった加藤靖司氏にもお礼申し上げたい。皆さんのお力なくして出版の機会は得られなかった。誠に感謝に堪えない。

そして最後に、本書を手に取ってくださった皆さんに心からの感謝を。願わくは、ベンの今後の活躍を期待し、応援していただけると幸いだ。Ｊ・Ｊ・ファージョンの名が日本中に知れ渡ることを切に希望してやまない。

小倉さなえ

〔著者〕
J・J・ファージョン
ジョゼフ・ジェファーソン・ファージョン。1883年、英国ロンドン生まれ。出版社勤務を経てフリーランスとなり、犯罪小説や戯曲、映画の脚本を数多く執筆した。その作風はドロシー・L・セイヤーズからも賞賛され、最初期の長編 “The Master Criminal”（1924）は『ニューヨーク・タイムズ』紙で高い評価を得た。1955年死去。

〔訳者〕
小倉さなえ（おぐら・さなえ）
英米文学翻訳者。埼玉県生まれ。訳書に『すべては〈十七〉に始まった』（論創社）がある。

すべては〈十七《じゅうなな》〉に始《はじ》まった
――論創海外ミステリ 319

2024年6月20日 初版第1刷印刷
2024年6月30日 初版第1刷発行

著 者 J・J・ファージョン
訳 者 小倉さなえ
装 丁 奥定泰之
発行人 森下紀夫
発行所 論 創 社

〒101-0051 東京都千代田区神田神保町2-23 北井ビル
TEL:03-3264-5254 FAX:03-3264-5232 振替口座 00160-1-155266
WEB:https://www.ronso.co.jp

組版 加藤靖司
印刷・製本 中央精版印刷

ISBN978-4-8460-2380-5